CIELO ROJO SOBRE GLASGOW

colección andanzas

Obras de Alan Parks
en Tusquets Editores

(serie Harry McCoy)

Enero sangriento

Hijos de febrero

Bobby March vivirá para siempre

Muerte en abril

Un mayo funesto

Cualquiera puede morir en junio

(serie Joseph Gunner)

Cielo rojo sobre Glasgow

ALAN PARKS
CIELO ROJO SOBRE GLASGOW

Traducción de Carlos Abreu Fetter

TUSQUETS
EDITORES

Título original: *Gunner*

1.ª edición: mayo de 2026

© de la traducción: Carlos Abreu Fetter, 2026
Diseño de la colección: Guillemot-Navares
Reservados todos los derechos de esta edición para
Tusquets Editores, S.A. – Av. Diagonal, 662-664 – 08034 Barcelona
www.tusquetseditores.com
ISBN: 978-84-1107-795-8
Depósito legal: B. 25.095-2026
Fotocomposición: Realización Tusquets Editores
Impresión y encuadernación: CPI Black Print
Impreso en España

Índice

Cielo rojo sobre Glasgow   13

Agradecimientos   327

Nota del autor   329

En memoria de mi hermana Janice

El testigo falso no quedará sin castigo, y el que cuenta mentiras perecerá.

Proverbios 19, 9

Cuando te mueres, te mueres. No hay más.

MARLENE DIETRICH

Prólogo

Hacía semanas que las cosas no estaban tan tranquilas. Incluso podía oír a los pájaros que aún cantaban en las ruinas de la casa de labranza. La última vez que se había visto rodeado de tanta calma había sido la noche que habían pasado en la iglesia, donde reinaba una paz absoluta y todos los bancos estaban cubiertos de cuerpos durmientes. Era la última vez que había dormido de verdad. «Te quedaste hecho un tronco», le había dicho Andy. «Roncabas como un puñetero rinoceronte.»

Desde entonces, echaba una cabezada de un par de horas ahí donde podía. Ya ni siquiera se sentía cansado, solo resignado a vivir en un estado constante de somnolencia brumosa. Estaba convencido de que eso le afectaba a la vista, pues lo veía todo ligeramente desenfocado, y las luces dejaban una estela al moverse. Como para compensar esto, sus otros sentidos parecían agudizarse. Percibía el olor a tierra mojada bajo el hedor permanente de la cordita y el de los cadáveres amontonados bajo los árboles. También oía mejor, aunque no estaba seguro de que eso fuera algo bueno. El silbido estridente de los obuses que se aproximaban, cada alarido, cada gemido, cada grito de los heridos que llamaban a su madre a voces le retumbaba cada vez con fuerza en la cabeza.

Intentaba acostumbrarse a la ausencia de Andy, que era

lo opuesto a él: optimista, alegre, poco propenso a ofenderse. Gunner no le había soltado la mano mientras se le escapaban la sangre y la vida, y le juró que, cuando regresara, iría a ver a su esposa en Springburn para decirle cuánto la había amado Andy, y contarle lo ocurrido. «Margie, en el número 75 de Vulcan Street. ¿Me lo prometes, Gunner?»

Le costaba pensar con claridad. Se limitaba a hacer lo que le decían, a poner un pie delante del otro, a seguir adelante. Eso era lo único importante en ese momento: seguir adelante. De pronto, se oyeron gritos desde la parte de atrás de la fila, los ruidos de los hombres al levantarse. Volvían a emprender la marcha. Se disponía a coger su casco cuando impactó el primero. Sonó un chillido, luego un golpe sordo, y una columna de tierra y humo se elevó como unos cien metros por delante de él. El aire se llenó de gritos y alaridos, más obuses, los incesantes toques de silbato de un sargento. Los destellos y el humo invadían el cielo, y Gunner corría y corría, sin oír otra cosa que los pitidos.

1

La ira es una cosa extraña: puede ir y venir en un instante o arder sin llama, despacio, hasta que estalla de golpe. Últimamente, Gunner sufría los dos tipos de ira: una continua y de baja intensidad por las consecuencias de la guerra, y repentinos accesos de rabia que lo acometían y lo empujaban a actuar sin poder contenerse. Él no era así antes de la guerra, sino todo lo contrario. Rara vez perdía los estribos y era más estable que sus compañeros, todos bastante impulsivos. Ahora tenía casi siempre los nervios a flor de piel y saltaba por cualquier cosa. Esta vez fue por los dos tipos que iban con él en el compartimento, reclutas nuevos, muy jóvenes, uno de ellos con la cara todavía llena de granos y pelusilla en el mentón. Se habían pasado toda la noche bebiendo hasta perder el conocimiento, para luego volver a empezar.

La primera vez que Pelusilla le pisó el pie al regresar del retrete del tren, Gunner se mordió la lengua y aceptó la disculpa farfullada por el chico. La segunda vez, no. Las palabras escaparon de su boca sin darle tiempo a pensar.

—¡Mira por dónde vas, gilipollas!

Pelusilla se detuvo y se volvió hacia él, claramente dispuesto a replicarle hasta que se fijó en la expresión de Gunner. Entonces cambió de idea y le tendió la botella de whisky que se estaba bebiendo con su colega.

Gunner la agarró y dio un buen trago antes de devolvérsela.

—No volverá a ocurrir —prometió Pelusilla.

Gunner asintió, y el muchacho regresó haciendo eses junto a su amigo.

Esto le pasaba a menudo desde hacía algún tiempo. La gente se retiraba disculpándose, apartándose de él. Algo había cambiado en su semblante, en su forma de comportarse. No era la primera secuela que le había dejado la guerra, ni sería la última.

Estaba medio dormido cuando sonó el silbato del tren. Bostezando, se desperezó y miró por la ventana. Por fin estaban llegando a Glasgow. Se puso de pie y bajó la ventanilla del vagón. Lo golpeó un viento fresco cuando asomó la cabeza para ver si reconocía algún elemento del paisaje. Los mismos edificios cubiertos de hollín seguían allí; un trapero avanzaba lentamente por Hallside Street en una carreta tirada por un caballo; incluso se divisaba la orilla del Glasgow Green, donde la gente había tendido la colada en las largas cuerdas atadas entre los postes de hierro.

No cabía duda de que se encontraba de vuelta en Glasgow, pero no tardó mucho en percatarse de cuánto habían cambiado allí las cosas. Los globos de barrera flotaban por encima de la ciudad, oscilando arriba y abajo, sujetos a tierra por largos cables. En medio de la calle, cada dos manzanas, había lo que parecían ser refugios antiaéreos, y los escaparates de los comercios estaban protegidos con trozos de cinta adhesiva entrecruzados. Cuando el tren tomó una curva, Gunner vio un tanque aparcado frente a la fábrica de bombas industriales de Weir Street.

Un par de minutos después, el tren atravesó rugiendo el puente sobre el Clyde y entró en la oscura catedral que era la estación de Saint Enoch. Gunner recogió su mochila, se la echó al hombro y, tras pasar por encima de los dos chicos, que aún roncaban, salió al pasillo. Nunca se había alegrado tanto de apearse de un tren. Se suponía que iba a llegar a casa el día anterior, pero los habían retenido once horas en la estación de York en espera de que se llenaran seis trenes de transporte de tropas. Los guardias ferroviarios no los dejaban bajar del vagón, por lo que todos tenían que comprarles té a través de la ventana a unos chiquillos que, por un penique, iban y venían corriendo a la cafetería.

Uno un poco mayor se las ingenió para conseguirles a dos muchachos de la Fuerza Aérea un whisky, por el que les cobró diez chelines que ellos pagaron sin protestar. Acabaron pasando toda la noche parados en la estación, sin otra cosa que hacer que mirar por la ventana y contemplar cómo una fila tras otra de pálidos muchachos vestidos con ropa militar que les quedaba grande subían a trenes con destino a quién sabe dónde. Embarcaban entre risas, gritos y empujones, como si partieran a una gran aventura. Un par de ellos le había levantado el pulgar al fijarse en su uniforme. Él les había devuelto el gesto. ¿Por qué no? Pronto descubrirían la cruda realidad.

Se oyó un silbato seguido de un siseo de frenos acompañado de nubes de vapor, y de pronto todas las puertas se abrieron. La gente estaba desesperada por apearse para huir del hedor a cerrado y el aire viciado que se respiraba en los vagones tras dos días de viaje. Gunner bajó al andén y se quedó un rato ahí de pie. Quizás el aspecto de Glasgow había cambiado, pero olía como siempre: a humo de fábrica, a la levadura de la cervecería próxima al Glasgow Green y a la comida que estaban friendo por ahí cerca. Se unió a la multitud que avanzaba arrastrando los pies hacia la salida del andén, y se dijo que solo faltaba media hora para que volviera a ver a Chrissy, media hora para disfrutar de la amplia cama doble que ella tenía en su piso.

Acababa de cruzar las puertas cuando lo avistó. No podía creerlo, no quería creerlo, pero ahí estaba, de pie junto al quiosco: el inspector jefe de policía Malcolm Drummond.

A diferencia de Glasgow, su antiguo jefe no había cambiado un ápice. Tenía el aspecto de siempre, con el sombrero trilby echado hacia atrás sobre la cabeza, el traje de *tweed* que parecía no haberse quitado en semanas y el cigarrillo Player's colgándole de la comisura de la boca. Por un instante, Gunner se planteó la posibilidad de perderse entre la multitud, pero ya era demasiado tarde para tomar esa decisión; Drummond lo había visto. Ya no había escapatoria. Cuando se dio cuenta, el inspector había tirado la colilla al suelo, la había pisado y se dirigía hacia él con la mano tendida para saludarlo.

Como no le quedaba otro remedio, Gunner se la estrechó.

—¿Qué coño te ha pasado? —preguntó el otro, escudriñándole el rostro—. Pareces un puto pirata.

Con un suspiro, Gunner se llevó de manera automática el dedo al parche que le cubría el ojo izquierdo.

—Metralla.

Su respuesta no pareció impresionar a Drummond.

—Serás imbécil... Mira que te dije que mantuvieras la cabeza agachada.

Se sacó un pañuelo del bolsillo, se sonó la nariz y, tras inspeccionar el resultado, se lo guardó de nuevo en el bolsillo.

—Vamos —dijo—. Necesito que vengas conmigo.

—Para el carro —dijo Gunner—. ¿No te olvidas de un pequeño detalle? Ya no trabajo para ti.

Esto pareció herir a Drummond en su amor propio.

—No te pases de listo. Ha aparecido un cadáver. Necesito que le eches un vistazo.

—Es broma, ¿no? —preguntó Gunner—. ¿De verdad quieres que le eche un vistazo a un cadáver?

Nada le apetecía menos que ver otro cuerpo muerto. Bien sabía Dios que había visto unos cuantos en los últimos dos años, más que suficientes para toda una vida. De pronto, cayó en la cuenta de algo.

—Ahora que lo pienso, ¿qué haces tú mirando cadáveres? Tenía entendido que te habías jubilado.

—Y así fue —dijo Drummond—. El año pasado. Hasta me compré una puñetera caravana en Girvan. Pero me pidieron que volviera. En el cuerpo no queda nadie más; solo estamos nosotros: carcamales a los que nos han llamado para que nos reincorporemos y pipiolos que no saben distinguir su codo de su culo. Estaban a punto de nombrarte inspector cuando te marchaste, chico listo. Así que, aunque me fastidia mucho tener que decir esto, necesito tu ayuda.

Gunner sacudió la cabeza. Tenía que cortar aquello de raíz cuanto antes.

—No puedo ayudarte. Tengo cosas que hacer.

—¿Como cuáles? ¿Darte un revolcón?

—Entre otras cosas —respondió Gunner.

—Pues te vas a quedar con las ganas —dijo Drummond—. Tengo una mala noticia: Chrissy se ha pirado. Se largó a Newcastle con un capitán de la Fuerza Aérea que conoció en una sala de baile.

Gunner intentó disimular su sorpresa. De pronto, el hecho de no haber recibido cartas suyas en el último mes cobraba sentido. Se sintió como un pardillo.

—Es un poco temprano para ir a un garito clandestino —dijo Drummond—. Acompáñame, échame una mano y luego te llevo. Hay chicas nuevas en la ciudad. No dan abasto con todos los putos trenes de tropas que llegan.

A Gunner no se le ocurrieron motivos de peso para decir que no. Todos sus planes giraban en torno a Chrissy y su gran reencuentro. Se habían conocido en una sala de baile y habían tenido lo que ambos creían que era solo un amorío de una noche, pero resultó ser algo más. O eso le había parecido a él. Pero no se lo reprochaba; las chicas como Chrissy tenían que aprovechar las oportunidades cuando se les presentaban. Aun así, lo decepcionaba saber que no la vería.

Drummond giró sobre los talones y se encaminó a la salida de la estación.

Maldiciendo entre dientes, Gunner recogió su mochila y lo siguió. Le parecía mentira haberse dejado enredar por Drummond. Sabía que seguiría como antes, con sus tejemanejes y chanchullos para conseguir dinero fácil.

Aunque el techo de la estación estaba mugriento por los años de exposición al humo y el hollín, el sol conseguía colarse por el cristal, y los rayos de luz que atravesaban el vapor y la humareda iluminaban la escena de caos que se desarrollaba más abajo. El gran vestíbulo estaba repleto de reclutas sentados en el suelo y recostados sobre sus mochilas, la mitad de ellos dormidos. Unos veinte soldados franceses estaban de pie contra la pared del fondo, fumando, bromeando, mirando a las chicas. Las lonas con información sobre las salidas se agitaban cuando las cambiaban, cada dos minutos: Newcastle, Londres, Carlisle. Incluso había una cebra encaramada sobre una plataforma de madera con un letrero colgado del pescuezo que rezaba: CIGARRILLOS ZEBRA: LOS DE LA CAJETILLA BLANCA Y NEGRA.

Un hombre la sujetaba con una cuerda, rodeado de críos con etiquetas en el jersey y cajas de máscaras antigás al cuello. La cebra parecía estar intentando decidir a cuál de ellos propinarle la primera coz. Cuando colgaron el cartel que anunciaba la salida para Liverpool, un sargento comenzó a gritar órdenes a los reclutas, que se levantaron, desperezándose y bostezando, e intentaron formar una especie de fila.

Hacía casi dieciocho meses que Gunner había partido de Glasgow, de aquella misma estación, en 1939. En ese entonces, la guerra estaba en sus inicios y aún no lo había cambiado todo. De pie en el andén, incómodo con su uniforme tieso y la cabeza rapada, había observado a los hombres y mujeres que esperaban su tren para ir al trabajo o regresar a casa, entre carteles publicitarios de polvos para la jaqueca Askit y whisky Red Hackle, y quioscos que aún estaban colmados de periódicos y chucherías. Ahora la mitad estaban cerrados, y la publicidad había sido sustituida por los mensajes habituales del Gobierno: «Mantén la boca cerrada»; «Huertos para la Victoria». En la esquina aún quedaba un café; en el mostrador alcanzó a ver panecillos con queso alineados, e incluso algunos bollos. A Gunner se le revolvió el estómago solo de verlos.

—¡Por aquí, payaso!

Soltando una palabrota, salió de la estación detrás de Drummond y parpadeó, deslumbrado por el sol. Empezaba a hacer calor, así que se desabrochó los últimos botones de la guerrera. Total, ya no tenía que impresionar a nadie. Sacudió la cabeza al ver dónde había dejado Drummond el Morris y recordar lo desconsiderado y cabrón que podía llegar a ser. Había aparcado en plena parada de taxis, demostrando que le importaba una mierda todo el mundo menos los policías, los elegidos de Dios, en su opinión. Los demás que se buscaran la vida.

Haciendo caso omiso de las miradas hostiles que les lanzaban los taxistas, Gunner abrió la puerta del acompañante y se montó en el coche, intentando que no se le crispara el rostro de dolor al doblar la pierna. Las marcas de metralla en la cara no eran las únicas cicatrices que tenía, pero no quería que Drummond se enterara.

El Morris estaba hecho un asco, como siempre. Gunner apartó del asiento unos envoltorios viejos de patatas y una botella vacía de Tennent's antes de acomodarse. El asiento de atrás estaba cubierto de informes policiales sujetos con gomas elásticas y un par de camisas engurruñadas. No cabía duda de que era el coche de Drummond. Hasta olía a él: a humo de tabaco, brillantina y cerveza.

—Oye, ¿cómo es aquello? —le preguntó Drummond mientras arrancaba.

—Has visto los noticiarios, ¿no? —preguntó Gunner—. Pues igual.

Tras dar un volantazo para esquivar el carro de un buhonero, Drummond aceleró.

—Veo que sigues siendo un gracioso de cojones. ¿No te han dado de comer ahí? Estás en los huesos.

Gunner suspiró. No tenía muy claro si Drummond era realmente tan ignorante sobre la realidad de la guerra o solo le estaba tomando el pelo.

—El rancho del ejército no es para echar cohetes —replicó.

—Ja, ja —dijo Drummond—. Peor que aquí seguro que no es. No se puede conseguir nada, salvo esa mierda de huevo en polvo, la ración de cincuenta gramos de mantequilla que le toca a cada uno y para de contar.

Gunner asintió. En realidad, no le estaba prestando atención; le costaba apartar la mirada de la ventanilla. Lo veía todo muy cambiado. Había un cañón antiaéreo frente al Grand Hotel, rodeado por un parapeto de sacos terreros. Tras él, dos chicos uniformados que no aparentaban más de quince años fumaban y leían el periódico. Los sacos terreros estaban por doquier; apilados contra las puertas o formando muros a los lados de la calle.

Bajó el cristal para que entrara un poco de aire. Reconoció para sus adentros que no era de extrañar que Chrissy se hubiera marchado. Cualquier cosa era mejor que estar encerrada en un piso húmedo en Glasgow y casada con un estibador que se ventilaba el sueldo los viernes por la noche.

—¿Adónde vamos, a todo esto? —preguntó, contemplando a tres jóvenes borrachos vestidos con el uniforme azul de la Fuerza Aérea que iban haciendo eses por la calle.

—Al Kelvin Hall.

—¿Por qué? ¿Qué espectáculo dan ahí? No me lo digas: ha vuelto el circo, ¿verdad?

Drummond lo miró como si le faltara un tornillo, pero entonces cayó en la cuenta.

—Ah, has pasado toda la noche en el tren. No lo sabes.

Gunner se volvió hacia él con expresión desconcertada.

—¿Qué es lo que no sé?

—Lo del ataque aéreo. Unos putos bombarderos alemanes aparecieron anoche y nos castigaron de lo lindo, sobre todo en Clydebank, y un poco también en Maryhill. Hay tantos muertos que estamos usando el Kelvin Hall como morgue provisional. Los fiambres no caben en ningún otro sitio.

Gunner se reclinó en su asiento. Había creído que volvía a Glasgow para huir de la guerra, y en realidad no había pensado que ahí también se sufrían sus estragos. Era lo que menos necesitaba en ese momento.

—¿Alguien que conozcamos? —preguntó.

Drummond se sacó un pañuelo del bolsillo y se enjugó la sudorosa frente.

—No es fácil saberlo. Hay un montón de cadáveres aún sin identificar, casi todos destrozados. No sé si al final conseguirán averiguar a quién pertenece cada pedazo. Es un puto desastre. Tenemos controlados a casi todos los chicos de la fábrica de Maryhill, menos Tanner, pero lo más probable es que esté durmiendo la mona por ahí, como siempre. En Clydebank han desaparecido... ¡Hostias!

Drummond pisó el freno a fondo, apoyó los brazos en el volante y el coche derrapó hasta detenerse. Gunner consiguió protegerse la cara con la mano antes de golpeársela contra el parabrisas.

—¡La madre que te parió, Drummond!

Enseguida comprendió el motivo del frenazo. Más adelante, Argyll Street estaba cerrada al tráfico con cuerdas atravesadas y un par de bolardos pintados de rojo. Unos vigilantes de incendios y unos tipos vestidos con mono miraban hacia arriba, con los ojos fijos en uno de los pisos de la casa de vecinos contigua a la antigua panadería.

—Perdona —dijo Drummond—. Hace cinco minutos no estaba toda esta mierda aquí. —Bajó la ventanilla—. ¿Qué coño pasa? —bramó.

Un bombero voluminoso como un armario ropero se acercó y clavó en Drummond una mirada que no habría podido rezumar más desprecio.

—Lo que pasa aquí, señor, es que un incendio ha comprometido la integridad de este edificio, así que hemos cerrado la calle —explicó—. ¿Está usted conforme, señor?

—Soy policía —dijo Drummond.

El bombero sonrió.

—¿No me diga? Yo también soy forofo del Partick Thistle. Y ahora, a tomar por culo de aquí.

Drummond farfulló algo acerca de los «putos pelagatos con ínfulas» y dio la vuelta. Gunner giró la cara hacia la ventana para que Drummond no viera su sonrisa de oreja a oreja.

Argyll Street no era un caso aislado. Tuvieron que rodear las viviendas, pues la mitad de las calles que conducían al Kelvin Hall estaban cortadas con tablones colocados sobre bidones de petróleo que tenían detrás una fila de voluntarios de la guardia del interior. Drummond no era de los que se daban por vencidos a la primera, pero a favor de los abuelos hay que reconocer que no dieron el brazo a torcer por más que él les gritaba, profería palabrotas y les restregaba su identificación policial por la cara.

Cuando circulaban por Dumbarton Road, tuvieron que detenerse de nuevo. Frente a ellos, el tráfico estaba totalmente paralizado, sonaban bocinazos y los conductores bajaban de sus vehículos para intentar averiguar la causa de la retención. Al principio, Gunner supuso que se trataba de otra barrera, pero entonces los vio: lo que parecían centenares de personas se acercaban por Dumbarton Road, sorteando los coches y tranvías, en dirección al hospital Western Infirmary.

Entre ellos corrían enfermeras con un silbato, que tocaban cuando se encontraban con heridos de mayor gravedad a fin de señalar su ubicación a los médicos, e indicaban a los camilleros que los transportaran en angarillas o sillas de ruedas. Un anciano cruzó por delante del coche de Drummond, tropezó y se apoyó en el capó para no caerse. Estaba hecho un eccehomo, con el cabello blanco como la nieve apelmazado por la sangre y el polvo, el brazo izquierdo colgando al costado, y el hueso asomando por la piel y la camisa. Después de dirigirles una mirada ausente, siguió su camino.

Mientras Gunner contemplaba el paso de las víctimas del bombardeo, Drummond blasfemaba y tocaba el claxon como un energúmeno. Tenía la sensación de que volvía a estar en Francia, con sus columnas de refugiados en las carreteras. Al principio, cuando los veía, preguntaba quiénes eran y adónde se dirigían, pero eso había cambiado al cabo de un par de semanas. Ya ni siquiera reparaba en su presencia. Eran demasiados; mujeres, niños y ancianos empujando cochecitos y carretillas cargadas con sus pertenencias. Todos iban con la cabeza gacha, agotados, sin saber dónde acabarían.

Una vez que en Great Western Road las enfermeras y los médicos consiguieron encaminar por fin a casi todos los heridos que podían andar hacia el hospital por calles secundarias, se reanudó la circulación. Drummond arrancó despacio, solo para detenerse de nuevo unos cientos de metros más adelante, cerca de la entrada del hospital. Seis furgonetas del ejército estaban aparcadas en la acera, y unos soldados con camillas descargaban cuerpos de la parte de atrás.

—Madre mía. Pero ¿cuántas bombas han tirado? —preguntó Gunner.

—Ni puñetera idea, pero han estado cayendo toda la noche. Las que han causado más destrozos son las incendiarias. La mitad de Clydebank sigue en llamas.

Drummond se inclinó sobre el volante, sacudió el paquete de cigarrillos para sacar uno y lo encendió con el que tenía en la boca, como acostumbraba a hacer. Con aire taciturno, miró el cielo azul y sin nubes a través del parabrisas.

—En Glasgow tenemos que aguantar todos los días la lluvia de los cojones, y ahora que realmente hace falta, esto parece una puta postal. Como el tiempo no cambie pronto, estamos jodidos. Solo nos faltaba otra noche despejada y que esos cabrones vengan a por el segundo asalto. Como si no estuviéramos ya bastante superados.

—No lo entiendo —dijo Gunner, contemplando el incesante goteo de víctimas—. Debe de haber cientos de cadáveres en el Kelvin Hall. ¿Por qué quieres que vea uno en concreto?

Drummond se volvió hacia él, desplegando una sonrisa.

—Este es un poco distinto. No hay muchas bombas capaces de cortarle a alguien los dedos uno a uno.

2

El Kelvin Hall era un imponente edificio de arenisca roja situado en el West End. De la fachada, flanqueada por dos torres, sobresalía una columnata que daba a la calle. Era el recinto de la ciudad donde se organizaban exposiciones, combates de boxeo importantes y ferias de muestras, un palacio municipal construido como escaparate de la riqueza e importancia de Glasgow. En aquel momento, sin embargo, su aspecto era más bien el de un castillo sitiado.

En los escalones delanteros y el tramo de calle que discurría frente al edificio reinaba el caos. Se habían requisado coches, camiones de carbón, carretones de fruta y cualquier otra cosa susceptible de utilizarse para el transporte de cuerpos, y todos estaban en uso. La multitud crecía minuto a minuto, lo que congestionaba aún más el tráfico y aumentaba el volumen de los bocinazos. Algunas personas que ya habían llevado ahí a sus muertos lloraban por lo bajo, sentadas en la acera. Un niño pequeño chillaba, forcejeando por liberarse de una enfermera; tenía parte de la ropa hecha jirones, y la piel enrojecida y supurante. Una mujer con una criatura en el regazo estaba sentada en un escalón, mirando al vacío, con el vestido y la mantita del bebé manchados de sangre. Había supervivientes aturdidos por todas partes, con las vestimentas rasgadas, los ojos desorbitados y el cabello cubierto de polvo de ladrillo. Tenían en las manos papeles, letreros, fotografías y otros objetos que esperaban que les ayudaran a averiguar el paradero de sus hijos, maridos o abuelas.

Pitando como un poseso, Drummond avanzaba palmo a palmo entre la muchedumbre. Cuando el mar de gente se abrió un poco, Gunner vio a un hombre con el uniforme azul de la ARP, asociación civil para la protección contra ataques aéreos, que intentaba despejar el paso a dos mujeres que llevaban entre ambas lo que parecía una colcha de chenilla azul claro. Una de ellas tropezó, y se le escurrió entre los dedos la esquina de la tela que sujetaba. El brazo de un niño cayó de la colcha al suelo y rodó por la acera. Gunner desvió la mirada enseguida.

—A tomar por culo —dijo Drummond, apagando el motor.

Se bajaron del coche y, dejándolo en medio de la calzada, se abrieron camino como pudieron entre la multitud en dirección al Kelvin Hall. Drummond no parecía en absoluto afectado por el caos y el desorden que los rodeaban. Apartaba alegremente a la gente a empellones al grito de «¡Policía!», que repetía cada pocos segundos. Gunner iba detrás, intentando dejar claro con su actitud que no acompañaba a ese hombre por gusto.

Un joven con pinta de colegial algo talludito, que llevaba un uniforme que a Gunner no le sonaba, estaba encaramado en una caja de madera frente la gran entrada principal, intentando guiar hacia unas puertas a quienes acarreaban cuerpos, y hacia otras distintas a quienes buscaban a sus seres queridos. A Gunner le dio la impresión de que no estaba teniendo mucho éxito. Cuando el muchacho reparó en Drummond, empezó a hacerle señas.

—¡Inspector jefe Drummond! —gritó para hacerse oír por encima del alboroto—. No sé qué hacer con estos...

Drummond alzó la mano para acallarlo.

—No te fustigues, Fraser; lo estás haciendo bien. Continúa así, que nosotros volvemos enseguida. Dentro de diez minutos.

El muchacho hizo ademán de protestar de nuevo, pero Drummond lo atajó con unas palmaditas tranquilizadoras en la espalda.

—Tranquilo, hijo, estás realizando una labor estupenda.

Cuando un viejo se llevó a Fraser a un lado y le preguntó en cuál de las colas debía ponerse, aprovecharon la coyuntura para abrirse camino a empujones hacia la puerta. Una vez dentro, Gunner no pudo evitar cubrirse la boca con la manga de la guerrera. El hedor a excrementos y carne humana quemada resultaba tan insoportable como en Francia. Drummond lo agarró del brazo y señaló al fondo de la sala.

—¡Por ahí!

El enorme vestíbulo estaba repleto de cadáveres dispuestos en hileras ordenadas, algunos de ellos tapados, otros tirados ahí sin más. Drummond y Gunner caminaron entre los cuerpos, con sumo cuidado para no pisarlos. A unos les faltaban extremidades; otros no eran más que masas informes de carne, e incluso había un hombre decapitado al lado de un objeto que recordaba una pelota de fútbol envuelto en una sábana ensangrentada.

Gunner tenía la sensación de que desde que había estallado la guerra no había hecho otra cosa que ver cadáveres y sangre. Lo que menos se imaginaba era que al regresar a Glasgow vería unos cuantos más. Una mujer en camisón y un abrigo de hombre se escabulló de un miembro de la ARP y corrió hacia Gunner para ponerle delante de las narices la fotografía arrugada de un chiquillo disfrazado de vaquero.

—¿Lo ha visto, joven? ¿Ha visto a mi niño? En algún sitio estará, solo tiene nueve años, es...

Gunner sacudió la cabeza, pero ella se aferró a su brazo, con los ojos muy abiertos.

—No quieren decirme nada, se niegan...

Drummond los separó y apartó a la mujer con brusquedad.

—Vamos, Gunner. Los cadáveres de Maryhill están ahí.

Al volver la mirada, Gunner vio que el hombre de la ARP sujetaba de nuevo a la mujer, dejando que llorara y aullara entre sus brazos. El ruido se apagaba a medida que se adentraban en el vestíbulo, alejándose del desorden de la entrada. La sala empezaba a parecer más un depósito de cadáveres que un osario. A Gunner le costaba asimilar la magnitud de lo que veía. Debía de haber por lo menos trescientos cuerpos ahí dentro, sin contar los que seguían llegando a la parte delantera del edificio. No quería ni imaginar cómo sería el panorama en Clydebank en ese momento.

Los muertos de Maryhill estaban colocados en dos hileras de unos veinte cada una, al lado de la indicación KILMUN STREET, escrita con tiza en el suelo de madera. Gunner la conocía bien; era una pequeña calle flanqueada por casas de vecindad, situada a solo a unos doscientos metros de la estación y cerca del canal. Drummond caminó a lo largo de la fila seguido por Gunner, que desplazaba la mirada por los cuerpos, esperando no reconocer a nadie. Drummond se detuvo frente a un cadáver tapado con una cortina floreada y manchada de sangre.

—Aquí está —dijo—. Lo encontraron anoche, en Kilmun Street, entre los escombros. —Miró a Gunner—. Te advierto que no es agradable de ver.

—Ya estoy curado de espantos —dijo Gunner—. Venga, acabemos con esto.

Drummond se agachó y echó la cortina a un lado. A Gunner se le crispó el gesto, incapaz de contenerse. El inspector tenía razón: no era agradable de ver; de hecho, era una visión dantesca. Se trataba de los restos de un hombre de mediana edad alto y delgado. Llevaba una camisa blanca desgarrada y ensangrentada, calzoncillos y un calcetín negro en el pie izquierdo. El cuerpo estaba cubierto de una capa de polvo de vidrio que relucía y centelleaba como la escarcha bajo el sol que entraba a raudales por los grandes tragaluces.

Gunner se puso en cuclillas para examinar al hombre más de cerca, reprimiendo una mueca por el dolor de la pierna. Le cogió la mano derecha. Estaba fría y ya empezaba a ponerse rígida. Le faltaba la punta de los dedos, que habían quedado reducidos a cinco muñones sanguinolentos. Echó una ojeada a la mano izquierda; el cuadro era el mismo.

—¿Ves a qué me refiero? —preguntó Drummond.

Cada dedo presentaba un corte limpio, justo por debajo de la tercera falange. Seccionar así el hueso no era tarea fácil; requería mucha fuerza y determinación, además de unas podaderas, unas tijeras industriales o alguna otra herramienta por el estilo. Gunner soltó la mano y, tras armarse de valor, dirigió la mirada hacia el rostro del hombre.

No quedaba gran cosa de él. La parte delantera del cráneo estaba hundida, convertida en un amasijo de sangre y fragmentos de hueso. Los ojos estaban abiertos del todo, llenos de polvo de vidrio y de ladrillo. La mandíbula inferior solo estaba sujeta por un lado, mientras que el resto colgaba sobre el pecho, de modo que la parte de abajo de la cara era un gran boquete. Gunner espantó con la mano una moscarda que revoloteaba alrededor de la sangre.

Oyó que Drummond encendía un cigarrillo tras su espalda.

—El que hizo esto no quiere que lo identifiquen.

Gunner alzó la vista hacia él.

—No me extraña que te hayan pedido que vuelvas, Drummond. El cuerpo de policía estaría perdido sin ti.

—Sí, muy gracioso, Gunner, muy gracioso... —Tras una vacilación, exclamó—: Hostia, pero ¿qué haces?

A Gunner le había parecido ver algo. Inclinándose sobre el cadáver, metió la mano en el boquete de la boca y alargó los dedos. La cavidad estaba fría y húmeda. Al explorarla a tientas, advirtió que no quedaban dientes enteros, solo algunos fragmentos. Introdujo los dedos más al fondo. A su espalda, Drummond soltaba quejidos y se retorcía cada vez que oía uno de aquellos ruidos acuosos. Gunner estaba convencido de que había palpado algo ahí dentro, pero no alcanzaba a agarrarlo con los dedos. Tras extraer la mano, se limpió la sangre y la saliva en la cortina.

Se sacó el cepillo de dientes del bolsillo superior de la guerrera y lo introdujo en la boca del cadáver. Lo movió de un lado a otro y, cuando notó que topaba con algo, lo apretó contra un lado de la garganta y lo arrastró hacia arriba, hasta la cavidad bucal. Cuando sacó el cepillo y lo sostuvo en alto, este tenía enganchado un trozo de alambre del que colgaban tres dientes postizos.

—El asesino debió de atizarle tan fuerte en la boca que le hizo tragarse el puente dental.

Lo depositó en el pecho del hombre y, cuando se enderezó, le crujió la rodilla. Gimiendo para sus adentros, se sacudió el polvo. Al percatarse de que aún tenía en la mano su cepillo de dientes ensangrentado, lo restregó contra la cortina antes de volver a guardárselo en el bolsillo.

—¡Pero, hombre de Dios...! —dijo Drummond.

Gunner miró el cepillo y lo tiró en una papelera cercana rebosante de ropa y vendas sangrientas. Señaló con la cabeza al hombre del suelo.

—Si quieres averiguar qué sucedió, encarga una autopsia completa —dijo.

Drummond paseó la mirada por la sala hasta dar con lo que buscaba. Un médico y un vigilante de la ARP estaban agachados juntos frente a un cadáver, a unas pocas filas de distancia. El inspector se llevó dos dedos a la boca y emitió un estridente silbido que resonó por el enorme vestíbulo. Cuando los dos levantaron la vista, Drummond les hizo señas para que se acercaran. El joven médico, de poco menos de treinta años, tenía unas ojeras que parecían indicar que llevaba días sin dormir. Iba en pijama, y encima llevaba una bata blanca con manchas de sangre. El miembro de la ARP era un señor mayor con las perneras del uniforme azul remetidas en las botas de goma y la caja de cartón con la máscara antigás colgada del hombro.

—¿Qué andan haciendo? —preguntó Drummond.

—Certificando defunciones —respondió el médico, poniéndose ya a la defensiva.

Drummond inclinó la cabeza hacia el cadáver.

—Necesito una autopsia completa de este pobre diablo lo antes posible. Hay que llevarlo a Montague Street y decirles que los resultados tienen que estar listos hoy mismo.

El médico lo miró, soltó una carcajada y señaló la sala con un gesto amplio.

—Por si no se había dado cuenta, estoy ocupado. Trabajando. Y, gracias a la ineptitud de la policía de Glasgow, que no sabría organizar un concurso de borrachos en una cervecería, cada cinco minutos me aborda un familiar que no debería estar aquí para preguntarme si he visto a su padre, su hermana Ivy o su puta madre. Así que disculpe usted si no corro a cumplir su encargo. —Prácticamente estaba escupiendo, y los ojos se le humedecieron. El de la ARP lo asió del brazo para intentar tranquilizarlo. Tras zafarse con brusquedad, el médico se acercó a Drummond y comenzó a darle golpecitos en el pecho con el dedo, desahogando la rabia y la frustración acumuladas en su interior—. Llevo aquí dieciocho horas, dieciocho horas chapoteando en sangre y mierda, entre niños que han muerto quemados vivos en su cama. A mí no venga a darme órdenes como si fuera uno de sus cadetes.

Se quedó ahí, de pie, con la respiración agitada y los ojos arrasados en lágrimas.

Drummond se llevó la mano al bolsillo, sacó una cajetilla de Player's y se encendió otro cigarrillo con la punta del que aún tenía en la boca.

—¿Ha terminado? —preguntó—. Así que, en resumen, me dice que ha estado haciendo usted su trabajo. ¿Y qué espera? ¿Que le dé una medallita? —Le echó humo a la cara y dio un paso hacia él—. Yo también estoy haciendo mi trabajo, y no me oirá lloriquear por ello. —Señaló hacia abajo con la cabeza—. Es víctima de un asesinato, lo que lo convierte en un caso prioritario, así que ya puede mover el culo, ¿me oye?

El médico temblaba, con los puños apretados, como intentando decidir si pegarle o no. El de la ARP se interpuso entre ellos y le prometió a Drummond que el cadáver estaría en el depósito antes de una hora.

Gunner los observó alejarse. El de la ARP abrazaba por los hombros al médico y le hablaba con suavidad para tratar de apaciguarlo.

—Eres un auténtico hijo de puta, Drummond.

Con una gran sonrisa, este le propinó una palmada en la espalda, muy satisfecho de sí mismo.

—Pues claro, es justo lo que esperas de mí. Bueno, ¿me ayudarás a averiguar quién le hizo esto al pobre desgraciado?

Gunner sacudió la cabeza.

—Ya no soy policía...

—No, y tampoco estás en el ejército, así pues, ¿a qué te vas a dedicar?

—No es tan fácil, Drummond. Las cosas han cambiado. Yo mismo he cambiado...

—¿En qué sentido? Vale, tu cara ahora parece comida para perro, ¿y qué? Eso ya no tiene remedio. Sigues siendo mi mejor baza.

Gunner negó con un gesto.

—No puedo, Drummond, no...

—Joder, me vas a obligar a decirlo, ¿verdad? Necesito que me eches una mano en esto, Gunner, por favor. No tengo a nadie más.

A Gunner ya le habría gustado que lo del ojo fuera su único problema. Bajó la mirada hacia el cuerpo que yacía sobre la cortina, las manos mutiladas y lo que quedaba de la cara.

Asintió.

—Está bien. De acuerdo, pero ten presente lo que te he dicho. Las cosas no son como antes.

Drummond dejó caer su colilla en un charco de sangre que empezaba a coagularse en el suelo.

—Así me gusta —dijo, y alzó los ojos hacia él. Le sonrió de oreja a oreja—. Joder, pero tú eres de los que exigen una invitación a cenar y unos bailoteos antes del revolcón, ¿no? Como una señorita decente.

Gunner sacudió la cabeza. Drummond no había cambiado un ápice; seguía siendo el mismo cabronazo de toda la vida, el que siempre tenía que decir la última palabra.

3

Gunner dejó a Drummond y al muchacho uniformado en el Kelvin Hall después de quedar en verlos más tarde en la sala de autopsias. Tenía otras cosas en la cabeza aparte de cadáveres sin dedos. Le gruñía el estómago de hambre, debía encontrar algún sitio donde alojarse y comer algo. La visita al bar clandestino podía esperar a la noche. Se abrió paso entre la multitud hasta la salida y echó a andar por Byres Road en busca de ambas cosas.

Esta arteria central no había cambiado tanto. Salvo por los muros deflectores que cubrían las entradas de las calles cerradas y las colas de mujeres formadas delante de todas las carnicerías y verdulerías, era la misma vía concurrida de siempre. Por otro lado, no se veían estudiantes; quizás habían cerrado la universidad. Tampoco había niños. Sin ellos, la ciudad se antojaba un poco muerta, demasiado tranquila, demasiado recatada. Compadecía a la gente de campo que estaba sufriendo una invasión de chavales evacuados de Glasgow; se iban a quedar atónitos.

Había una cocina móvil instalada en un cruce de Great Western Road próximo a la estación de trenes. Era algo que se veía por todas partes: una furgoneta empapelada con carteles del Gobierno y un mostrador atendido por dos chicas guapas. Cuando se dirigió a ellas, ambas sonrieron.

—Un té y un bocadillo de beicon —pidió.

Las mujeres se miraron y rompieron a reír.

—El té se lo podemos poner —dijo la de la izquierda—. Pero... ¿beicon? Está de guasa, ¿no? Hace meses que por aquí el beicon ni lo olemos.

La otra destapó una lata de galletas y se la tendió para que le echara un vistazo. Dentro no había más que dos míseros bollos de Bath sobre un montón de migajas.

—¿Quiere uno con un poco de margarina? —preguntó ella.

Gunner asintió. Por lo visto, no iba a conseguir nada mejor.

Se quedó de pie frente al mostrador, bebiéndose a sorbos su té y escuchando a un par de marineros franceses con uniforme que se habían acercado para coquetear con las chicas en un inglés macarrónico. Por lo que alcanzaba a oír, no les iba tan mal. El bollo de Bath estaba rancio, pero se lo comió de todos modos, masticando trabajosamente. El jardín botánico estaba muy cambiado. No quedaba rastro de los macizos de flores bien cuidados ni del suave césped. Los habían arrancado para plantar un bancal tras otro de patatas y nabos.

Mientras usaba una cerilla para desencajarse un trozo de pan duro de entre los dientes, se preguntó qué tramaba Drummond en realidad. Por lo general, manejaba dos objetivos; el que hacía público, el oficial, y el que solo conocía él. Siempre albergaba alguna intención oculta. Gunner apuró el té y, después de depositar la taza de hojalata en el mostrador, se encaminó hacia el cuartel. Sin duda no tardaría mucho en saber la verdad.

Notaba el calor del sol en la espalda mientras avanzaba por Queen Margaret Drive y cruzaba el puente sobre el perezoso río Kelvin. Empezaba a dolerle la pierna, pero el médico le había aconsejado que se apoyara en ella al caminar. Para él era fácil decirlo; a él no le habían volado media pierna con una bomba. Sentía que el sudor empezaba a resbalarle por la espalda, aunque no estaba seguro de si era por el sol o por el dolor.

Antes del viaje no había buscado un sitio donde hospedarse, pues daba por sentado que pararía en el piso de Chrissy. Tendría que dedicar un par de semanas a decidir qué rumbo dar a su vida. Suponía que una baja médica no era algo de que avergonzarse. Después de todo, había resultado herido en combate. Era un héroe. Aunque eso no le iba a servir de mucho. Era un héroe que estaba en la calle.

Si no se encontraba en condiciones de seguir en el ejército, seguramente tampoco de reincorporarse al cuerpo de policía. El problema era que no tenía la menor idea de qué hacer a continuación. Desde que había terminado los estudios, solo había trabajado como policía. Con toda probabilidad le darían un empleo de oficina si lo solicitaba, pero no se veía capaz de estar todo el día sentado en un despacho mientras otros se encargaban del trabajo de verdad.

Se detuvo en un cruce, y un autobús con destino a Springburn le pasó por delante. Se acordó de lo que le había dicho a Andy. Le había prometido que, cuando regresara a Glasgow, iría a ver a su esposa. La guerra le parecía algo muy lejano, excepto cuando lo asaltaba algún recuerdo o se despertaba tras haber soñado que estaba en Francia. Aun así, una promesa era una promesa. Con un suspiro, dio media vuelta y puso rumbo hacia Springburn. Tardó unos veinte minutos en llegar. No sabía muy bien qué decirle. No iba a contarle lo que había sucedido en realidad, eso seguro.

El número 75 estaba al lado de una tienda de comestibles con el escaparate casi vacío, salvo por unas tristes coles y un saco de patatas. Aun así, fuera había gente haciendo cola, otra consecuencia de los tiempos difíciles que corrían. Le preguntó a un muchachito que salía del edificio en qué piso vivía la señora Munn, y el crío respondió que en el de arriba del todo. Suspirando, Gunner empezó a subir las escaleras.

Al llegar al último rellano, se detuvo un momento a recuperar el aliento y esperar a que el dolor de la pierna remitiera. Llamó a la puerta. Se disponía a llamar de nuevo cuando esta se abrió, y una joven con una criatura en brazos apareció al otro lado.

—¿Señora Munn? —preguntó él—. Me llamo Joe Gunner. Serví en el ejército con su marido. Con Andy.

Cinco minutos después, mientras el bebé dormía en la cuna y Margie Munn contemplaba un retrato enmarcado de Andy en la pared con un crespón, Gunner estaba sentado a la mesa de la cocina, frente a una taza de té. Y mentía como un bellaco.

—Era un buen tipo, Andy. Caía bien a todo el mundo. Se llevaba muy bien con todos los compañeros.

Ella asintió, con lágrimas rodándole por las mejillas.

—Habíamos salido de patrulla. A Andy le pareció ver algo, dio la voz de alerta y todos nos echamos cuerpo a tierra. De no ser por eso, estaríamos muertos. Los alemanes lo oyeron, dispararon y... —Gunner se interrumpió y la miró. ¿Qué sentido tenía decir que en un momento estaba ahí y al siguiente había saltado en pedazos? Aunque era la verdad, eso no habría ayudado a nadie. Se obligó a continuar—. Nos salvó a todos.

Margie alargó el brazo y lo tomó de la mano.

—Gracias por venir, Joe. Significa mucho para mí.

Se levantó para servirle más té. Gunner se sentía como un farsante, pero mentirle había sido lo más compasivo, y eso era lo que importaba. Ahora ella podría asegurarles a sus conocidos que su Andy había muerto como un héroe y que uno de los soldados que lo acompañaban en sus últimos momentos había ido hasta ahí para contárselo.

—Y ahora ¿qué planes tienes? —preguntó Margie.

—Encontrar alojamiento —respondió Gunner.

—Me sobra una habitación —dijo ella—. Estaba buscando un inquilino, así que, si la quieres, es tuya.

Gunner lo meditó un momento. Sabía que era mala idea. Ella acababa de enviudar y estaba sola, con un niño pequeño. Sabía cómo acababan estas cosas. Una noche, después de tomarse unas copas, él regresaría y ella estaría esperándolo levantada.

—Gracias, Margie, pero necesito algo para mí solo, para estar tranquilo y poder recuperarme.

En cuanto lo dijo, le sonó a excusa. Ella asintió, intentando sonreír.

—Solo era una idea —dijo—. No te preocupes.

Tras prometerle que volvería para ver cómo estaba, aunque ambos sabían que no era cierto, Gunner bajó las escaleras y salió al sol.

Veinte minutos después, al pasar por delante del pub Munns Vaults, avistó el cuartel que se alzaba a lo lejos: su siguiente destino. Construido a finales de siglo, era enorme y casi constituía una ciudad dentro de otra. Era la base oficial del regimiento de los Scots Greys. Se trataba de un terreno de casi una hectárea sembrado de feos edificios marrones y campos de maniobras. Si en tiempos de paz albergaba a mil personas, en aquel momento solo Dios sabía cuántas habría. Una alta muralla se elevaba en torno al complejo, no tanto para evitar la entrada de intrusos como para impedir que salieran los soldados. Los oficiales disponían de unas dependencias al otro lado de la calle para cuando recibían la visita de sus esposas. «El rincón de los revolcones», lo llamaban los soldados rasos, que carecían de dichos privilegios.

Cuando estalló la guerra, fue ahí a donde acudió Gunner para alistarse. Solo tuvo que cruzar la calle desde su comisaría y firmar. Sin más trámite. Parecía la opción más sencilla. Y ahí estaba otra vez.

Tras saludar a los guardias de la puerta con una inclinación de la cabeza, mostró su tarjeta de identificación y rodeó el edificio principal hacia los pequeños despachos que había en la parte de atrás. Buscaría a MacGregor, el sargento mayor, con la esperanza de que este se acordara de él y lo ayudara a conseguir un lugar donde hospedarse durante unos días, hasta que encontrara algo más permanente. Lo más probable era que no sucediera ni lo uno ni lo otro, pero no se le ocurría otra solución.

Gunner bordeó la plaza de armas, manteniéndose cerca de las paredes, evitando la calzada, donde los nuevos reclutas intentaban marchar al compás mientras les gritaban. Había que reconocer que, incluso para tratarse de unos novatos, lo hacían de puta pena. Un sargento le bramaba en la cara a un chico alto y pelirrojo que estaba deshecho en llanto. Gunner supuso que él lo había tenido más fácil por haber estado en la policía, lo que le había dado cierta idea de cómo sería el ejército. Aquellos pipiolos, en cambio, parecían sufrir fatiga de combate sin haber estado aún en el frente.

Al otro lado de la plaza, unos soldados que se habían quedado en camiseta jugaban un partido informal de fútbol, y el ruido de los gritos y el golpeteo de las botas sobre los adoquines rebotaba entre los edificios circundantes. Gunner se sentía como si hubiera vuelto al colegio. Se preguntó cuántos de aquellos muchachos seguirían jugando al fútbol al año siguiente, o cuántos estarían con vida siquiera. Se quedó un rato parado, mirando el partido. Él mismo había sido un jugador bastante bueno. Se le daba bien el fútbol, como casi todos los deportes. Ya no, después de lo ocurrido. Aun así, ahí estaba, vivito y coleando, por lo que podía considerarse más afortunado que muchos soldados que había conocido.

Resultó ser cierto aquello de que los milagros existen. MacGregor sí que se acordaba de él. De hecho, lo reconoció enseguida.

—Gunner, Joseph, 1542686. Nunca me olvido de una cara —aseveró, tendiéndole la mano—. Y menos aún si es la de un tipo rubio y grandote.

El propio MacGregor tampoco era fácil de olvidar, con su rostro grande y redondo, sus gafitas, la marca de nacimiento en forma de fresa en el cuello y el cabello negro cortado al rape. Al parecer, MacGregor había subido de rango desde su último encuentro, cuando estaba guiando a unos voluntarios recién llegados en una visita para mostrarles las instalaciones. Incluso disponía de despacho propio, que, aunque solo era ligeramente más espacioso que un armario, tenía una placa de latón en la puerta con su nombre y todo.

Después de las preguntas de rigor sobre cómo marchaban las cosas en Francia, MacGregor fue al grano. Siseó con los dientes apretados y hojeó los papeles que tenía delante, encima del escritorio. Garabateó algo con un lápiz romo.

—¿Cuántos días, me ha dicho? —preguntó.

—¿Una semana? —aventuró Gunner, tentando su suerte.

—Hostia, no pide usted nada. —MacGregor repasó de nuevo sus papeles hasta que encontró algo y desplegó una sonrisa—. Joe Gunner, 1542686, es usted un hombre con suerte. Puedo hacerle un hueco. Pero no lo comente mucho, esto no es un puto hotel —añadió—. Como se entere el jefe, me cae un buen puro. —MacGregor se levantó—. Vamos, lo acompaño a que se instale antes de que el viejo cabrón regrese de almorzar.

Atravesaron de nuevo la plaza de armas, deteniéndose cada vez que alguien abordaba a MacGregor para consultarle respecto a unos uniformes de talla equivocada, unas máscaras de gas perdidas o la ubicación de la enfermería. Tenía su gracia que un don nadie, cuyo trabajo había consistido en cerciorarse de que hubiera suficientes rollos de papel higiénico y pantalones militares, se hubiera convertido en el auténtico poder en la sombra en el cuartel, el hombre que lo sabía todo.

—¿Adónde dice que vamos? —inquirió Gunner.

—Al aposento conyugal del comandante. Como el muy tonto del culo está destinado en el norte de África ahora, lo han requisado y declarado de uso transferible.

Gunner se había perdido.

—¿Eh?

—Para utilizarlo como trastero —explicó MacGregor—. O para alojar a niños desamparados y personas aparecidas de la nada a las que hay que meter en algún sitio. —Se enjugó la frente con la manga y levantó la mirada al cielo—. Menudo tiempo de mierda. Hace un sol de cojones. —Ambos sabían lo que eso implicaba: más ataques aéreos—. Por cierto, no estarás solo. Tendrás que convivir con dos tipos de Londres, unos finolis que trabajan para el Ministerio de Alimentación.

4

Los aposentos del comandante se encontraban en una pequeña casa suburbana cuya parte trasera daba a los muros del cuartel, y la delantera a un pequeño jardín con césped, una cerca blanca y una hilera de rosales algo secos. Avanzaron por el sendero de entrada y MacGregor llamó a la puerta. Esperaron. No hubo respuesta.

—Laurel y Hardy habrán salido —dijo MacGregor y, tras seleccionar una de las cerca de veinte llaves que llevaba sujetas a la cintura por medio de una cadena, abrió la puerta. Entraron y saludaron a voces. Nadie contestó. Gunner paseó la vista por el salón. Estaba decorado con papel pintado de flores, y el mobiliario incluía un sofá, dos sillones con antimacasares y un piano vertical en un rincón. Había varias máscaras africanas en las paredes y una alfombra de piel de antílope sobre la moqueta.

—Estuvo en la India o algún lugar por el estilo antes de que lo destinaran aquí —explicó MacGregor—. De ahí toda esta mierda.

—África —dijo Gunner—. Por lo que parece, estuvo en África.

—¿Tú crees? Ni puñetera idea de dónde estuvo, pero, fuera donde fuese, el puto viejo se pasaba el día hablando de eso —dijo MacGregor—. Ojalá se hubiera quedado ahí. Vamos.

En el piso de arriba había más recuerdos: un escudo con unas lanzas cruzadas en una pared próxima a los dormitorios y unas tallas en madera de antílopes y guepardos en la librería del descansillo. MacGregor abrió una de las puertas del rellano.

—Lo siento —dijo—. Es un cuchitril, pero has tenido suerte de que esté libre.

Gunner echó una ojeada al interior. No iba a quejarse; había imaginado que acabaría en un catre al fondo de un dormitorio abarrotado. Aquel cuartito iba a ser el alojamiento más lujoso que había tenido en mucho tiempo. Prefería mil veces dormir ahí que en un granero bombardeado en la campiña francesa o hacinado con cincuenta tipos en una tienda de campaña, soportando sus ronquidos. Una cama con una colcha floreada y dos almohadas ocupaba casi todo el espacio, junto a una mesita con una lámpara. Al lado había un baño con una bañera de tamaño completo y una pila de toallas sobre un estante.

—¿Agua caliente? —preguntó Gunner, esperanzado.

MacGregor consultó su reloj.

—Tendrás que darte prisa. La caldera se apaga a la una. —Comenzó a bajar las escaleras—. Me tengo que ir. Esta tarde llegan otros veinte polacos de mierda y no tengo dónde meterlos. Ya te presentarás tú mismo a los chicos de Alimentación.

En cuanto MacGregor se marchó, Gunner llenó la bañera casi hasta arriba; al carajo con las normas y la rayita pintada a un lado que marcaba una profundidad de trece centímetros. Se lo había ganado. Después de quitarse el uniforme, aún impregnado del olor a humo y cadáveres del Kelvin Hall, se sumergió despacio en el agua caliente y se recostó. Intentó recordar cuándo había sido la última vez que se había dado un baño en lugar de una ducha de agua fría rodeado de veinte individuos.

En el reborde de la bañera había una pastilla de jabón Pears. La agarró y se la acercó a la nariz. Olía mejor que el jabón carbólico que usaban en los bloques de letrinas. Empezó a lavarse, convencido de que aún no había conseguido librarse del hedor de aquel vestíbulo. Al captar sus movimientos reflejados en el espejo en la pared opuesta a la bañera, no pudo evitar mirarse en él.

Descorrió la cortina y se quitó el parche del ojo. El médico le había advertido que debía llevarlo puesto en todo momento, salvo cuando estuviera en penumbra. Ese ojo se había vuelto demasiado sensible, por lo que la luz normal le resultaba tan dañina como mirar fijamente al sol. Albergaba la esperanza de que sanara por completo al cabo de un par de meses. La marca que le había quedado en la piel que le rodeaba el ojo, sin embargo, era permanente. Ya nada podía hacerse al respecto.

La del rostro no era su única cicatriz, ni mucho menos. En el pecho tenía dos quemaduras, unas zonas donde la piel era roja y brillante, cada una del tamaño de un plato pequeño. Vistas en el espejo presentaban peor aspecto del que había imaginado. Se removió en la bañera, desviando la mirada. Lo había asalto el recuerdo de cómo se las había hecho. Al notar que empezaban a temblarle las manos, cerró los puños y se hundió en el agua a esperar a que se le pasara.

La bomba que le había dejado ese mapa de cicatrices había matado al tío que estaba a su lado, un tal Arthur; no recordaba su apellido. Gunner lo había conocido esa misma mañana. Hablaba con un marcado acento de Birmingham y no paraba de balbucear que quería volver a casa con sus palomas de carreras. Estaba contándole a Gunner que iba a construir un palomar nuevo cuando este oyó una detonación, notó un calor repentino, y de pronto Arthur salió despedido por el aire y cayó al suelo en dos trozos. El cuerpo volando era lo último que Gunner recordaba haber visto antes de perder el conocimiento y fue lo primero que le vino a la memoria cuando volvió en sí en el hospital de campaña. Permaneció un rato tendido. No había mentido al decirle a Drummond que no sabía si le sería posible ayudarlo. Por más que el inspector se negara a creerlo, Gunner había cambiado. Bajó la vista hacia su pierna izquierda. Una cicatriz de un rosa reluciente y el ancho de un penique la recorría desde la mitad del muslo hasta la mitad de la pantorrilla, donde terminaba en un surco de unos quince centímetros de largo, y dos y medio de profundidad. Al principio, los médicos se habían mostrado optimistas y habían calculado que volvería a la normalidad en un par de semanas, luego le habían dicho que la rehabilitación le llevaría mucho tiempo, pues la herida no estaba curándose bien, y al final apenas le dirigían la palabra. Cuando extendió el brazo hacia el jabón, se le crispó el gesto. El agua caliente lo aliviaba un poco, pero no lo suficiente. La pierna seguía doliéndole un huevo. Había llegado el momento de solucionar eso.

Se inclinó sobre el borde de la bañera, aflojó el cordón de su bolsa de aseo, sacó la cajita que contenía y la agitó. Solo quedaban dos. Había intentado racionarlos desde que había salido del hospital, pero sin mucho éxito. El dolor constante era una de las razones por las que estaba casi siempre de mala leche. Extrajo de la caja la jeringa precargada y una pequeña aguja que acopló en la parte de arriba. Como en cada ocasión, leyó la etiqueta: «Solución de tartrato de morfina. Puede generar dependencia».

Tal vez era cierto. Después de cinco semanas en el hospital, no era fácil saberlo. Se pellizcó la piel del abdomen, tiró de ella hacia arriba y clavó la aguja. Cuando apretó el tubo y la solución fluyó hacia su torrente sanguíneo, experimentó la sensación fría de siempre. Solo tardó un par de minutos en empezar a hacer efecto. Se recostó de nuevo en la bañera. El dolor de la pierna desapareció de inmediato, al tiempo que el calor se extendía por su cuerpo. Y después se sumió en la nada, consciente tan solo de que, al menos durante un rato, no pensaría en la bomba, en el tal Arthur, en el dolor de la pierna o en el hecho de que solo quedaba una jeringa precargada en la caja.

Permaneció ahí tendido cerca de una hora mientras se enfriaba el agua, disfrutando del silencio, con la mente en blanco y el cuerpo libre de molestias, para variar. Era uno de los aspectos más chocantes de servir en el ejército: uno siempre se encontraba rodeado de ruido y gente, sin tiempo para sí mismo. Se levantó, se sacudió el agua, y los ojos se le fueron de nuevo hacia su imagen en el espejo. Había perdido peso, demasiado. Siempre había sido un tipo corpulento, fortachón, cosa que le había venido bien. Trabajar como policía en Glasgow requería mucho esfuerzo físico. En ocasiones había que recurrir a la fuerza bruta, y no sabía si ahora estaba en condiciones de hacerlo.

Se secó, permitiéndose el lujo de usar dos toallas. Cuando estaba terminando de afeitarse, oyó el ruido de la puerta principal al abrirse, seguido de unas voces. Tras aclararse el jabón de la cara, se ciñó una toalla a la cintura, se puso de nuevo el parche y bajó las escaleras para conocer a sus nuevos vecinos.

En cuanto abrió la puerta del salón, la conversación entre los dos recién llegados cesó de golpe. Volvieron la cara hacia él, ambos con expresión de sorpresa. Uno frisaba la cincuentena, tenía un aspecto normal y corriente y llevaba un traje gris. El otro era más joven, de algo menos de treinta años, como Gunner. Tenía el pelo rubio y despeinado, un traje de *tweed* y el físico de un delantero de rugby. Miró a Gunner de hito en hito.

—Estás goteando sobre la mejor Axminster del comandante. Menos mal que está en Irak —dijo, tendiéndole la mano—. Giles Nickerson.

Gunner había conocido a unos cuantos oficiales de buena familia, pero este se llevaba la palma. Hablaba como un locutor de la BBC. Tras secarse la mano en la toalla que le rodeaba la cintura, estrechó la del joven.

—Joseph Gunner. Voy a alojarme aquí un par de días.

Nickerson se quedó pensativo.

—¿Gunner? ¿Eres sueco? No tienes acento.

Gunner negó con la cabeza.

—Nacido y criado en Glasgow. El sueco era mi padre.

—¡Ah! Pues no iba tan desencaminado —dijo Nickerson, satisfecho de sí mismo—. Excelente. Cuantos más, mejor, ¿no? Te presento a mi colega, Anthony Moore.

Gunner le ofreció la mano, y Moore la aceptó, aunque no parecía muy contento.

—No nos han avisado de que se instalaría alguien más aquí.

—Ha sido cosa de último momento —explicó Gunner—. Me han asignado el cuartito porque no tenían dónde más meterme.

Por toda respuesta, Moore clavó los ojos en él.

Gunner levantó las manos.

—Si necesitáis confirmación, por mí no hay problema.

—No hace falta, no hace falta —se apresuró a decir Nickerson—. Lo entendemos perfectamente. La falta de espacio da mucho por culo. —Miró a Gunner un instante más de la cuenta y se fijó en sus cicatrices—. Bueno, desde luego no cabe duda de que has estado en el frente.

Gunner se removió, incómodo, ajustándose la toalla.

—Subo a vestirme y os dejo tranquilos.

—¿Tenemos todo lo que necesitamos? —le preguntó

Moore a Nickerson, ignorando a Gunner—. El conductor llegará en cualquier momento.

—Voy a comprobarlo —dijo el otro, y se escabulló escaleras arriba, dejando a los otros dos sumidos en un silencio incómodo. Moore se sacó una pitillera de plata del bolsillo interior de la americana y la abrió. Se disponía a sacar un cigarrillo, pero cambió de idea y se acercó a Gunner, alargándole el estuche.

—Gracias —dijo este, cogiendo uno.

Moore encendió el suyo y agitó la mano para apartarse el humo de la cara antes de ofrecerle el encendedor a Gunner.

—Perdona si he estado un poco borde. Nos has pillado por sorpresa.

—Es comprensible —dijo Gunner, exhalando una vaharada de humo. Por fin algo de tabaco decente, y no la porquería que daban en el ejército—. ¿Trabajáis para el Ministerio de Alimentación?

Moore asintió.

—Es un trabajo un poco aburrido, pero alguien tiene que hacerlo.

—¿Y qué os trae por aquí? —inquirió Gunner.

—Un estudio de viabilidad sobre el aumento de la población ovina. Tenemos que comprobar si hay terrenos suficientes que puedan dedicarse al pastoreo y demás. —Sonrió, y de pronto ya no parecía tan estirado—. Un tema absolutamente fascinante, como te imaginarás.

—¡Ya está! Las había dejado encima de mi cama. —Nickerson reapareció, con un fajo de carpetas de color pardo—. Gunner, ¿te hace una copa en la cantina más tarde? —preguntó—. Siempre viene bien enterarse de lo que pasa por boca de alguien con experiencia de primera mano. Los que luchamos en la retaguardia tenemos que estar informados.

Gunner asintió.

—Siempre y cuando invitéis vosotros. Yo estoy pelado.

Nickerson batió palmas.

—¡Excelente!

Moore se volvió para mirar por la ventana: un Jaguar negro se había detenido frente a la casa.

—Ese es el coche —dijo—. Nos vemos luego.

Abrió la puerta principal y los dos salieron. Gunner observó cómo subían al asiento de atrás del coche, mientras un chófer calvo con traje de raya diplomática les sujetaba la puerta. Aunque estaba medio atontado por la morfina, aún conservaba su instinto de policía. Si aquellos dos trabajaban para el Ministerio de Alimentación, él era un marinero ruso.

5

—¡La leche, el vikingo ha vuelto! ¿Qué tal?

Archie Taylor se inclinó sobre el mostrador y le tendió la mano. Hasta donde Gunner recordaba, siempre había sido el sargento encargado de la recepción en la comisaría de Maryhill. Su aspecto era prácticamente el de toda la vida, con el mismo cabello rojizo pulcramente peinado con raya al lado y la misma expresión triste, aunque mostraba algunos signos de la edad. Como todo el mundo, supuso Gunner.

—Bien, Archie, bien —dijo Gunner, estrechándole la mano.

Paseó la vista alrededor. La comisaría no había cambiado mucho durante su ausencia. Ahí seguían el viejo y agrietado suelo de linóleo, el banco de metal atornillado a la pared, el cubo y la fregona por si algún borracho indigente no llegaba a tiempo al baño. Las únicas novedades estaban colgadas en las paredes. Y había un montón.

—Por lo que veo, han fijado algunos carteles nuevos —comentó.

Archie sacudió la cabeza.

—Al Ministerio de Defensa le ha dado por ahí. Yo habría imaginado que tendrían cosas mejores que hacer que enviar uno distinto cada semana. Acabarán mandándonos un soldadito de peluche por Navidad. —Miró de nuevo a Gunner—. ¿Qué te ha pasado aquí? —le preguntó, llevándose el dedo al ojo.

—¿Aquí? —dijo Gunner—. Nada. Deberías haber visto cómo quedó el otro tío.

—¿Sin un rasguño? —preguntó Archie con una sonrisa de oreja a oreja.

—Me has quitado las palabras de la boca —respondió Gunner—. ¿Mi ropa sigue en mi taquilla?

—Debería. A menos que ese cabrón manilargo de Barbour haya conseguido abrirla. —Archie alzó la vista hacia el reloj situado sobre la puerta de dos hojas—. Estoy a punto de terminar mi turno. ¿Qué te parece si nos tomamos una pinta y me cuentas a cuántos boches te has cargado?

—Buena idea, pero antes tengo que ir a ver si mi ropa aún está aquí.

Gunner levantó la barrera y se dirigió hacia el vestuario, que estaba al fondo. Olía como siempre, a sudor y jabón carbólico. Se sentó en el banco y alzó la vista hacia su taquilla. Aún tenía las iniciales que un tal J. D. había grabado en la madera mucho antes de que Gunner entrara en el cuerpo. El vestuario era un recinto pequeño con listones de madera en la pared, cinco taquillas y baldosas de linóleo gastado. Aun así, iba a echarlo de menos. A añorar las bromas, los insultos e incluso a Barbour, el trepa de la comisaría, cuando intentaba convencer a los demás de lo heroica que había sido su actuación del día. ¿Cómo era aquella frase? Uno no sabe lo que tiene hasta que lo pierde. Sabias palabras. Deslizó los dedos por la parte superior de su taquilla hasta encontrar la llave, que estaba en su sitio de siempre. Al parecer, Barbour no había tenido suerte.

Abrió la taquilla. Su uniforme de policía, un traje y un par de camisas colgaban de la barra. En el estante inferior había un par de zapatos de cuero calado con unos calcetines hechos bola dentro. Componían un cuadro más bien triste. ¿A eso se reducía su existencia? ¿A unas prendas raídas y un par de calcetines doblados con la esperanza de durar un día más? Oyó a Archie gritarle que se diera prisa. Eso hizo.

The Punch Bowl, que estaba enfrente de comisaría, siempre había sido el bar que frecuentaban los policías. Antes de cruzar, los dos esperaron a que unas ambulancias procedentes de Clydebank pasaran con un rugido sordo. El sol estaba alto en el cielo, y empezaba a hacer calor de verdad. Las mujeres que hacían cola frente a la carnicería iban a cuerpo gentil con vestidos sin mangas y llevaban de la mano a críos en pantalón corto y zapatillas de lona con cara de aburrimiento.

El olor a cerveza rancia y humo de cigarrillos Woodbine asaltó a Gunner en cuanto entraron en el pub. Hacía mucho tiempo que no aspiraba ese aroma; era estupendo. Mientras Archie se sentaba a una mesa, él fue a pedir las bebidas. Jackie no estaba en su puesto habitual tras la barra; a saber dónde se había metido. Era muy difícil seguirle la pista a la gente en los tiempos que corrían. En su lugar había una camarera joven que Gunner no reconoció. Ella le tomó nota, sonrió y sirvió las pintas mientras se pasaba el chicle de un lado a otro de la boca.

Mientras esperaba, Gunner se contempló en el enorme espejo del botellero con el logotipo de Tennent's. Había llevado uniforme durante tanto tiempo que le resultaba extraño verse con traje y corbata. De pronto, cayó en la cuenta de lo mucho que se parecía a su padre. Compartían el mismo cabello rubio, la misma estatura, la misma complexión robusta. En aquel momento, Gunner tenía la edad que contaba su padre cuando él nació. Una vez que la camarera dejó los dos vasos en la barra con un golpe seco, él le dio dos chelines, le dijo que se quedara con el cambio y llevó las cervezas a la mesa en la que lo esperaba Archie.

—Salud —dijo, entrechocando el vaso con el suyo antes de sentarse.

—¿Te has enterado de lo del bombardeo de anoche? —preguntó Archie.

Gunner asintió.

—Drummond fue a recogerme a la estación.

—Joder, menuda bienvenida —dijo Archie—. Ya es mala suerte.

—Estuviste ahí, ¿verdad?

Archie hizo un gesto afirmativo.

—Fue un puto infierno. No pudimos entrar en Clydebank con el furgón, ni siquiera acercarnos. Todas las carreteras estaban bloqueadas, así que tuvimos que bajarnos e ir a pie. Créeme, Gunner, si te digo que fue como atravesar las llamas del averno. Había tanta luz que parecía que estuviéramos en pleno día. Y la gente atrapada en su casa pegaba unos alaridos tan fuertes que se oían por encima del ruido del fuego y de los edificios que se derrumbaban. —Guardó silencio un momento, sacudiendo la cabeza—. Es el sonido más espeluznante que he oído en mi vida. La mitad de ellos tuvieron que arrojar a sus hijos por las putas ventanas para salvarlos. Nunca había visto cosa igual. —Tomó un trago de cerveza y se quedó un rato con la mirada perdida—. Dicen que los cabrones volverán esta noche porque el cielo estará despejado.

—¿También estuviste en Maryhill después del bombardeo? —preguntó Gunner.

Archie asintió, limpiándose la espuma que le había quedado en el bigote.

—Como no podíamos hacer gran cosa en Clydebank, regresamos y nos enteramos de que habían caído bombas en Maryhill. Por Shiskine Street, Kilmun Street, toda esa zona. No fue algo tan gordo como lo de Clydebank, pero un par de casas de vecindad se vinieron abajo, y la mitad de las que quedaron en pie habrá que demolerlas. Ya no son seguras para vivir. —Bostezó y desplegó una sonrisa—. Hostia, no sé si voy a poder acabarme la pinta antes de quedarme frito. He estado durmiendo casi todas las noches en un catre que hay en comisaría. La verdad es que en estos días no vale la pena volver a casa. Quedamos tan pocos que llevo meses haciendo varios turnos seguidos.

—¿Os llevasteis cadáveres de Kilmun Street? —preguntó Gunner, encendiéndose un cigarrillo.

—Sí —dijo Archie—. Los cargamos en la camioneta de los chicos de la ARP. Era un puto horror, parecía una carnicería, la gente estaba hecha pedazos. Era algo que revolvía el estómago.

—¿Viste ahí el cuerpo de un hombre sin dedos y con la cara hundida?

Archie negó con un gesto sin pensárselo ni un instante.

—Qué va, me acordaría de eso. Me acuerdo de todos.

No era lo que Gunner esperaba oír.

—¿Seguro? —preguntó—. ¿No se encontró ningún cuerpo así en Kilmun Street o por los alrededores?

—Segurísimo —respondió Archie—. Lo que vi anoche se me quedó grabado en la cabeza para los restos: cada cuerpo sin vida, cada mujer que gritaba por sus críos muertos. No podría olvidarlo ni aunque quisiera.

Intentó en vano contener otro bostezo.

—Anda, lárgate de aquí —dijo Gunner—. Duerme un poco. Te lo has ganado.

—¿De verdad? —preguntó Archie—. Me sabe mal, Joe. Hemos charlado muy poco. Ni siquiera me has contado tus andanzas.

—De verdad. Mis andanzas pueden esperar a otro día. Vete. Si alguien necesita un descanso rejuvenecedor, ese eres tú.

—¡Qué sinvergüenza! —Archie se levantó y se puso la chaqueta—. Pero quedamos otra noche, ¿eh? Para ponernos al día como Dios manda.

Gunner asintió, le dio la mano y lo siguió con la vista mientras se alejaba. Si el hombre tenía razón, y no había ningún motivo para no creerle, el cadáver no procedía de Kilmun Street, cosa que lo llevó a preguntarse de dónde había salido en realidad, y por qué se encontraba en la sección del Kelvin Hall correspondiente a dicha calle.

Tras apurar su vaso, Gunner se levantó. Tenía la sensación de que Drummond no le había contado todo lo que debería haberle contado. No le extrañaba, era su *modus operandi* habitual, aunque esta vez había una diferencia: él tenía la sartén por el mango, y si Drummond no le decía la verdad, se bajaría del carro. Como le había dicho, ya no trabajaba a sus órdenes.

6

A pesar de su rimbombante nombre, la Morgue Municipal de Glasgow no parecía nada del otro mundo. Era un edificio bajo y alargado en una esquina de Montague Street, al lado del río Clyde. A alguien que pasara por delante apenas le habría llamado la atención. Quizás de eso se trataba.

Eran poco más de las tres de la tarde cuando Gunner llegó ahí. Había caminado por el centro de la ciudad y no daba crédito a lo mucho que había cambiado. Todos los escaparates estaban cubiertos con tiras de cinta adhesiva entrecruzadas. La tierra de todos los espacios verdes junto a los que pasaba había sido removida con el fin de plantar hortalizas. Las calles estaban demasiado tranquilas para aquella hora del día. No se oía más que el rumor lejano de los camiones del ejército que salían de la ciudad y el lamento melancólico de la sirena de algún que otro barco que navegaba por el Clyde.

La morfina aún circulaba por su organismo. Se sentía invadido por una grata satisfacción, contento de estar de nuevo en casa. Tenía que despachar cuanto antes ese asunto con Drummond para hacer lo que de verdad le apetecía; cosas sencillas como emborracharse, comer *fish and chips* o visitar el bar clandestino de Gardener Street para comprobar si Alisa seguía allí, gastarse el dinero que le quedaba y pasarlo bien.

No dejaba de dar vueltas a las palabras de Archie. Parecía bastante convencido de que en Kilmun Street no había aparecido ningún cuerpo como el que él había visto en el Kelvin Hall. Gunner no tenía ningún motivo para creer que se equivocaba, lo que no dejaba más que una conclusión posible: Drummond le debía una explicación.

Al oír su nombre, Gunner se volvió y entrecerró el ojo, con el sol de cara, intentando ver de quién se trataba. El joven de uniforme que había estado apostado frente a la entrada del Kelvin Hall corría hacia él.

—¡Señor Gunner! —intentaba gritar entre jadeo y jadeo—. ¡Espere!

Gunner se paró para dejar que lo alcanzara, preguntándose qué podía ser tan urgente.

El muchacho se detuvo con aire aturullado y el cabello apelmazado en la frente a causa del sudor.

—Menos mal que lo pillo... —Respiró hondo varias veces—. El señor Drummond me envía... —Otra respiración—. Dice que va a llegar tarde y que entre usted sin esperarlo.

Gunner sacudió la cabeza.

—No me jodas que el cabrón ha vuelto a las andadas.

—¿Qué? —dijo el muchacho, enjugándose la frente con la manga.

—Drummond. Nunca le han gustado las visitas a la morgue. No tiene estómago para ello. Deja que lo adivine: va a llegar tarde porque está a la vuelta de la esquina, en el Old Ship Bank, tomándose una pinta.

El chico se puso colorado y asintió.

—¿Cómo dices que te llamas, muchacho? —preguntó Gunner.

—Fraser —respondió el joven—. Fraser Lockhart.

Gunner soltó una carcajada.

—Joder. Con ese nombre, seguro que no eres de Glasgow, ¿verdad?

Fraser negó con un gesto.

—De las afueras de Perth.

Gunner lo miró de arriba abajo. Parecía estar en forma, era casi tan alto como él y, a juzgar por su aspecto, habría preferido estar jugando al críquet que corriendo de acá para allá por todo Glasgow detrás de Drummond. Aún no tenía idea de lo que significaba el uniforme que llevaba.

—¿Qué eres, muchacho? ¿Un cadete o algo así? —inquirió Gunner.

El chico irguió la espalda intentando adoptar una postura más marcial.

—Soy del Cuerpo de Policía Auxiliar. Me alisté en cuanto terminé los estudios.

Gunner se quedó igual.

—Eso es algo nuevo, ¿no?

Fraser movió la cabeza afirmativamente.

—El cuerpo necesitaba sangre nueva; ahora solo tienen gente mayor.

—Ni se te ocurra decir eso delante de Drummond. —Gunner abrió la puerta del depósito de cadáveres—. ¿Vienes?

—¿Yo? —preguntó Fraser, sorprendido.

—Sí, tú. Quieres ser policía, ¿no? Pues vamos.

Por lo general, la morgue le recordaba a Gunner a una iglesia, por la tranquilidad y la penumbra que reinaban en ella, y porque la gente hablaba en voz baja. Pero ese día no. Ese día parecía un frenopático. Los gritos, el traqueteo de las camillas y alguna que otra palabrota se fundían en una maraña de ruidos que rebotaban en las paredes desnudas. Los pasillos estaban abarrotados de gente apretujada que apenas dejaba sitio para que pasaran las camillas.

Tras indicarle a Fraser que no se separara de él, Gunner empezó a abrirse paso hacia la sala de autopsias. Las voces de dos ambulancieros que intentaban dejar más cuerpos frente a la puerta trasera empezaron a oírse por encima del alboroto general. Dos empleados de la morgue y un miembro de la ARP discutían por un cadáver envuelto en una sábana verde de la que sobresalía un pie con dos etiquetas atadas a los dedos. Ya no cabía ni uno más. Avanzaron arrastrando los zapatos por el angosto espacio que quedaba en medio del pasillo hasta la puerta del fondo. Gunner dio unos golpecitos en la ventana de cristal esmerilado y los dos entraron.

Robert MacAdam se encontraba en el centro de la radiante sala blanca, con botas de goma y una bata de médico encima de un traje de *tweed* y una pajarita de lunares. Era un hombre bajito y atildado de sesenta y pocos años, con un bigote tan canoso como su cabello de corte impecable. Tenía el ceño fruncido y en la mano izquierda sostenía lo que parecía un cerebro.

Gunner se volvió hacia Fraser.

—La regla de oro: si crees que vas a vomitar o a desmayarte, dirígete a la puerta. Como lo hagas aquí, MacAdam te crucifica.

Fraser asintió; no parecía mareado o asustado, sino más bien todo lo contrario. Observaba con interés a MacAdam y lo que descansaba sobre su mano.

—¿Cómo te va, Bobby? —preguntó Gunner.

Tras depositar con cuidado el cerebro en una balanza, se desprendió de los guantes de goma y le dio la mano.

—¡Gunner! Te hacía luchando contra las hordas germanas.

—Estaba en ello —repuso Gunner—. He vuelto para recuperarme. Le he dicho a Drummond que lo ayudaré durante unos días.

—Pues allá tú —dijo MacAdam, sujetándole el mentón a Gunner y girándole la cara hacia la luz para inspeccionar las cicatrices que tenía junto al ojo. Arrugó el entrecejo—. Pero ¿con qué te cosieron eso? ¿Con una aguja para toldos o con un anzuelo? —Retrocedió un paso y miró a Fraser—. Tú no eres Drummond —observó—. ¿Dónde anda ese gordo atontado?

—Se le ha hecho tarde —dijo Gunner.

—Qué sorpresa —comentó MacAdam. Señaló con la cabeza una de las losas de mármol, sobre la que yacía un cuerpo cubierto con una sábana—. ¿Así que tú eres el responsable de que este pobre desgraciado haya pasado al frente de la cola?

Gunner asintió.

—La culpa es del gordo atontado.

Cuando MacAdam retiró la sábana, Fraser soltó un grito ahogado. Gunner no se lo echó en cara. Por algún motivo, las heridas siempre presentaban peor aspecto ahí, expuestas sobre aquella superficie para su examen. Las manos mutiladas del hombre descansaban sobre el mármol blanquecino, y lo que quedaba de su rostro se apreciaba con todo detalle bajo la luz que entraba a raudales por las ventanas del techo. La gran incisión en forma de Y que tenía en el pecho tampoco resultaba muy agradable de ver. El negro de los grandes puntos de sutura resaltaba sobre la palidez de la piel.

MacAdam se subió a la losa contigua y tomó un trago de la petaca plateada que se había sacado del bolsillo. Haciendo una mueca mientras el líquido le bajaba por la garganta, se la tendió a Gunner, que bebió un poco antes de devolvérsela. Era un buen whisky de malta. MacAdam no era de aquellos que beben licores baratos. Le ofreció la petaca a Fraser, que sacudió la cabeza enérgicamente, más asustado, al parecer, por aquel recipiente con alcohol que por los cadáveres que lo rodeaban. MacAdam se encogió de hombros.

—Tú mismo. —Inclinó la cabeza en dirección al cuerpo—. Calculo que tenía entre cuarenta y cuarenta y cinco años. Su estado de salud era razonablemente bueno. Presenta signos de endocarditis...

—¿Qué? —preguntó Gunner.

—Disculpa —dijo MacAdam—. Una inflamación de la capa interna del corazón. No le habría causado problemas hasta dentro de unos años. Metro ochenta, noventa y un kilos sin contar el peso de los dedos, claro. Por suerte para él, se los cortaron *post mortem*. Con unas tijeras de jardinero o algo así.

—Qué desagradable —dijo Gunner.

—Ya lo creo. La causa de la muerte en sí no tiene mayor misterio: politraumatismo craneal severo provocado por un instrumento contundente, en este caso un objeto bastante grande, como un ladrillo, un mazo o algo por el estilo. El asesino lo golpeó con una fuerza considerable, causando fracturas en el hueso frontal, el maxilar inferior y los dientes.

—¿O sea que era un tipo grandote? —preguntó Gunner.

MacAdam hizo un gesto afirmativo y se retiró de la mesa.

—O uno canijo pero especialmente fuerte. —Señaló los restos de la cabeza del hombre—. Las mutilaciones podrían deberse a un intento de impedir su identificación.

—Pues por lo visto lo consiguieron —dijo Gunner.

Sonriendo, MacAdam se sacó del bolsillo el puente dental del hombre.

—Casi —dijo—. Pero no del todo.

7

—¿Que era qué? —El rostro de Drummond, normalmente rubicundo, había palidecido.

—Lo que oyes —dijo Gunner—. Era alemán.

Drummond extrajo una cerilla de la caja que estaba encima de su paquete de cigarrillos, la rompió por la mitad y se hurgó entre las muelas con ella.

—Lo que me faltaba, joder —dijo—. ¿Cómo lo sabe MacAdam?

—Por el puente que tenía en la boca —dijo Gunner—. Allí los hacen de otra manera. MacAdam ya había visto uno antes. Cuando el viejo alemán que tenía aquella sastrería en Virginia Street se suicidó, MacAdam se encargó de la autopsia. Llevaba uno igual.

El Old Ship Inn empezaba a llenarse a medida que salían los trabajadores del mercado de pescado y de los almacenes de carga que bordeaban el río. La mitad de ellos llevaba bata blanca y las manos enrojecidas a fuerza de refregárselas, mientras que la otra mitad iba con la camisa arremangada y las manos ennegrecidas de alquitrán y polvo.

Los tres estaban sentados a una mesa al fondo, apartados de la multitud. Drummond se inclinó hacia delante, como si temiera que alguien más lo escuchara.

—Joder, no creerás que era un espía, ¿no?

Gunner se encogió de hombros.

—Hay otro detalle extraño —dijo.

Drummond alzó los ojos al techo.

—Madre mía, ¿qué más?

—He hablado con Archie en comisaría. Él ayudó a retirar los cuerpos de Kilmun Street, y el de nuestro hombre no estaba entre ellos. No había ningún hombre de mediana edad sin dedos y con la cara destrozada.

—Me cago en todo —dijo Drummond, con aire aún más abatido—. Esto se está convirtiendo en un auténtico sindiós. Entonces, ¿qué hacía en el Kelvin Hall?

—Tú estuviste ahí —dijo Gunner—. Lo viste tan bien como yo: era un caos. La gente no paraba de llevar cadáveres sin que nadie les preguntara nada. Era la tapadera perfecta.

—Sí, lo habría sido si un médico de mierda no me hubiera mandado llamar. Ojalá se lo hubiera ahorrado. —Drummond espachurró lo que quedaba de su cigarrillo en el cenicero de hojalata que estaba sobre la mesa y abrió su Zippo para encenderse otro—. Bueno, ¿qué hacemos?

Gunner se echó hacia atrás en su taburete y bebió un sorbo de cerveza.

—Eso tendrás que decidirlo tú. Avisar a los de arriba, supongo. Al MI5 o como se llame. A Londres.

Drummond hizo una mueca de dolor.

—No puedo hacer eso. Los tendría encima como lapas.

Gunner, que lo conocía bien, no dudaba ni por un momento que Drummond estuviera aprovechando el desorden generalizado en tiempos de guerra para hacer chanchullos a diestra y siniestra, falsificando cartillas de racionamiento, confiscando vales de gasolina o sacando tajada de mercancías extraviadas en el puerto. La guerra representaba una oportunidad única para los de su calaña. Lo que menos le interesaba era que los peces gordos de Londres fueran a meter las narices en su territorio.

—Hay otra posibilidad...

Gunner y Drummond se volvieron al oír la voz de Fraser. El muchacho ya se estaba sonrojando.

—¿Que hay otra qué? —preguntó Drummond.

Fraser dejó en la mesa su vaso de limonada.

—Podría ser un prisionero de guerra alemán de uno de los campos. Hay varios en los alrededores de Glasgow. A lo mejor se fugó y vino a la ciudad.

—Pues no me parece una idea tan descabellada —dijo Drummond. Tras meditar unos momentos, escupió la cerilla masticada en el suelo—. ¿Sabes qué, Gunner? Creo que deberías pasarte por los campos de prisioneros. Que te acompañe aquí el joven Fraser. No te llevará mucho más de un día. Si resulta que Herman el alemán no salió de ahí, entonces llamaremos a los chicos del MI5. Así parecerá que hemos mostrado iniciativa. —Le sonrió de oreja a oreja—. ¿Tiene sentido?

—Vete a la mierda —replicó Gunner.

—¿Qué?

—Te dije que le echaría un vistazo a un cadáver por hacerte un favor, no que trabajaría para ti a tiempo completo.

—Un puto día, es todo lo que te pido. Después de todo lo que he hecho por ti...

Gunner soltó un resoplido.

—¿Como qué?

—Dejé que te apuntaras el tanto del caso Wilson.

—Porque lo resolví yo.

—Pero, como tu superior, podría haberme atribuido el mérito. Además, aquí el joven Fraser no sabe conducir. ¿Cómo se las arreglará para llegar a...?, ¿cómo se llamaba ese sitio?

—El más cercano es el de Thornliebank, creo —dijo Fraser—. Está al sur de la ciudad.

—¿Thornliebank? —preguntó Gunner—. ¿Estás seguro?

Fraser asintió.

—Está bien. Un día y ni uno más —dijo Gunner.

—Sabía que entrarías en razón —dijo Drummond, muy pagado de sí.

—¿Has venido en tu coche?

—Sí, pero no te lo dejo —respondió Drummond—. En comisaría te darán uno...

Gunner extendió la mano.

—Las llaves.

Drummond masculló una palabrota y se hurgó en el bolsillo del pantalón.

—Más te vale conducir con cuidado. Es mi auto bueno.

Gunner cogió las llaves y se las entregó a Fraser.

—Sal y espérame en el coche. Enseguida voy.

Aguardó a que Fraser se abriera camino entre la clientela y cruzara la puerta antes de volverse de nuevo hacia Drummond.

—Hay algo que no me estás contando, ¿verdad, Georgie? —preguntó.

Drummond alzó las manos como en señal de inocencia.

—Son solo algunos chelines aquí y allá, trapicheos en el mercado negro, eso es todo. No hay nada...

—No me refiero a eso, sino al otro cadáver que me enseñó MacAdam.

—Ah. Eso. —Drummond se levantó—. ¿Otra pinta?

El otro cadáver que MacAdam le había enseñado a Gunner era el de un tal Andy Innes. No le daba mucha pena su muerte, era un personaje repugnante. El problema residía en cómo había muerto. Lo habían encontrado un par de días atrás entre los arbustos que había detrás del parque de co-

70

lumpios de Saracen Street. Había recibido dos disparos, uno en la cabeza, que es el que lo había matado, y uno por el culo, para regodearse en la falta de respeto. En Glasgow solo había una persona aficionada a hacer cosas así, y la última noticia que Gunner tenía de él era que estaba pudriéndose en la cárcel de Barlinnie. Además, lo sabía de buena tinta: él mismo lo había metido ahí.

Drummond regresó con las cervezas y se sentó. Se anticipó a su pregunta.

—Oye, Gunner, iba a comentarte que Sellars está en la calle, pero no he tenido oportunidad. No quería mencionar el tema delante del chaval.

—¿Cómo coño es posible que esté en la calle? —siseó Gunner—. Le quedan cinco años por cumplir.

Drummond tomó un trago de su Tennent's.

—Su hermano contrató a un abogado de prestigio, un figura de Edimburgo que presentó una apelación, y el proceso se fue alargando, hasta que algún juez del Tribunal Supremo finalmente emitió un dictamen. Sellars salió libre hace un par de semanas.

Gunner movió la cabeza de un lado a otro.

—¿Qué pasó en realidad? —dijo—. ¿Sellars dio por fin con un juez del Supremo al que podía extorsionar? ¿Qué había hecho Su Señoría? ¿Tirarse a una de sus chicas?

Drummond asintió.

—Chico listo. Resultó que la chica tenía catorce años. Y había fotos.

—Joder —dijo Gunner—. ¿Y qué pintaba Andy Innes en todo esto?

—¿Innes? Nada —respondió Drummond—. Pero trabajaba para Con McGill, y Sellars está despachando a sus hombres uno por uno. En Glasgow se está librando más de una guerra sangrienta, ¿sabes?

—¿Sellars se ha vuelto contra Con? —preguntó Gunner—. ¿Es que se le ha ido la puta cabeza?

—O eso, o tiene pulsiones suicidas. Por el motivo que sea, eso es lo que está haciendo.

Gunner sacudió la cabeza.

—Y yo convencido de que el hijo de puta aún pasaría unos cuantos años más a la sombra.

Drummond se retrepó en su asiento y lo miró.

—¿Sabes qué? Yo en tu lugar me andaría con ojo, Gunner. Sellars nunca olvidará quién lo enchironó. Y a estas alturas, alguien se habrá ganado cinco libras por chivarle que has vuelto.

—¿Y eso a qué viene? —preguntó Gunner—. ¿Es una advertencia?

Drummond levantó las manos en un gesto de impotencia.

—No la pagues conmigo, joder. Es solo un consejo. O lo tomas o lo dejas.

Gunner se levantó.

—Gracias por el dato, Drummond. Me será útil de cojones.

—Vamos, Joe, solo quería...

Pero Gunner ya le había dado la espalda.

8

Gunner apenas abrió la boca durante el trayecto hacia el campo de prisioneros. Estaba abstraído en sus pensamientos, casi todos relacionados con Sellars. Sellars era un profesional que aceptaba la prisión como un gaje del oficio. Su hermano y él se dedicaban a la delincuencia desde la adolescencia. A su modo de ver, los policías simplemente cumplían con su trabajo, al igual que ellos, así que no les guardaban rencor. Al menos, Gunner intentaba convencerse de eso; no le apetecía pasarse los días siguientes vigilando su espalda. Sellars era más conocido como Malky, diminutivo de Malcolm. Su hermano se llamaba Matthew. Se suponía que este último era el cerebro de los dos; Gunner nunca había tratado con él, ni sabía de nadie que lo hubiera visto. Matthew mantenía un perfil más que bajo y dejaba que su hermano menor se encargara de las relaciones públicas. Y de los tiros.

Gunner le había echado el guante a Malky Sellars en agosto de 1939, justo antes de que estallara la guerra. El tipo había cometido un descuido y Gunner había tenido suerte. No había hecho falta nada más. Gunner lo había parado en la carretera un día que había salido a la caza de infracciones menores, el típico acoso policial de baja intensidad. El coche tenía un faro estropeado, justificación más que suficiente. Gunner no esperaba descubrir gran cosa, y menos aún oír un golpe sordo procedente del maletero mientras comprobaba el estado de los neumáticos. Resultó que un delincuente de poca monta llamado Eck Peters estaba atado ahí detrás e intentaba liberarse a patadas. Cuando Gunner abrió el maletero, ahí estaba, maniatado, amordazado y con un brazo roto. De propina, a su lado había una escopeta recortada dentro de un saco de arpillera. A Malky Sellars le cayeron siete años. Y ahora estaba en la calle.

—Nos hemos pasado —dijo Fraser al ver que la señal con el nombre de Thornliebank desaparecía a sus espaldas—. Tendría que haber tomado la salida ahí detrás.

Gunner asintió. Sabía que debería haber girado ahí, pero se dirigía hacia Newton Mearns, un pueblo pequeño situado unos dos kilómetros más allá de Thornliebank.

—Antes tenemos que ir a otro sitio —comentó—. Será solo un momento.

Gunner mantenía la vista puesta a un lado de la carretera, pendiente de que apareciera el letrero. Estuvo a punto de pasárselo de largo. Sobre un tablón de madera blanco estaban escritas las palabras GRANJA FLOORS con pintura negra descascarillada. Se desvió de la carretera por un camino lodoso. El Morris iba dando bandazos y sacudidas mientras los amortiguadores batallaban con las desigualdades del terreno y los baches.

—¿Quién vive aquí? —preguntó Fraser.

—Mi hermano —respondió Gunner.

El camino que conducía a la granja discurría entre prados en los que pastaban ovejas y corderos lechales. Cuando Gunner bajó la ventanilla, el campestre olor a estiércol y hierba segada inundó el vehículo. A través de una separación entre los setos, alcanzó a entrever un grupo desordenado de hombres que cavaban con picos y palas. Tras detenerse a la orilla del camino, le indicó a Fraser que lo esperara en el coche, cortó en seco sus protestas de un portazo y se alejó.

En el patatal había poco más de una decena de hombres de edades distintas, pero con la misma indumentaria. Formaban una cuadrilla de desharrapados con sus viejos pantalones de traje y camisetas agujereadas. Cuando encontró un hueco en el seto, Gunner se coló a través de él con cierta dificultad y cruzó el campo en dirección al grupo. Notaba el suelo blando y húmedo bajo los pies, y al cabo de pocos pasos tenía los zapatos cubiertos de barro. Soltando una palabrota, se remangó las perneras para que al menos el pantalón siguiera limpio. Los hombres interrumpieron su labor y se quedaron apoyados en sus palas, contemplando cómo se acercaba. Uno de ellos se sacó unas gafas del bolsillo del pantalón. En el momento en que se las puso, una gran sonrisa se desplegó en su rostro.

—¿Joe Gunner? ¿Eres tú?

Gunner se le acercó y le dio la mano.

—El mismo que viste y calza.

No reparó en el estado en que se encontraban aquellos hombres hasta que no los tuvo delante. A uno le habían roto la nariz, al parecer recientemente; un par de ellos tenían el ojo a la funerala, y uno llevaba el brazo en un cabestrillo mugriento. El de las gafas era Walter Sweet, un amigo de su hermano. No estaba en mejores condiciones que los otros. Tenía la cabeza rapada al cero, con cortes y mechones dispersos por el cuero cabelludo. Le faltaba un diente delantero y parecía haber perdido más de diez kilos.

—Te hacía en el frente —dijo Sweet.

Gunner se dio unos golpecitos en el parche del ojo.

—Una bomba de los boches decidió hacerme la puñeta. Bueno, ¿y a ti qué te ha pasado? —preguntó, mirando a Sweet de arriba abajo—. Estás hecho un cromo. Pareces un refugiado.

Walter se encogió de hombros.

—Me ha pasado lo mismo que a todo el mundo. —Señaló con la cabeza un conjunto de edificios que se alzaba a lo lejos—. El dueño de la granja se junta con sus amigos y los dos armatostes de sus hijos los viernes por la noche, cogen un pedo y luego les parece muy divertido pasarse por el granero donde dormimos y ponerse a increparnos a voces. A veces la cosa se sale de madre, y a algunos nos rompen la cara. —Sonrió—. Que me insulten no me importa mucho, lo que me fastidia un poco son los puñetazos y las patadas.

—¿Y nadie puede hacer nada?

Walter sonrió de nuevo, alzando los ojos entornados hacia el sol que empezaba a descender sobre las colinas.

—Somos objetores de conciencia, Joe. La mayoría de la gente nos considera unos cobardes de mierda. No le importamos un carajo a nadie. El dueño puede hacer lo que le dé la gana con nosotros, matarnos de hambre o dejar que sus hijos nos peguen de hostias. Somos la escoria de la escoria.

Gunner escupió en el suelo.

—Luego iré a decirle un par de cosas. —Miró en torno a sí—. ¿Dónde está Vic?

Sweet lo miró, sorprendido.

—Ya me extrañaba que hubieras venido. ¿No te lo han dicho?

—¿No me han dicho qué? —preguntó Gunner.

—Se largó, Joe. Puso pies en polvorosa hace unas semanas. Dijo que, si se quedaba, la cosa acabaría mal, para él o para ese granjero hijo de puta.

Gunner maldijo entre dientes. Solo le faltaba esto.

—¿Y adónde se fue ese pedazo de idiota?

—¿Tienes un cigarro? —preguntó Walter.

Gunner se hurgó en los bolsillos, sacó una lata de tabaco del ejército y la agitó.

76

—Quedan algunos dentro, aunque ya llevan un tiempo ahí.

Walter los rechazó con aire compungido.

—No puedo aceptarlos, Joe. Es que...

Con cara de exasperación, Gunner se guardó la lata y rebuscó de nuevo hasta dar con un Player's aplastado en su bolsillo superior.

—¿Esto te vale?

Sonriente, Walter encendió el cigarrillo y aspiró a fondo.

—Es magia pura. —Tosió antes de darle otra calada—. A Glasgow. Ahí se fue. Es fácil perderse en ese lugar. Entre los soldados que están de paso y los que han vuelto a casa de permiso y ya no han regresado al frente hay muchas posibilidades de desaparecer en medio de la multitud.

—¿Por qué no te marchaste con él? —preguntó Gunner.

Walter se llevó la mano bajo la camiseta y sacó una cruz de madera colgada de un cordón.

—Yo tengo mi fe. Vic estaba aquí por sus ideas políticas. Eso no le daba fuerzas para aguantar.

—¿Sigue con esa monserga de «proletarios del mundo, uníos»?

Walter se rio.

—Sí, lo suelta a la primera oportunidad.

Asintiendo, Gunner se dio la vuelta para irse.

—Springburn —dijo Walter—. Yo que tú iría a echar un vistazo ahí. Era donde Vic pasaba casi todo su tiempo antes de la guerra. Estaba organizando a la gente, intentando formar un sindicato en los talleres ferroviarios de Saint Rollox.

Después de despedirse, Gunner se encaminó hacia la casa de labranza. Como si no tuviera ya bastantes preocupaciones, ahora el puto imbécil de su hermano andaba huido por ahí. Victor, con cinco años menos que él, era el lumbrera de la familia. Incluso había estudiado un par de años en la universidad. No le había servido de mucho. Seguía pasándose todo el día plantado delante de las fábricas, intentando adoctrinar al mundo entero. El capitalismo era el mal absoluto, y el comunismo la única vía al progreso.

Un perro comenzó a ladrarle a medida que se aproximaba a la casa. Era un bicho flaco, blanco y negro, con un brillo maligno en los ojos. Sus ladridos eran tan insistentes que al final la puerta se abrió y apareció un hombre de mediana edad con un mono de trabajo cochambroso.

—¿Qué coño te pasa, *Smokie*...? —Se calló al ver a Gunner de pie frente a la casa—. ¿Necesita algo?

—No —dijo Gunner, y le asestó un puñetazo. El granjero, con la nariz reventada, se desplomó. Soltando un gañido, *Smokie* arrancó a correr hacia el granero.

El hombre se incorporó, limpiándose la sangre de la nariz con la manga.

—Pero ¿qué cojones...?

Antes de que pudiera terminar de formular la pregunta, Gunner le propinó una patada en todo el estómago. Se hizo daño en la pierna, pero valió la pena. Tuvo que contenerse para no seguir atizándole. Por suerte para el granjero, aún le quedaba suficiente morfina en el cuerpo para evitar que la rabia se apoderara de él. Se arrodilló, agarró al hombre del pelo y acercó la cara a la suya.

—Como me entere de que tus amigotes han vuelto a acercarse a los objetores, vendré con unos colegas y os ajustaremos las cuentas, ¿me oyes? A lo mejor os arrastramos hasta el granero y os molemos a patadas, a ver si os gusta. ¿Te ha quedado claro?

El granjero intentó asentir.

—No te oigo —dijo Gunner.

—Lo siento.

Gunner lo soltó.

—Más lo sentirás si me obligas a volver por aquí. Tenlo presente.

Echó a andar de regreso al coche. Le dolían los nudillos y la pierna, pero era una sensación agradable. Volvía a sentirse como un policía. Abrió la puerta, le lanzó a Fraser una mirada para que se apartara y arrancó el coche. Al dar la vuelta, topó con el seto y raspó el costado del vehículo con un árbol.

A Drummond no le haría mucha gracia, pero a aquellas alturas eso le importaba poco. Enderezó el volante y puso rumbo a Thornliebank.

—¿Los que estaban cavando en ese campo eran objetores? —preguntó Fraser al cabo de un rato.

Gunner hizo un gesto afirmativo, sin apartar la vista de la carretera.

—¿Su hermano es objetor?

—No. Lo era, pero ahora no es más que otro puto fugitivo. A todo esto, ¿dónde leches está el campo de prisioneros?

9

Después de un trayecto de media hora por carreteras comarcales sin señalizar y de un par de desvíos equivocados, llegaron por fin frente a una caseta situada a un lado de la calzada. Junto a ella había una hilera de barriles llenos de piedras que bloqueaban el acceso a un camino lateral. En la valla había colgado un gran letrero de PROHIBIDO EL PASO.

—Creo que es aquí —dijo Fraser.

—Tiene toda la pinta —convino Gunner—. Por cierto, ¿cómo es que sabes tanto sobre los campos de prisioneros?

—Mi tío Cameron, que está en el ejército, ayudó a construirlos —dijo Fraser—. Se dedicó a investigar los terrenos, trazar planos y cosas así. Se suponía que no debía hablar de ello, pero cuando llevaba unas copas encima, no había quien lo callara.

—Eres un niño bien, ¿verdad, Fraser? Tienes un tío que monta campos de prisioneros, te apellidas Lockhart...

Fraser comenzó a sonrojarse de nuevo.

—No crea —respondió—. Algunos de mis familiares son gente bien, entre ellos mi tío Cameron, cuyo título completo es Sir Cameron Lockhart, pero nosotros somos los parientes pobres. Estuve en un internado escocés, no inglés. Tenemos una casa, pero no terrenos.

—Hombre, pobres no sois.

—¿Y usted? —preguntó Fraser—. ¿Dónde se crio?

—En Calton. ¿Te suena?

Fraser negó con la cabeza.

—Me lo figuraba —dijo Gunner—. Era un barrio de mala muerte, pero nos las apañábamos. Mi padre, un marino de la armada sueca, conoció a mi madre una noche, en una sala de baile, y ya nunca regresó. Venga, vamos a ver si estamos en el sitio correcto.

Un policía militar salió de la caseta. Al parecer, no se habían equivocado. Gunner apagó el motor, y el hombre le hizo señas de que bajara la ventanilla. Se agachó junto al coche y metió la cabeza.

—Esta es una zona restringida, señor. No se permite la entrada de civiles —dijo con un marcado acento de Yorkshire.

Gunner sacó su placa.

—Pues entonces, no hay problema. No soy civil.

Con una expresión más que dubitativa, el policía militar regresó a la caseta para llamar a alguien por radio antes de apartar finalmente los barriles e indicarles que pasaran. Tras recorrer unos quinientos metros más por un camino provisional, atravesaron otro control de seguridad y llegaron a su destino.

Aparcaron detrás de unos camiones del ejército y se apearon. En la verja principal había un rótulo con letras estarcidas que rezaba CAMPO PATTERTON 16, y por todas partes había señales de PROHIBIDA LA ENTRADA.

—Más bien debería poner «prohibida la salida» —comentó Fraser—. Tendría más sentido.

—Nada de lo que hace el ejército tiene sentido —dijo Gunner—. Cuando entremos, tú limítate a escuchar y a quedarte calladito, ¿entendido?

Fraser asintió, y se encaminaron a la verja.

Gunner nunca había estado en un campo de prisioneros de guerra, pero, salvo por las vallas con el alambre de espino, su aspecto no era muy distinto del de los otros campamentos militares que había conocido. Había un grupo de unos diez cobertizos Nissen con los tejados de chapa ondulada cubiertos de una capa marrón de herrumbre, un bloque de letrinas rodeado de senderos de tablas y un comedor; las instalaciones habituales. Detrás de dos cercas de madera envueltas en alambre de espino se alzaban quince barracones dispuestos en filas, y Gunner supuso que era donde se alojaban los prisioneros. A través de las vallas se vislumbraba por lo menos un centenar de hombres, algunos con uniformes de un ejército extranjero, otros vestidos de paisano. Reunidos en grupos frente a los barracones, algunos fumaban, sentados en varios peldaños, mientras otros pateaban una pelota de un lado a otro.

—Deben de ser los alemanes —dijo Fraser.

—Sí —admitió Gunner—. No te acerques demasiado, no te vayan a morder.

Después de enseñar su placa unas cuantas veces más, Gunner acabó sentado junto a Fraser en un banco en el pasillo, frente al despacho de un tal coronel Reginald F. Skinner, director del campo. En contraste con la tarde cálida y soleada que hacía fuera, el interior del edificio de oficinas era frío y oscuro, y olía a madera recién cortada y creosota. Cuando Gunner se encendió un cigarrillo, el joven sentado a la mesa alzó la vista de su máquina de escribir y frunció el ceño.

—Aquí no se puede fumar, por orden del coronel Skinner.

—¿No me digas? —respondió Gunner, dando otra calada.

El oficial chasqueó la lengua y continuó tecleando con dos dedos. Gunner lo escrutó con la mirada. Era un tipo de veintitantos años, corpulento, que parecía estar en forma.

¿Cómo se agenciaban las personas como él esos trabajos que eran auténticos chollos? En plena guerra, se pasaba el día en una caseta de madera a quince kilómetros de Glasgow con un hornillo y tazas de té. ¿Cómo es que no estaba en Egipto, exponiendo el culo al fuego enemigo? El zumbido de un timbre lo arrancó de sus pensamientos, y el oficial inclinó la cabeza en dirección a la puerta.

—El coronel los recibirá ahora.

En cuanto entraron en el despacho, Gunner comprendió por qué Skinner había conseguido ese chollo de trabajo. El coronel se levantó tras su escritorio y le tendió la mano izquierda. No le quedaba más remedio; era la única que tenía. Le faltaba el brazo derecho, y llevaba la manga cuidadosamente doblada y prendida en el hombro con un imperdible. Eso no era todo. El pobre desgraciado presentaba unas quemaduras que relucían en todo un lado del rostro y el cuello, y le lagrimeaba el ojo izquierdo, que tenía el párpado entrecerrado.

Gunner le estrechó la mano con torpeza.

—Soy Gunner, de la policía de Glasgow, y él es Lockart, uno de nuestros auxiliares.

El coronel señaló los dos asientos dispuestos frente a su mesa, y ambos se sentaron.

—Una bomba incendiaria —dijo—. Siempre prefiero aclarar esto de entrada. Había vuelto a casa con un permiso de setenta y dos horas y salía de un pub de Fleet Street cuando el puñetero chisme cayó a veinte metros de mí. —Se enjugó el ojo lloroso—. ¿Y lo suyo? —preguntó.

—Una bomba —dijo Gunner—. En Dunkerque.

De pronto, dio la sensación de que eran dos colegiales comparando las costras de sus rodillas durante el recreo.

—¿Cómo decía Shakespeare? —se preguntó Skinner—. «Tales somos cual estamos hechos», o algo por el estilo. De

84

nada sirve preocuparse por lo que ya no tiene remedio. Y ahora están lloviendo bombas sobre la pobre Glasgow.

Gunner asintió.

—¿Se sabe algo de las cifras de muertos? Aquí solo nos llegan rumores.

—Son elevadas —dijo Gunner—. Clydebank se ha llevado la peor parte.

Skinner asintió, contemplando el azul del cielo a través de la ventana polvorienta.

—Me temo que volverán esta noche. Al parecer, el buen tiempo aguantará. —Dirigió la vista hacia ellos—. No me imagino a qué debemos el honor de que nos visite la policía de Glasgow, ni, para ser sincero, cómo han conseguido entrar. Así que usted dirá, señor Gunner.

Gunner comenzó su relato.

—¿Ha desaparecido un prisionero del campo? ¿Un alemán, de unos cuarenta y cinco años y metro ochenta y dos de estatura, más o menos?

El coronel negó con un gesto.

—No. ¿Por qué lo pregunta?

—Hemos encontrado un cadáver en la ciudad, difícil de identificar debido al grado de mutilación que presenta, pero creemos que es un hombre de nacionalidad alemana. Pensamos que podría tratarse de un prisionero de guerra fugado, así que estamos visitando los campos cercanos a Glasgow. Nos parece un punto de partida lógico para la investigación.

Skinner dejó el pañuelo y se inclinó hacia delante en su silla.

—Esta mañana hemos hecho un recuento y estaban todos. No faltaba nadie.

—¿Está seguro?

—Claro que estoy seguro, hombre de Dios. ¿Por quién me toma?

Gunner habría podido responderle con toda exactitud, pero decidió guardarse su opinión.

—No era mi intención ofenderle —dijo—, pero es un caso de especial relevancia para nosotros. ¿Le importaría que diéramos una vuelta por aquí?

—Desde luego que me importaría. Es un campo de prisioneros de guerra, no una puñetera atracción turística para la policía de Glasgow. Pueden estar seguros de que dirijo este campo con disciplina férrea y no se producen fugas de prisioneros, con o sin nuestro conocimiento. Además, como ya he dicho, esto es propiedad del Ministerio de Defensa, y no estoy muy seguro de que tengan jurisdicción sobre este lugar, ni mucho menos permiso para acusarme de no hacer bien mi trabajo.

—No se lo tome a mal, señor —dijo Gunner, intentando adoptar un tono de disculpa—. Es nuestra obligación comprobar estas cosas.

Skinner asintió con un gesto seco.

—Es posible. Y ahora, si me disculpan...

Agachó la cabeza sobre sus papeles.

Por lo visto, la entrevista había concluido.

10

Tras bajar los escalones del edificio de oficinas, Gunner y Fraser empezaron a atravesar de nuevo el terreno del campo. El primero se detuvo y volvió la vista hacia el barracón.

—No sé si nos ha dado puerta porque tiene algo que ocultar o simplemente porque es otro imbécil con galones. —Paseó la mirada alrededor—. Ven, vamos a dar un paseo. Ya que estamos, aprovecharemos para echar una ojeada por aquí antes de que nos echen.

Como no había nadie ahí para impedírselo, se dirigieron hacia la doble alambrada tras la que se encontraban los prisioneros. Estaban aún a un par de cientos de metros cuando uno de los cautivos se separó del grupo y se encaminó hacia la cerca.

—¡Señor Gunner! ¿Usted por aquí?

Gunner soltó un gemido para sus adentros. Ya era mala suerte toparse justo con él.

—Paolo, ¿qué haces aquí? —preguntó—. Eres tan escocés como yo.

Paolo alzó las manos con una mueca. Era un hombre canijo con cara de rata que iba vestido, como siempre, con un viejo pantalón de *tweed*, una camisa blanca sucia y un cárdigan demasiado holgado. La única diferencia residía en la gran P trazada con pintura blanca en la pernera. Gunner conocía a Paolo desde hacía años. Era un delincuente de poca monta que revoloteaba en torno a los peces gordos para intentar conseguir algún encargo de ellos. También era confidente de la policía. Jugaba a dos bandas. Lo habían encerrado varias veces por tomar fotografías de chicas lo bastante jóvenes para ser sus hijas. De hecho, una resultó ser hija suya, si Gunner no recordaba mal.

—Veintiséis años llevo en Glasgow —dijo Paolo—. Pues al Ministerio del Interior de los cojones no le parece suficiente. Putos tarados. Como no nací aquí, para ellos soy un agente enemigo. —Escupió al suelo y restregó el escupitajo con el zapato—. Así que estoy aquí encerrado, convertido en un prisionero, un *prigioniero* de mierda. *Ficas!*

Escupió de nuevo y de pronto alzó la mirada como si hubiera caído en la cuenta de algo.

—Pero ¿usted no estaba ahora en el ejército? —preguntó.

—Estaba —dijo Gunner. Desplazó la vista por los postes de las puertas y el alambre de espino—. Bueno, ¿y qué tal es la vida aquí?

Paolo movió la cabeza de un lado a otro.

—Una *merda*. ¿Tiene un pitillo?

Gunner sacó uno para sí y le tiró el resto de la cajetilla de tabaco del ejército por encima de la cerca. Tenía la sensación de que no había hecho nada en todo el día aparte de regalar cigarrillos. Paolo se abalanzó sobre ellos en cuanto cayeron al suelo y se los guardó en el bolsillo del cárdigan, mirando en derredor para asegurarse de que nadie lo había visto.

—¿Cómo se portan los alemanes? —inquirió Fraser.

Paolo se encogió de hombros.

—Van a lo suyo. Este es un campo «blanco».

—¿Un campo blanco? —preguntó Gunner—. ¿Y eso qué es?

—De mínima seguridad. En general, son para civiles que

se han visto atrapados en medio de este follón. Personas como yo. Los auténticos hijos de puta, los nazis de verdad, están en los campos «negros». Hay uno en Lennoxtown. —Miró de nuevo a Gunner, con los ojos entornados—. Aún no me ha dicho qué hace aquí.

—Tienes razón —respondió Gunner—. No te lo he dicho. ¿Ha desaparecido algún prisionero? ¿Ha salido alguien por piernas?

—¿Por piernas? —dijo Paolo con una risotada—. De aquí se puede salir andando. Trabajamos en las granjas de los alrededores. Hay un guardia por cada veinte hombres. No sería muy difícil.

—¿Qué es eso de ahí? —Fraser señaló una barraca en una esquina del campo. Estaba aislada de las demás, rodeada por otra alambrada.

—Eres un pequeño preguntón, ¿no? —dijo Paolo—. Eso es el Purgatorio. Es donde meten a los alemanes «negros» antes de llevarlos a Lennoxtown. No los dejan relacionarse con los demás; se armaría mucho lío. Ahora mismo hay un par ahí dentro. Los trajeron anoche. —Entonces miró de nuevo a Fraser—. No te ofendas, chaval, pero ¿podrías irte a tomar por culo un rato? Tengo que hablar con el señor Gunner.

Después de interrogar con la mirada a Gunner, y que este asintiera, Fraser se encaminó de vuelta hacia el coche con paso lento y pinta de cabreado.

—Bueno, ¿qué querías decirme, Paolo? —preguntó Gunner con aire cansino.

—Me alegro de volver a verle. Es una buena oportunidad para que nos hagamos un favor el uno al otro. Puedo serle de gran ayuda, señor Gunner. Oigo y veo lo que sucede en este campo. Puedo pasarle información, echarle una mano, si luego me la echa usted a mí.

Intentó esbozar una sonrisa, pero con los dientes amarillentos y rotos más bien parecía una mueca.

Gunner negó con la cabeza.

—Me parece que voy a rechazar tu oferta, Paolo. No me hace falta saber lo que pasa aquí.

—No hay problema —se apresuró a decir el otro—. Aún me llegan noticias de Glasgow. Sigo teniendo contactos ahí.

Gunner se rio.

—¿En serio? ¿Desde detrás de tres vallas con alambre de espino, en el culo del mundo? Gracias, pero no, Paolo. Nos vemos.

Giró sobre los talones para marcharse.

—Allá usted, señor Gunner. Usted se lo pierde —dijo Paolo, sonriendo de nuevo—. Hay algo de lo que sí me he enterado. Sellars sabe que ha vuelto usted y no está muy contento.

Gunner se volvió. Paolo estaba ahí de pie, con una sonrisa de satisfacción.

—Veo que he conseguido captar su atención. Las noticias vuelan, Gunner, incluso en el culo del mundo. —Tras darse unos golpecitos con el dedo en la nariz, echó a andar para reunirse de nuevo con los otros prisioneros.

Gunner lo observó alejarse, lanzó su colilla contra la alambrada y se dirigió de vuelta hacia el coche.

—¿A qué ha venido eso? —preguntó Fraser.

—Nada, Paolo con sus chorradas de siempre.

—Cree que Skinner nos ha mentido, ¿verdad?

Gunner asintió.

—Como un bellaco.

—Yo también lo creo —dijo Fraser—. ¿Se ha fijado en que mientras hablaba con nosotros no paraba de desviar la vista hacia los papeles que tenía sobre la mesa?

—¿Y qué?

—Eso confirma que nos estaba mintiendo —respondió Fraser, entusiasmado—. Es un indicador típico.

Gunner se volvió hacia él.

—¿De qué coño hablas?

El inevitable rubor empezó a teñir las mejillas de Fraser.

—Edgar Wallace —dijo—. *La puerta de las siete cerraduras.*

Gunner prorrumpió en carcajadas.

—Madre mía, ¿de dónde te sacó Drummond?

—Me gradué el primero de mi promoción en la universidad —respondió Fraser, intentando recuperar terreno—. El primero de mi promoción.

Gunner encendió el motor.

—¿Ah, sí? —dijo—. Joder, pues cómo serían los demás.

El camino de regreso a Glasgow rodeaba el campo por detrás, cerca del perímetro exterior. Cuando pasaron junto a la barraca de los prisioneros «negros», Gunner paró el coche y, apoyado en el volante, miró hacia fuera.

—¿Qué crees que hacen ahí dentro? —preguntó.

Fraser se encogió de hombros.

—Interrogatorios, supongo, para intentar averiguar quiénes son los nazis de verdad y qué es lo que saben. —Se quedó pensativo—. Diga lo que diga Skinner, creo que nuestro hombre era un prisionero de guerra. Se evadió de aquí, se fue a Glasgow y se delató de alguna manera.

—¿Y entonces alguien le destrozó la cara y le cortó los dedos? —Gunner sacudió la cabeza—. No tiene sentido. Si era un prisionero de guerra, ¿por qué se tomó tantas molestias el asesino para ocultar su identidad? ¿Y por qué lo llevó de tapadillo al Kelvin Hall? Tenía un buen motivo para matarlo, y no solo porque fuera alemán.

—Entonces, ¿por qué? —inquirió Fraser.

Gunner arrancó el coche.

—Eso, auxiliar especial Lockhart, es lo que tenemos que averiguar.

Se puso en marcha, enfiló de nuevo la carretera y echó un vistazo al retrovisor. Alguien subía los peldaños de madera del barracón del Purgatorio. Gunner pisó el freno y se giró en su asiento. Demasiado tarde. Solo alcanzó a atisbar al hombre antes de que desapareciera dentro del barracón y cerrara la puerta tras de sí.

—¿Qué pasa? ¿Qué mira? —preguntó Fraser, estirando el cuello para mirar también.

—Nada —dijo Gunner, arrancando de nuevo—. Nada.

Al llegar al punto más alto de la colina, divisaron Glasgow, que se extendía abajo, en el valle, bajo un manto de humo procedente de las fábricas y las chimeneas de las casas, mientras los globos de barrera oscilaban, tensando sus ataduras.

Había reconocido algo en el hombre que había entrado en el barracón, algo que le resultaba familiar, pero no habría sabido decir qué.

A falta de temas de conversación, Gunner cometió el error de preguntarle a Fraser cómo había acabado trabajando para Drummond. El joven se pasó el resto del trayecto contándole que su padre había fallecido y que su madre dependía de él, por lo que no le habían permitido enrolarse en el ejército, de modo que se había apuntado al Cuerpo de Policía Auxiliar, que vivía en una habitación de alquiler en Kelvinbridge, que Drummond nunca le explicaba nada, que...

Gunner le pegó un manotazo al volante.

—¡Calvo! —exclamó—. El cabrón estaba calvo.

11

—Se supone que deberías llamar antes de entrar —dijo Drummond, alzando la vista.

Estaba sentado a su mesa, bebía té dando unos ruidosos sorbos de una taza de hojalata, frente a una galleta Empire mordisqueada y un número de *Tit-Bits*. Se hallaban en la Central, la comisaría grande de la plaza Saint Andrew, los nuevos dominios de Drummond. Cogió lo que quedaba de la galleta y se lo metió en la boca.

Daba toda la impresión de que Drummond no había tardado mucho en enseñorearse del lugar. Había colonizado la sala de juntas, que no se utilizaba y era la dependencia más espaciosa de la comisaría. También se las había arreglado para convertirla ya en una pocilga. Había cajas de cartón amontonadas en los rincones, paquetes de camisas desparramadas y pilas de abultadas carpetas por todas partes. El uniforme de gala y unos pantalones de Drummond colgaban de un clavo en uno de los paneles de madera de la pared. Y, por alguna razón, dos cabezas de ciervo disecadas y montada cada una en un soporte estaban apoyadas contra el muro, detrás de él.

—Perdona, no sabía que estabas tan ocupado —dijo Gunner.

—Vete a la mierda —replicó Drummond, escupiendo migajas—. ¿Ha habido suerte en el campo?

Gunner tiró el montón de calcetines sucios que había sobre una silla y se sentó.

—Según el encargado, un tal coronel Skinner, allí todo funciona a las mil maravillas y es totalmente imposible que se haya fugado un prisionero bajo su custodia. Pero...

—Pero ¿qué?

—Pero según Paolo Rossi...

—¿Paolo Rossi? —preguntó Drummond—. Me preguntaba dónde se habría metido ese mierdecilla.

—Pues resulta que se ha ido a meter en el campo de Thornliebank, que, según él, es un auténtico coladero. Cualquier prisionero puede largarse cuando le apetezca. Ni siquiera hace falta que se fugue; puede marcharse andando.

Drummond soltó un gruñido.

—Debería haberlo imaginado. Putos militares inútiles, no podrían ni organizar un concurso de borrachos en una cervecería. ¡Deja eso!

Gunner se volvió. Fraser había cogido una de las carpetas apiladas al lado de su silla y la estaba hojeando.

—Solo quería saber qué decía —alegó con un hilillo de voz.

—Pues te aguantas. Sé dónde está todo, no quiero que me lo cambien de sitio. Quédate quieto y con la boquita cerrada, ¿estamos?

Fraser asintió y devolvió la carpeta a la pila, poniéndose colorado.

—¿Qué más? —preguntó Drummond.

—Tienen un barracón especial para los prisioneros «negros» —dijo Gunner—. Así llaman a los nazis propiamente dichos. Los retienen ahí antes de trasladarlos a algún lugar en los alrededores de Stirling. Creo que si nuestro hombre salió de algún sitio, fue de ahí. Sería la clase de prisionero cuya desaparición Skinner querría guardar en secreto.

Dudo que le importara mucho si fuera un camarero del Ferrari el que se hubiera perdido por ahí.

—La virgen —dijo Drummond, encendiendo un cigarrillo—. La cosa empeora por momentos. Un puto nazi, nada menos.

—Y eso no es todo —dijo Gunner—. ¿Te acuerdas de los tíos con los que me estoy quedando? Pues vi allí a su chófer, un cabezón calvo como una bola de billar, y un traje de raya diplomática.

—Creía que eran del Ministerio de Alimentación —comentó Drummond.

Gunner se encogió de hombros.

—Ya me dirás por qué unos funcionarios del Ministerio de Alimentación se alojan en un cuartel militar y qué hacía su chófer en un campo de prisioneros de guerra. Ministerio de Alimentación y un cojón.

Aspirando entre dientes, Drummond se pasó los dedos por el cabello negro y grasiento, un gesto que hacía siempre cuando se ponía nervioso, o cuando estaba a punto de mentir. Algún día, Gunner tendría que contarle el secreto a Fraser.

—Por lo visto, tendré que presentar una denuncia oficial —dijo Drummond—. Llamaré a la policía metropolitana. Sea quien sea el hijo de puta, no deja de ser una víctima de asesinato en nuestra jurisdicción. Ya consta en los registros. Tú sigue averiguando lo que puedas. Si esos ingleses de mierda suben hasta aquí, tendremos que darles la impresión de que estamos moviendo cielo y tierra para resolver el caso.

—No —dijo Gunner.

—¿Cómo que no?

—Estoy harto de repetírtelo, Drummond. No trabajo para ti. Os las tendréis que apañar Fraser y tú.

—No me jodas, Gunner. ¿Y si vienen los de la metropolitana y se encuentran con que los encargados de investigar el asesinato de un puto nazi son un gordo cabrón y un chavalín?

—No soy un chavalín —protestó Fraser—, sino un auxiliar...

—No me toques los cojones, Fraser, ya me entiendes.

Gunner se encogió de hombros y se dispuso a levantarse.

—Está bien —dijo Drummond—. ¿Qué tengo que hacer para que te quedes?

Gunner volvió a sentarse.

—Tiene gracia que me lo preguntes.

—Si lo que quieres es dinero, te recuerdo que estamos en guerra. No tenemos ni cinco. Podría conseguirte algo de pasta, pero...

—No es solo dinero lo que quiero —dijo Gunner—, sino que me ayudes a localizar a mi hermano.

Drummond arrugó el entrecejo.

—Pero ¿no era un objetor? ¿Ya no trabaja en una de las granjas junto con los otros gallinas?

—No, ya no —dijo Gunner—. Se ha pirado.

Drummond emitió un silbido bajo.

—Qué travieso, nuestro pequeño Victor.

—Quiero dar con él antes que la policía militar —continuó Gunner—. Es un puto idiota, pero sigue siendo mi hermano menor.

Drummond soltó un resoplido.

—Yo en tu lugar no me preocuparía demasiado. ¿Sabes cuántos hombres hay en esta ciudad que no deberían estar aquí? Miles. Y los hay de todas clases: desertores, fugitivos, ausentes sin permiso... La ciudad está abarrotada de esa gente. Créeme, los de la Policía Militar no buscarán a tu hermano, que no es más que un cobarde fugado más.

Gunner se puso de pie, decidido a no caer en la provocación.

—Springburn —dijo—. Lo más probable es que ande por ahí. Es donde están sus amigos rojos y delegados sindicales. Alguno de ellos sabrá su paradero. Si quieres que te ayude, tendrás que ayudarme tú. —Le tendió la mano—. ¿Trato hecho?

Drummond se la estrechó con el menor entusiasmo posible.

—De acuerdo. Encontraré al mierdecilla, pero tú encuentra al grandullón de las podaderas y el ladrillo.

Fraser dejó a Gunner delante del cuartel. Iba a llevar a lavar el coche de Drummond antes de devolvérselo. Tras despedirse de él con un gesto, Gunner atravesó el jardín, bostezando, y cayó en la cuenta de lo cansado que estaba. El dolor de la pierna se había reavivado, y había guardado cama durante tanto tiempo que no estaba acostumbrado a pasarse un día entero yendo arriba y abajo. La idea de echarse un sueñecito sobre una cama con sábanas limpias en su minúscula habitación lo seducía bastante.

Cuando abrió la puerta de los aposentos del comandante, los dos hombres del Ministerio de Alimentación se volvieron hacia él. Resultaba evidente que habían estado manteniendo una conversación que no pensaban proseguir delante de él.

—Perdón —dijo Gunner—. Os dejaré tranquilos enseguida, solo venía a dormir un poco.

Moore asintió y se hizo a un lado para dejarlo pasar hacia las escaleras.

Gunner se detuvo.

—¿Puedo preguntaros una cosa?

Nickerson sonrió.

—Adelante.

—Sé que trabajáis para el Ministerio de Alimentación, pero seguro que de vez en cuando os topáis con otros empleados del Gobierno que se enteran de cosas que vosotros no sabéis. ¿Creéis que hay espías alemanes en Glasgow?

Nickerson soltó una carcajada. Moore se limitó a sonreír.

—Eso no me lo esperaba —dijo el primero—. ¿Por qué lo preguntas?

—Hemos encontrado un cadáver. Creemos que es de un alemán, y nos preguntábamos qué andaba haciendo por aquí.

Nickerson empezó a decir algo, pero Moore lo interrumpió.

—Somos del Ministerio de Alimentación, Gunner. Sabemos tanto de espías como tú. Me imagino que debía de ser un profesor de alemán o algo así, que llevaba años viviendo aquí. —Se acercó a la ventana. Al otro lado desfilaban nuevos reclutas, intentando llevar el paso sin conseguirlo—. ¿Habéis conseguido identificarlo?

—Aún no —respondió Gunner—. Pero todo se andará. Aún es pronto. —Empezó a subir las escaleras, preguntándose hasta qué punto lo tomaban por tonto—. Buenas noches, caballeros —dijo—. Suerte con las ovejas.

12

Cuando Gunner se despertó un par de horas más tarde, alargó el brazo hacia la mesita para coger sus cigarrillos. Fuera empezaba a oscurecer; oía los estorninos que se habían reunido en los tejados del cuartel para pasar la noche. Consultó su reloj: las ocho y media. Aguzó el oído, pero no percibió ruidos procedentes de abajo, solo los crujidos de la casa y la lejana música de Joe Loss, que sonaba en la radio del comedor, al otro lado de la calle. Los chicos del ministerio debían de haber salido.

Exhaló un aro de humo que se elevó hacia el techo y se rascó la cicatriz de la pierna, intentando no pensar en que solo le quedaba una jeringa precargada. A lo mejor podía conseguir más ahí. Siempre podía preguntarle a MacGregor si había algún médico en el cuartel al que pudiera contarle cuánto le dolía. Tal vez eso daría resultado. Sabía que no podía continuar así, pero no se veía capaz de afrontar la vida sin las inyecciones de morfina, y menos aún en ese momento. Tenía demasiadas otras cosas de que preocuparse.

Contempló cómo las sombras de los camiones que entraban en el cuartel se deslizaban por la pared. Intentó pensar en algo que no fuera la morfina. Le daba la impresión de que Moore le había preguntado si conocían la identidad del alemán con una actitud demasiado desenfadada. Se había esforzado demasiado por fingir indiferencia, pero sus ojos lo habían delatado al no despegarse de Gunner hasta que este había respondido.

Si estaba implicado en lo sucedido, ¿qué motivo tenían unos agentes británicos para matar a un prisionero de guerra alemán? Quizás el hombre era peligroso, un oficial de las SS o algo por el estilo. Pero no tenía sentido; había maneras más sencillas de quitarle la vida que todo aquel montaje para hacer creer que el cadáver había aparecido entre los escombros. Gunner sabía tan bien como el que más lo que querían decir en realidad cuando declaraban que alguien había «muerto al intentar escapar». Era el método habitual.

Incluso había ocurrido una vez en Francia. Diez hombres habían salido de patrulla, y solo siete habían regresado, bañados en la sangre de sus compañeros. Habían matado a tres en una tarde, entre ellos a Andy Munn, el bromista del grupo, de solo dieciocho años y el único que caía bien a todo el mundo, incluido el sargento Mitchell. Se había desangrado delante de ellos, llamando a gritos a su mamá, a Jesucristo y a quienquiera que pudiera ayudarlo. Nadie pudo hacer gran cosa aparte de quedarse mirando. La herida en el abdomen era tan grande que todo terminó en cuestión de minutos.

La patrulla regresó con el juicio nublado por la pena y la sed de venganza. Matthew Cook agarró a uno de los tres prisioneros que estaban atados al lado de las tiendas, esperando a que los camiones los recogieran, y desató la cuerda que lo sujetaba. Le dijo que era libre y que echara a correr. El tipo no quería, pues sabía lo que iba a pasar, pero Cook le pegó varios culatazos con el fusil, de modo que al final se alejó a la carrera. Había avanzado unos trescientos metros cuando Cook le disparó por la espalda. Lo curioso del asunto fue que, tres semanas después, Cook murió también. Se ahorcó en un granero en plena noche.

Gunner se incorporó, frotándose los ojos. Nada le apetecía menos que pensar en Francia. Tenía que levantarse y ponerse en marcha antes de que los recuerdos lo abrumaran. Las secuelas de la guerra no eran solo físicas. Ahora era un hombre distinto, más duro. Había golpeado a aquel granjero sin dudarlo, sin concederle siquiera el beneficio de una advertencia verbal. Tenía que reconocer que una parte de él había disfrutado al pegarle. Le había hecho sentirse vivo de nuevo.

Movió las piernas hacia un lado de la cama y apagó el cigarrillo en el cenicero de cuerno de búfalo. Al menos suponía que era un cenicero. Ya era hora de que dejara de pensar en las jeringas precargadas, la guerra y todo lo demás, se diera una ducha, se afeitara y se acercara a Springburn para ver si alguien sabía algo de su hermano. Sabía que él mismo tendría que encargarse de casi todo el trabajo de campo. Pese a lo que había dicho Drummond, le costaba imaginarlo dedicando mucho tiempo a la búsqueda de Victor. A ojos del inspector jefe, declararse objetor de conciencia era solo una manera de escurrir el bulto.

Gunner se levantó, se puso el parche del ojo y avanzó por el pasillo descalzo, vestido solo con el pantalón del pijama y con una toalla sobre los hombros. Bostezando, se sacudió para despabilarse y abrió la puerta del baño. Le llevó un momento asimilar lo que estaba viendo. MacGregor se encontraba de cara a él, con la espalda contra el lavabo, el pantalón y los calzoncillos bajados hasta los tobillos. Nickerson, arrodillado ante él, movía la cabeza arriba y abajo. Al ver a Gunner, MacGregor se quedó paralizado. Nickerson se detuvo y alzó la vista hacia MacGregor.

—¿Qué te pa...? —Siguió la dirección de la mirada de MacGregor hasta Gunner, de pie en el umbral—. Mierda —dijo, sentándose en el suelo del baño—. Mierda.

Gunner se acomodó en uno de los sillones del salón, sacó un pitillo de un paquete que estaba en la mesa, lo encendió y aguardó. MacGregor fue el primero en bajar las escaleras. Se había puesto las gafas y se había subido el pantalón. Se sentó a la mesa del comedor.

—¿Estoy jodido? —preguntó.

—Es broma, ¿no? —dijo Gunner—. Me conseguiste alojamiento en un sitio con baño y todo. Por mí puedes hacer lo que te dé la gana, MacGregor. Eres mi héroe.

MacGregor sonrió.

—Me he cagado encima cuando has abierto la puerta. He pensado que me había llegado la hora.

—La verdad es que te has puesto un poco pálido.

MacGregor se levantó.

—Si alguna vez vuelves a necesitar un lugar donde quedarte o que te consiga cualquier otra cosa de este lugar de mala muerte, no tienes más que pedírmelo.

Se acercó y le tendió la mano a Gunner, que se la estrechó.

MacGregor echó un vistazo a su reloj.

—Hostia, necesito agenciarme veinte catres donde sea antes de las seis. Nos vemos, Gunner.

Un par de minutos más tarde, bajó Nickerson con la corbata medio desanudada y el faldón de la camisa colgando sobre el pantalón de su traje de *tweed*. Se dejó caer en el sofá que Gunner tenía delante y, con una sonrisa nerviosa, le ofreció sus cigarrillos. Cuando este negó con la cabeza, Nickerson se encendió uno con pulso tembloroso.

—Perdona por lo de antes —dijo—. Las cosas han ido más rápido de lo que imaginaba. Creía que estabas dormido.

—Y lo estaba —dijo Gunner—. Pero me he despertado.

Nickerson asintió.

—Ya. No he elegido el mejor momento. Lo siento, no

volverá a ocurrir. —Jugueteó con uno de sus gemelos, torciendo la barrita de metal de un lado a otro. Fijó la mirada en Gunner—. No hay necesitad de llevar las cosas más lejos, ¿no? Nadie ha salido perjudicado.

Gunner lo observó. No le importaba mucho lo que Nickerson hiciera o dejara de hacer, ni compartía la obsesión de algunos miembros del cuerpo por efectuar batidas en baños públicos o investigar notitas guarras enviadas entre vecinos. Siempre había estado demasiado ocupado con labores policiales de verdad. Aun así, la preocupación de Nickerson estaba justificada; después de todo, Gunner era un policía. No sabía si, media hora más tarde, estaría encerrado en una celda, con una pena de cuatro años de trabajos forzados cerniéndose sobre su cabeza, o si sería sometido a un chantaje durante el resto de su vida. Gunner podía prometerle no decir una palabra a las autoridades siempre y cuando recibiera por correo una suma mensual. Conocía a hombres a los que les había ocurrido eso: un poli les había chupado la sangre, mes a mes, hasta dejarlos sin nada.

Negó con un gesto.

—Pero a partir de ahora procura no ser tan descuidado. La próxima vez podría pillarte otra persona que no sea yo.

Nickerson exhaló, con una expresión de alivio dibujándose en su rostro.

—Muchas gracias. Muy decente por tu parte, de verdad. —Se puso de pie—. Necesito un trago. —Se acercó al aparador, sacó la licorera de cristal, sirvió dos vasos de whisky y le ofreció uno a Gunner antes de sentarse de nuevo. Se bebió la mitad del suyo de golpe y, tras debatirse en la duda un momento, se decidió a decirlo—: Obviamente, se supone que no debería contarte esto, pero mañana por la mañana vas a recibir aquí un telegrama de tu regimiento.

—¿Cómo lo sabes?

Nickerson sacudió la cabeza.

—Eso da igual. Lo importante es que lo sé. Dirá que tu baja médica ha sido anulada y que debes reincorporarte de inmediato.

Era lo último que Gunner esperaba oírle decir.

—¿La han anulado? —preguntó—. ¿Cómo es posible...?

—No, claro que no la han anulado —dijo Nickerson—. No es más que una estratagema para quitarte de en medio. Alguien quiere librarse de ti, alejarte de Glasgow.

—¿A mí? ¿Por qué quieren sacarme de aquí?

—Muy fácil. Estás mostrando demasiado interés por nuestro amigo alemán rescatado entre los escombros.

—No lo entiendo. Es la tarea que me han encomendado. Drummond me lo ha pedido. —Se quedó callado y miró a Nickerson—. ¿Por qué me estás contando esto? —inquirió.

Sonriendo, Nickerson señaló con un gesto vago hacia el baño.

—Favor con favor se paga.

Gunner movió la cabeza de un lado a otro.

—Y una mierda —dijo—. Esa no es la única razón, ¿verdad?

Nickerson apuró su whisky y se dirigió hacia el aparador para servirse otro.

—No, no del todo —reconoció—. Corren tiempos peligrosos, Gunner. Tienes que elegir bando, y no me refiero a nosotros o los alemanes. Por desgracia, hay bastantes bandos más. —Sonrió—. Después de todo, estamos hablando del Servicio Secreto Británico.

—¿Y cómo lo sabes? —preguntó Gunner—. ¿No decías que trabajabas para el Ministerio de Alimentación?

Ensanchando la sonrisa, Nickerson alzó su vaso.

—*Touché*.

Se acercó a la radiogramola y la encendió. Una vez que se

hubo calentado, empezó a sonar *I'll Never Smile Again,* interpretado por la orquesta de Tommy Dorsey y Frank Sinatra. Nickerson se dirigió hacia el sofá y se sentó junto a Gunner.

—Te estoy contando esto porque quiero que sigas adelante con el caso, que continúes escarbando —le dijo con voz apenas audible.

—¿Escarbando en qué? —preguntó Gunner, cada vez más desorientado—. ¿Te refieres a lo del alemán?

Nickerson asintió.

—¿Sabes quién es? —inquirió Gunner.

Nickerson negó con un gesto.

—Pero sospecho que Moore sí, y eso es lo que me preocupa.

—¿Moore lo sabe?

Nickerson asintió.

—Se supone que estamos trabajando juntos, pero me da la impresión de que más bien ocurre lo contrario. Me oculta cosas, y no sé muy bien por qué.

—Creía que estabais los dos en el mismo bando —señaló Gunner.

—Como ya te he dicho, Gunner, hay bandos y bandos. Nada está tan claro como debería.

—Vi a vuestro chófer en el campo de prisioneros —dijo Gunner—. ¿Qué hacía ahí?

Nickerson arqueó las cejas.

—No lo sé —contestó—. No es mi chófer, créeme. Apenas es consciente de mi existencia. Es un matón de Moore. Por otro lado, no me sorprendería nada. Nunca he entendido qué hace aquí en realidad. Habiendo tantos conductores locales, no sé por qué teníamos que hacer venir a uno desde... —Nickerson se interrumpió y ladeó la cabeza—. Mierda, me parece oír su coche. Tengo que irme. —Se levantó y, poniéndose la americana, se acercó a la ventana—. Voy a salir y a subir al coche antes de que Moore entre y te vea. —Se volvió hacia Gunner—. No regreses aquí. Búscate otro sitio donde quedarte. Si no te localizan, no podrán entregarte la orden de reincorporación. —Abrió la puerta principal—. Seguiremos en contacto.

—¡Nickerson! ¿Qué está pasando? No puedo...

Nickerson le dio la mano.

—Ten cuidado. Detrás de su fachada de integridad, Moore es un cabrón despiadado, un auténtico hijo de puta. Evítalo a toda costa. —Acto seguido, retiró la mano, abrió la puerta y saludó con un gesto a Moore, que estaba en el asiento trasero del Jaguar con cara de impaciencia. Corrió hacia el coche y subió a él.

Desde detrás de la cortina, Gunner lo observó alejarse. No tenía muy claro si creerse lo que le había dicho Nickerson o no. Por lo menos ya no fingía ser un puto funcionario del Ministerio de Alimentación. Lo que tenía que hacer era averiguar quién era Nickerson en realidad. Si había mentido respecto a su trabajo, también podía estar mintiendo sobre el Servicio Secreto. Había llegado el momento de ponerse a fisgar, empezando por su dormitorio.

13

El dormitorio de Nickerson no era como Gunner se esperaba. Se quedó en el vano de la puerta, mirando al interior. La cama estaba sin hacer, y sobre la mesilla de noche se alzaba una pila de libros con media botella de whisky encima. Un dibujo estilo Picasso que parecía arrancado de una revista estaba fijado en la pared, encima de la cama. En el suelo, entre los zapatos y unos calcetines rojos enrollados, había un cenicero rebosante de colillas. El cuarto estaba hecho una leonera.

El olor a tabaco y algún tipo de colonia lo impregnaba todo. Se acercó al tocador y agarró un frasco de cristal con tapón. Penhaligon's Blenheim Bouquet. Lo destapó y aspiró. Olía a artículo de lujo. Seguramente lo era, a juzgar por las camisas con monograma que colgaban del pomo del armario.

Apartó la parte de arriba de un pijama para sentarse en la cama e intentó aclarar sus ideas respecto a qué buscaba. Por el momento, la habitación solo le había revelado lo que ya sabía: Nickerson era de familia acomodada y saltaba a la vista que le costaba mantener a raya el caos sin la ayuda de un mayordomo, niñera o algún otro criado que fuera detrás de él recogiendo su desorden.

En la mesilla de noche había una libreta. La abrió e intentó leer lo que había escrito en ella. No le resultó fácil. La letra de Nickerson era como una serie de garabatos retorcidos, por lo que solo consiguió distinguir algunas palabras:

Cada vez más cerca..., acordarme de preguntarle a Driberg por... ¿Cairo?
Cena en White's

Nada de esto tenía sentido ni le era de mucha ayuda. Dejó la libreta donde estaba y abrió el cajón. Dentro había un par de pañuelos con monograma, un tubo de aspirinas, una revista con fotografías de hombres musculosos y una bolsita de caramelos de menta Imperials. Cerró el cajón. Estaba perdiendo el tiempo. Si Nickerson ocultaba algo no era tan tonto como para dejarlo en algún lugar donde Gunner pudiera encontrarlo. Aunque había sido bastante tonto en otras cuestiones.

La habitación de Moore era todo lo contrario: la cama estaba hecha, la ropa guardada, y sobre la mesita de noche había un vaso de agua y un ejemplar de *The Telegraph* doblado por la mitad, con el crucigrama resuelto. Vio una carpeta sobre el escritorio. La abrió: «Informe de viabilidad sobre el aumento de la población ovina». La cerró, sonriendo. Moore se había dejado un objeto de su utilería. Se dirigió hacia la ventana y echó un vistazo al patio. Había otros reclutas realizando unos ejercicios de instrucción lamentables. MacGregor salió del edificio principal y echó a andar hacia el comedor. Gunner lo siguió con la mirada mientras lo abordaban cada dos por tres, como de costumbre. De pronto, se le ocurrió una idea. Bajó las escaleras a toda prisa y cruzó la puerta hacia la extensa explanada.

—¡Gunner! —dijo MacGregor al ver que se acercaba—. ¿Me estás siguiendo?

—Así es —dijo Gunner—. Quería preguntarte algo. El chófer de tu amigo... ¿dónde duerme?

—En el dormitorio principal del cuartel. Ese cabrón clasista de Moore nunca accedería a compartir techo con un conductor. Gracias a eso tienes habitación. ¿Por qué lo preguntas?

—Por nada. Tenía curiosidad.

—Curiosidad, mis cojones. Su cama está en la parte de atrás, junto a la cañería grande y la ventana, por si pensabas ir a echar un vistazo o algo.

—Gracias, MacGregor —dijo Gunner—. Te debo una.

—Yo te debo más. Por lo menos un par de cervezas.

—Hecho —dijo Gunner, dejando que MacGregor lidiara con un joven soldado desconsolado porque había perdido su petate.

Se encaminó hacia el dormitorio principal, sin saber muy bien qué haría si se encontraba con el chófer. ¿Le preguntaría por qué había ido al campo de prisioneros? Aunque el otro reconociera que había estado ahí, ni por asomo le explicaría el porqué. Tiró de las dos grandes hojas de la puerta para abrirlas y entró. Tendría que confiar en la rapidez de sus reflejos.

El dormitorio principal del cuartel era un vasto mar de catres, cada uno con una taquilla metálica al lado. Los soldados que se alojaban ahí debían de estar esperando una inspección, porque el sitio estaba impecable. Las sábanas de las camas estaban tan tirantes que se habría podido poner una moneda de canto encima, el suelo de linóleo resplandecía, y cada petate estaba debajo del catre correspondiente. Mientras avanzaba hacia el fondo, Gunner se percató de que uno de ellos estaba ocupado. Un muchacho de menos de veinte años con un parche en el ojo estaba recostado sobre sus almohadas, mirando cómo se aproximaba.

—¿Qué tal, colega? —dijo con acento barriobajero de Londres—. ¿Qué te ha pasado en el ojo?

—Metralla —dijo Gunner—. Con un poco de suerte, se me curará. ¿Y a ti?

—Desprendimiento de retina —respondió—. Un auténtico coñazo. Se supone que no debo moverme mucho hasta que vuelva a pegarse. Estoy que me subo por las paredes; llevo aquí dos semanas sin nada que hacer salvo pajearme de vez en cuando y contemplar el techo. ¿Qué haces tú aquí, por cierto?

—Busco la cama de uno que duerme aquí —respondió Gunner—. Un tipo grandote. Es chófer, no soldado.

—Ah —dijo el muchacho—. El cabrón ese. Está ahí, al lado de la ventana.

Gunner se encaminó hacia la ventana.

—La siguiente a la izquierda, colega —le indicó el muchacho.

Gunner asintió y se sentó en el catre del conductor.

—Te agradecería que dijeras que estabas dormido cuando he venido y no has visto nada —dijo por lo bajo.

—Por mí no hay problema —concedió el muchacho, dándose unos golpecitos en un lado de la nariz—. No he visto nada. De todos modos, no tengo el ojo muy allá, ¿no?

Gunner se sacó una navaja del bolsillo, desplegó la hoja más pequeña y hurgó con ella en la cerradura de la taquilla. Enseguida encontró la profundidad adecuada, giró la navaja y abrió la puerta. Dentro había camisetas y calzoncillos doblados, un número de la revista *Titter* con una pelirroja en la portada, una lata de polvo dentífrico, dos pares de calcetines, un resguardo de la lavandería. En otras palabras, nada. Cerró la puerta y aseguró de nuevo la cerradura.

—¿No ha habido suerte? —preguntó el muchacho.

Gunner sacudió la cabeza.

—Tú lo conoces, ¿no?

—Por desgracia —respondió el muchacho—. Nunca había oído a alguien decir tantas chorradas. No para de lanzar indirectas para hacernos creer que está en una especie de misión secreta. Y el muy gilipollas no es más que un puto taxista.

Gunner se quedó pensando.

—Su coche... ¿Sabes dónde lo guarda? —preguntó.

—Tiene una plaza en un garaje de Lochburn Road, justo al otro lado de la calle. El tarado se pasa el día presumiendo de todas las mujeres que se tira en el asiento de atrás. Se las liga en la ciudad, aparca ahí para hacer sus marranadas y luego las lleva de vuelta.

Después de darle las gracias, Gunner se alejó con aire pensativo por entre las camas. En los garajes había cizallas y toda clase de herramientas con las que se le podrían cortar los dedos a alguien. A lo mejor el conductor estaba ahí para eso, para hacerle el trabajo sucio a Moore. Pero aún no tenía idea de cuál podía ser el móvil. ¿Por qué querría Moore matar y mutilar a un prisionero de guerra alemán?

No bien abrió la puerta del dormitorio, lo oyó: el bajo ulular de una sirena antiaérea. A esta se le sumó una segunda. Gunner sintió que se le caía el estómago a los pies. Levantó la mirada al cielo. No había nada que ver. Aún. En cuestión de segundos, la explanada se llenó de gente que corría en todas direcciones, alzando la vista con expresión de pánico. Dos sargentos instructores gritaban para hacerse oír por encima del alboroto, apremiándolos a todos a ponerse a cubierto en los refugios. Uno de ellos se volvió y, al avistar a Gunner ahí de pie, le hizo señas en dirección a la entrada del refugio.

Gunner fingió no verlo y arrancó a correr. Ni loco iba a

quedarse encerrado en una ratonera húmeda con un montón de soldados esperando a que los bombardearan. Solo le vino a la mente un lugar adonde ir. Cruzó el patio a la carrera, atravesó la verja y se dirigió hacia la comisaría de Maryhill.

14

Gunner abrió las grandes puertas de madera de la comisaría y se detuvo a recuperar el aliento. La recepción estaba vacía. Archie no andaba por ahí. Gunner recorrió los pasillos hasta el pequeño cuarto que tenía al fondo, el único sitio donde se le ocurría que podía estar. Oyó unas voces apagadas y abrió la puerta.

—Vaya, vaya —dijo Drummond, volviéndose hacia él—. Gunner por fin se digna honrarnos con su presencia. ¿Dónde leches has estado toda la tarde? ¿Tumbado en la puta cama?

—Veta a la mierda, Drummond —replicó Gunner—. Te dije que te echaría una mano, no que...

—¿Son ellos? —preguntó Archie, ladeando la cabeza.

Todos se quedaron quietos y en silencio, escuchando.

—Mierda —dijo Drummond—. Me parece que sí.

Gunner no oía más que un zumbido leve, como el de una radio mientras se calentaba. Empezó a sonar cada vez más fuerte.

—Pues sí —dijo Drummond con aire sombrío—. Ha llegado la hora. Coged vuestros trastos.

Comenzaron a recoger sus cascos Brodie, cajas de máscaras antigás y linternas. A Fraser le temblaba el pulso mientras intentaba ajustarse la correa del casco bajo la barbilla.

—¿Estás bien? —le preguntó Gunner, ajustándosela él mismo. Fraser asintió. No lo parecía—. Tú mantén la cabeza agachada y no intentes hacerte el héroe, ¿de acuerdo?

Fraser asintió de nuevo, se echó la máscara al hombro, y todos salieron de la comisaría.

Fuera, en Maryhill Road, todo había cambiado. El caos de hacía unos minutos había cedido el paso a un silencio inquietante. Las calles estaban desiertas, pues ya todos estaban en los refugios. No había luces encendidas en ninguno de los edificios, ni vehículos circulando por las calles. Reinaba un silencio interrumpido solo por los chirridos ocasionales y el aleteo de las bandadas de estorninos que revoloteaban sobre los tejados.

Tenían la sensación de estar en lo más profundo de la campiña y no a un par de kilómetros del centro de la ciudad. Un zorro salió de detrás de la lechería, con los ojos brillando en la oscuridad, y cruzó la calzada al trote antes de desaparecer entre los arbustos. Fraser y Drummond enfilaron la calle en dirección al refugio Anderson instalado en la parte de atrás de los baños. Gunner se rezagó, pues no tenía muy claro qué iba a hacer.

—¿Tampoco te apetece meterte en el refugio? —Archie desplegó una sonrisa—. No te culpo. Ven conmigo, tengo que subir al canal.

Echaron a andar cuesta arriba. La vista de Gunner empezó a acostumbrarse a la penumbra del atardecer. Atajaron por la parte de atrás de la fábrica Thomson y atravesaron a trancas y barrancas un terreno baldío, tropezando con ladrillos y cascotes. Estaban a punto de llegar al otro lado cuando Archie se paró en seco y alzó la vista.

—Virgen santa —dijo—. La puta virgen santa.

Gunner miró hacia arriba y trató de asimilar lo que veía. El cielo estaba cubierto de aviones, filas y filas de Junkers y

Heinkel procedentes del este. Eran cincuenta y tantos, como mínimo. Cincuenta y tantas siluetas oscuras recortadas contra la claridad agonizante y rosácea del día. Con un estallido ensordecedor y un destello, la artillería antiaérea abrió fuego contra el cielo. Era como si un *flash* gigante se disparara cada pocos segundos, iluminando los bombarderos y los globos de barrera.

—¡Deprisa!

Archie asió a Gunner y ambos arrancaron a correr hacia el canal. Una mujer yacía en la acera llorando y gritando que no podía entrar en un refugio, mientras que dos hombres de la ARP intentaban levantarla. Los sortearon y continuaron su ascenso por la colina.

Los cañones antiaéreos lanzaron otra andanada y entonces se oyó el primer aullido de una bomba al caer seguido del estruendo de una explosión. Gunner vislumbró más adelante el canal, donde había barcazas amarradas muy juntas hasta donde alcanzaba la vista. Archie avanzó por la orilla hacia unas compuertas de hierro macizo que parecían nuevas pero estaban medio sumergidas.

—¿Qué hacemos aquí? —preguntó Gunner, intentando elevar la voz por encima del ruido de los aviones y la artillería. Señaló las compuertas—. ¿Qué es eso?

Archie tiró de él.

—Hay cuarenta mil toneladas de agua en este tramo del canal —le gritó—. Si una bomba abriera una brecha en él, el agua correría cuesta abajo arrasándolo todo como un puto maremoto. Eso causaría más daño que las explosiones. —Señaló hacia el extremo del canal. Bajo el resplandor de los destellos, Gunner advirtió que había un par de grandes compuertas cada doscientos metros, más o menos—. Han construido nuevos diques —continuó Archie—. Llegan hasta Port Dundas. Si cae una bomba en un tramo, tendremos que tirar de las palancas para cerrar las compuertas y evitar que se escape el resto del agua.

Se sentaron en la hierba junto a las compuertas más próximas y contemplaron el firmamento. El ruido de los aviones era ahora un horrísono rugido bajo que se sentía en los huesos. Gunner nunca había visto tantos. En Francia, aparecían en grupos de tres o cuatro y se alejaban tan rápido como habían llegado. Estos, en cambio, volaban despacio, sin prisas, y aquella formación parecía no tener fin. Desde lo alto de la colina, se apreciaba lo cerca que se encontraban ahora; debían de estar sobrevolando el East End. De pronto, empezaron a brotar grandes llamas en la ciudad, debajo de ellos.

—¡Bombas incendiarias! —exclamó Archie.

Contemplaron cómo el fuego se propagaba por Glasgow al paso de los aeroplanos. Enormes fogonazos anaranjados se elevaban desde los edificios alcanzados, seguidos después de unos segundos por nubes de un humo espeso y aceitoso. La artillería antiaérea seguía disparando, pero no parecía servir de mucho. No paraban de llegar aviones que lanzaban cada vez más bombas incendiarias. Una gigantesca llamarada surgió del centro de la ciudad, y el estampido tardó un par de segundos en llegar hasta sus oídos. Sin duda había saltado por los aires uno de los almacenes situados a la orilla del Clyde, repleto de barriles de petróleo o algo por el estilo.

La primera oleada de aviones se encontraba casi justo encima de ellos. Al estirar el cuello, Gunner incluso divisaba las cruces en la parte inferior de las alas con cada relampagueo de los antiaéreos. Estaban tan cerca que él alcanzaba a oler el carburante de aviación. El paso de los aeroplanos se prolongó durante un par de minutos más sin que dejaran caer nada, y entonces empezaron a producirse deflagraciones a lo lejos a medida que cada bomba incendiaria estallaba con una detonación suave y las fogaradas se alzaban hacia el cielo. Por lo visto estaban volviendo a castigar con saña los astilleros de Clydebank. Archie tiró del brazo de Gunner.

—Vamos. Si se repite lo de anoche, tardarán cerca de una hora en regresar. La próxima vez serán bombarderos de verdad, ahora que las incendiarias han alumbrado el camino.

Iniciaron el descenso de vuelta a la comisaría. Ya empezaba a notarse el olor a madera quemada procedente del centro urbano, que estaba cubierto de humo. La gente comenzó a salir de los refugios con aspecto aturdido, intentando entender qué ocurría. Un perro corría en círculos, aullando y ladrando, enloquecido por el ruido.

Drummond y Fraser aguardaban delante de comisaría, con el rostro totalmente negro salvo por los regueros blancos que dejaba el sudor al resbalar por el hollín. Drummond tenía el traje salpicado de agujeros que parecían quemaduras de cigarrillo. Pilló a Gunner mirándolo.

—Cenizas —dijo—. Hay incendios por todas partes, joder. ¿Dónde os habíais metido? Nos habría venido bien que nos echarais una mano. Hay tres manzanas en llamas en Hotspur Street.

—Me he llevado a Gunner conmigo —dijo Archie—. Por si se reventaba el canal.

Drummond tiró de la manga de su americana hacia abajo y, sujetándosela con la mano, se limpió el tizne y el sudor de la cara.

—La próxima vez, te vienes conmigo, Gunner. Necesitamos toda la ayuda posible, no gente que vaya a hacer el turista por el canal.

—No seas... —empezó a protestar Archie.

—¡Cierra el pico, Archie! —lo cortó Drummond.

Gunner estaba harto. Se encaró con el inspector.

—No me toques los cojones, Drummond. Si querías que

fuera contigo, deberías habérmelo dicho. No leo el pensamiento, joder.

Drummond escupió en el suelo una mezcla de flema y hollín.

—Necesito una copa —dijo antes de entrar en la comisaría.

—¿Qué coño le pasa? —le preguntó Gunner a Fraser.

Fraser presentaba un aspecto lastimoso con las manos trémulas y la mirada inquieta.

—Hemos ido a uno de los edificios afectados en Hotspur Street —explicó Fraser—. Una bomba incendiaria le había dado de lleno. Una mujer nos ha dicho que había gente dentro. Por más que nos hemos esforzado, no hemos conseguido abrir la puerta principal a tiempo. Hemos tenido que esperar a que llegara un bombero con un hacha. —Se frotó el rostro, sin despegar los ojos del suelo—. Cuando ha echado abajo la puerta, había cuatro chiquillos tendidos detrás. Todos muertos por haber respirado el humo. El padre los había dejado encerrados para ir a pillarse una cogorza.

Una lágrima le rodó por la mejilla, dejando un rastro blanco a través de la mugre. Se la enjugó, pero enseguida brotó otra. Archie lo abrazó por los hombros y lo guio hacia el interior de la comisaría.

—Ven, muchacho. Vamos a adecentarte un poco, ¿de acuerdo?

15

Gunner decidió quedarse un rato delante de la comisaría, esperando a que las cosas se calmaran. En la calle reinaba una paz extraña. Estaba a oscuras y no había mucha gente. Hasta los incendios que aún ardían en el centro lucían hermosos contra el cielo nocturno. Se sentó en el bordillo y se encendió un cigarro. Frente a él flotaban en el aire cenizas grises arremolinadas por el viento. A su espalda, la puerta de la comisaría se abrió de golpe y apareció Drummond con media botella de whisky en la mano.

—Tenías razón, no ha sido culpa tuya —dijo, tendiéndole la botella con aire avergonzado.

Gunner la aceptó y echó un trago nada desdeñable. Le quemó la garganta. No era más que un matarratas que alguien había metido en una botella de Dewar's, pero lo reconfortó. Drummond se sentó a su lado, y fueron pasándose la botella sin apenas hablar. Al poco rato, las puertas del cuartel se abrieron y, con un ruido sordo, empezaron a salir camiones con los faros reducidos a rendijas luminosas que brillaban a través de las lonas que los cubrían. Todos giraron a la izquierda por Maryhill Road y pusieron rumbo oeste, hacia Clydebank y los astilleros.

—Por lo que he oído, ha sido bastante horrible —comentó Gunner—. Lo de los críos.

Drummond asintió.

—Como me cruce con el hijo de puta del padre, lo machacaré a hostias y esperaré a que vuelva en sí para machacarlo de nuevo.

No había mucho que decir a eso. Gunner sabía que era cierto, y que él también lo haría. Tenía que cambiar de tema.

—Quería preguntarte una cosa. ¿Voy a cobrar algo por hacer esto?

—¿Por hacer qué?

—Ir detrás de ti intentando arreglar tus cagadas.

Drummond sonrió.

—Menudas ínfulas tienes, Gunner. Ni puta idea. Intentaré sacar dinero de algún sitio, pero no es que abunde. Todos los fondos que sobran se destinan a los esfuerzos de guerra. Bastante me cuesta conseguir que me paguen a mí. Lorna está cabreada, lo que le doy apenas alcanza para cubrir los gastos de la casa.

—¿Cómo lleva lo de...?

Drummond se encogió de hombros.

—No muy bien. Tiene días mejores que otros. Que tu único hijo muera en los primeros meses de la guerra es algo que cuesta mucho superar. Si es que llega a superarse.

—¿Y tú? —Gunner se encendió otro cigarrillo, con la vista fija al frente.

—No hay día que no piense en él. Era un zoquete de aúpa, pero seguía siendo mi niño. Si pudiera cambiarme por él, lo haría sin dudarlo.

—Lo siento, Drummond —dijo Gunner.

—Lo sé. Si no hubieras estado pendiente de mí cuando sucedió, Dios sabe qué habría hecho.

—Vi a muchos jóvenes morir ahí. Creía que acabaría por insensibilizarme ante eso, pero no, no creo que sea posible.

—Morirán muchos más antes de que esto acabe —declaró Drummond—. Habrá más madres y padres mirándose, preguntándose cómo han llegado a esa situación, intentando no hablar de ello. —Alzó la botella—. Por Harry —dijo—. Y por los demás. Descansen en paz.

Seguían ahí sentados cuando el rumor bajo de los aviones empezó a sonar de nuevo. El retumbo sordo hizo salir a Archie y Fraser. De pie frente a la comisaría, los vieron llegar desde el este: una extensa formación de aviones que volaban justo por encima de los globos de barrera y fuera del alcance de los antiaéreos.

—Se dirigen otra vez hacia los astilleros —dijo Archie—. Por lo visto esta vez nos libraremos.

Gunner se volvió para preguntarle si deberían intentar acercarse a Clydebank cuando oyeron el silbido.

—¡Al suelo! —gritó Drummond—. ¡Todos al suelo!

Se echaron cuerpo a tierra y empezaron a arrastrarse hacia el muro deflector de una calle sin salida. Estaban a punto de llegar cuando la bomba estalló. El aire le oprimió el pecho a Gunner con tanta fuerza que le dio la vuelta, y se produjo un estampido tan atronador que lo sintió en todo el cuerpo. De pronto, tuvo la sensación de estar bajo el agua, pues los sonidos e imágenes le llegaban amortiguados, como de muy lejos. Por encima de los chasquidos que notaba en los oídos, percibió el estrépito de la lluvia de escombros y ladrillos que caían sobre la acera con tal violencia que rebotaban y salían despedidos hacia arriba. Miró alrededor para localizar a los demás. Archie yacía en la acera opuesta, con una tabla de madera humeante sobre la espalda, inmóvil.

Drummond y Fraser, con medio cuerpo dentro y medio cuerpo fuera de la calle sin salida, intentaban internarse en ella a gatas. El aire estaba impregnado de olor a madera en llamas y una efervescencia de cenizas que dejaban una estela de humo al caer. Al notar quemazón en la espalda, Gunner se giró boca arriba y se restregó contra la acera para extinguir el fuego. Trató de ponerse de pie, pero todo le daba vueltas, de modo que se tambaleó y cayó. Dándose por vencido, se hizo un ovillo, se cubrió la cabeza con los brazos y se preparó para capear el temporal.

La lluvia de piedras, ladrillos y trozos de madera seguía repiqueteando en los adoquines. Gunner echó una ojeada por entre sus manos a tiempo para ver a un perro volar por el aire y chocar contra una furgoneta de reparto de pan al otro lado de la calle. Una cómoda cayó cerca de él y se hizo pedazos. Había pájaros muertos por doquier, algunos aún en llamas, otros despidiendo solo humo. Se cubrió de nuevo el rostro con las manos cuando advirtió que una pierna aterrizaba cerca de la tienda de comestibles que tenía enfrente. No quería ver más. Era como si volviera a estar en Francia, metido en una zanja, esperando y rezando por que no lo alcanzara un proyectil.

Y entonces, con la misma rapidez con que había empezado, el caos cesó. Como si se hubiera cerrado un grifo, dejaron de caer escombros del cielo, y una vez que los últimos pájaros y cascotes se precipitaron al suelo, todo había acabado. Gunner aguardó unos instantes para asegurarse de que había terminado de verdad antes de ponerse de pie. Acto seguido, se pegó unas palmadas en los agujeros chamuscados del pantalón e intentó acercarse a Archie. Oía agua que corría, unos gritos, los pitidos intermitentes de un timbre. Cruzó con dificultad la calle, que estaba sembrada de toda clase de cosas como ropa, pedazos de muebles, medio lavabo; al final llegó a donde yacía Archie. Se arrodilló, le quitó la tabla de encima de la espalda y le dio la vuelta. Tenía el rostro sucio y moretones en los brazos. Estaba aturdido y medio sordo, pero no parecía haber sufrido heridas graves.

Gunner lo ayudó a levantarse, y juntos se abrieron paso entre los escombros hasta donde se encontraban Drummond y Fraser. Estaban de pie, apoyados contra el muro deflector, evaluando los daños sufridos. Salvo por una abolladura considerable en el casco Brodie de Fraser, un corte en la nariz de Drummond y un par de quemaduras en su pierna, parecían bastante enteros.

Gunner sentó a Archie y lo recostó contra el muro. Aunque este contrajo las facciones en un gesto de dolor cuando su espalda tocó la superficie, le aseguró a Gunner que estaba bien y le hizo señas de que se apartara.

—Así que nos íbamos a librar, ¿no? —dijo Drummond—. Es la última vez que te hago caso, puto viejo chocho.

Archie trató de sonreír, y el blanco de su dentadura postiza relumbró en medio de su rostro ennegrecido. Gunner se sacó la media botella del bolsillo y se la ofreció. El hombre bebió con avidez, echando la cabeza atrás. Miró hacia arriba.

—Hostia santa. No me digas que vienen más —dijo Drummond.

Así era. No pudieron hacer otra cosa que quedarse sentados en la calle sin salida y esperar mientras los aviones pasaban zumbando por encima de sus cabezas. Se oyó otra explosión ensordecedora, y todos se agacharon de forma automática.

—¿Qué ha sido eso? —preguntó Fraser.

—Yo diría que otra bomba —respondió Drummond—. Y no ha caído muy lejos. —Se arrastró hasta la entrada de la calle, echó un vistazo al exterior y alzó los ojos entornados al cielo—. Me parece que ya se han ido. —Se levantó ayudándose con los brazos y salió a la calle, intentando ver algo entre el humo y el polvo.

Fraser y Gunner observaron cómo se acercaba a un coche recubierto de ceniza, se encaramaba al techo y miraba en derredor. Gritó algo, señalando una casa de vecinos con un tejado en diente de sierra del que empezaban a brotar llamas.

—¡Ahí! —gritó—. ¡Vamos!

16

Se encontraban entre las ruinas de Duncruin Street. Aunque ya salía el sol, estaba perdiendo la batalla con la polvareda y el humo que oscurecían la atmósfera. Apenas se notaba la diferencia. El agua que fluía calle abajo hacia ellos desde una tubería principal reventada llenaba poco a poco un cráter de tres metros abierto en medio de la calzada. Justo al lado de donde estaban, el extremo de un bloque de pisos había quedado al descubierto. El derrumbe de la mitad del edificio había producido una sección transversal que dejaba a la vista habitaciones, papeles pintados con motivos distintos y cuadros que seguían colgados en las paredes. En uno de los pisos de la segunda planta incluso había una puerta abierta a la que estaba asomada una mujer con una criatura en brazos.

Drummond tosió y lanzó un escupitajo negro sobre los adoquines. Costaba respirar a causa del polvo que saturaba el aire. Las cenizas encendidas descendían lentamente a su alrededor. Con gesto ausente, Gunner se dio un manotazo en la manga de la americana allí donde una partícula ardiente le había hecho un agujero. Resultaba difícil no quedarse contemplando la escena paralizado y en silencio. La calle adoquinada estaba cubierta de pertenencias de los vecinos que habían salido volando de sus viviendas: un cochecito de bebé retorcido, platos rotos, ropa, libros. Un sillón descansaba majestuosamente sobre una pila de cascotes humeantes.

Y por todas partes había sangre. Sangre, cadáveres y partes del cuerpo. Gunner intentaba no mirar, pero, en la acera, junto a sus pies, había una mano, al lado de lo que parecía un brazo femenino magullado y desgajado, aún con el reloj puesto. Sobre un coche aparcado al otro lado de la calzada yacía atravesado un adolescente con la cabeza en un ángulo raro. Gunner oyó que alguien vomitaba detrás de él. Supuso que sería Fraser. Y no era de extrañar. Aquello parecía más una visión del infierno que una calle de Glasgow. Poco a poco, la gente empezó a salir de sus casas o de debajo de los escombros, emblanquecida por la ceniza, sin saber muy bien siquiera dónde estaban.

De pronto, Gunner cayó en la cuenta de algo que se le debería haber ocurrido antes. Había que actuar como en Francia cuando una bomba alcanzaba un edificio con personas dentro.

Se sacó la placa del bolsillo y se dirigió hacia el centro de la calle, sujetándola en alto.

—¡Silencio! —gritó—. ¡Cállense todos, por favor!

La confusión de voces tardó un momento en apagarse. Al final, no se percibía otro sonido que el gorgoteo del agua que bajaba por la calle y el ruido de algún otro cascote al desprenderse de las construcciones dañadas. Y entonces, lo oyeron. Alguien estaba gritando.

Gunner levantó las manos para indicar a la gente que permaneciera callada. La voz parecía proceder de su izquierda. Señaló, y Drummond, junto con dos hombres de la ARP lo siguieron y se detuvieron junto al montón de escombros. Completamente inmóviles, aguzaron el oído, esperando a que los gritos se reanudaran. Tras un par de minutos de silencio, sonaron de nuevo, esta vez más débiles.

—Vamos —dijo Gunner—. Hay alguien ahí debajo.

Empezaron a escalar las ruinas en dirección a la voz. Gunner, que era quien se encontraba más arriba, dio un paso hacia delante y el cúmulo de escombros empezó a moverse bajo sus pies, provocando un pequeño alud de piedras y ladrillos. Todos se quedaron paralizados, con la esperanza de que el montón acabara por estabilizarse. Gunner bajó la mirada para buscar un cascote más grande sobre el que apoyarse y entonces vio unos dedos que sobresalían entre dos bloques de arenisca rotos. Se arrodilló con cautela y, cuando alargó la mano para tocar los dedos, estos se cerraron sobre los suyos como los de un bebé.

—Drummond —susurró—. Aquí arriba.

Tardaron más de una hora en rescatar a la mujer, con la ayuda de unos diez soldados enviados desde el cuartel para echar una mano en las labores de salvamento. La montaña de cascajo bajo la que estaba sepultada no era muy estable, solo un rompecabezas infernal de escombros movedizos que amenazaba con desmoronarse en cualquier momento y aplastarla. Formaron una cadena humana desde donde estaba ella hasta la calle, pasándose uno a uno cada ladrillo y cada cascote, extremando precauciones para no desequilibrar el montón.

Era una tarea peliaguda, y el miedo y la tensión se reflejaban en los rostros, al tiempo que el sudor empapaba las camisas. Para cuando al fin consiguieron retirar los suficientes escombros para sacarla, estaba inconsciente. La levantaron, y las piernas quedaron colgando, inertes, una de ellas rota y aplanada. Una vez que la bajaron del montón de ruinas a la calle, los médicos la tendieron en un carro de fruta que habían encontrado y la trasladaron a la enfermería provisional instalada en el pub Gaven's.

Tras verla alejarse, Gunner y Drummond se sentaron en

el bordillo a beber por turnos de una de las cantimploras que los soldados estaban haciendo circular. El sol se elevaba en el cielo, casi todo el polvo y las cenizas se habían asentado y el aire empezaba a despejarse. Un hombre de la ARP se lavaba la sangre de las manos con el agua de la tubería rota, y detrás de él se había formado una cola de personas que querían hacer lo mismo.

Frente a la tienda de comestibles Lipton, al otro lado de la calzada, había cuatro cadáveres alineados, dos grandes y dos pequeños, envueltos en sábanas manchadas de sangre oscura. Drummond sacó sus cigarrillos y Gunner tomó uno. Los dos tosieron al encenderlos, ya que tenían la garganta irritada por la polvareda. Iban en camiseta y tirantes, pues se habían recogido todas las camisas que no estaban quemadas por las cenizas para improvisar vendajes. Notaban en los hombros el calor del sol matinal, que traía consigo la promesa de otro día radiante. Drummond observó a un par de soldados que sumergían unos cubos en el agua del cráter y la vertían en las zonas más ensangrentadas de la calle.

—Al menos no ha sido tan terrible como anoche —dijo—. Aquello fue diez veces peor. Una buena parte de Govan quedó arrasada. Esta noche ha sido solo esta calle y un par más en Tradeston.

—No es poca cosa —dijo Gunner.

Drummond sacudió la cabeza.

—Y solo Dios sabe cómo habrá quedado Clydebank. —Bostezando, consultó su reloj. Las cinco y media—. Tengo que ir a la Central para informar del número de víctimas. —Se levantó y se desperezó—. ¿Vienes?

Gunner negó con un gesto.

—Voy a intentar dormir un par de horas en comisaría, si esa birria de catre sigue ahí.

Drummond giró sobre los talones y se encaminó hacia

Maryhill Road. Fraser apareció de la nada y lo siguió. Fue solo entonces cuando Gunner recordó que no le había hablado de Nickerson y de la orden de reincorporarse a su regimiento. En ese momento llegaron dos soldados que aparentaban unos quince años y recogieron uno de los cadáveres dispuestos en fila frente a la tienda Lipton. El que iba detrás batallaba por evitar que cayeran partes del cuerpo fuera de la sábana.

Gunner tomó otro trago de agua tibia de la cantimplora. La charla con Drummond podía esperar. Se llevó la mano al bolsillo del pantalón. La última jeringa precargada aún estaba ahí. Se levantó. Había llegado el momento de regresar a la comisaría y echar un sueño. Bien sabía Dios cuánto lo necesitaba.

17

Mientras Gunner caminaba por la calle, empezó a sentir la calidez del sol en la espalda y se percató de que iba a pasar por delante de Gaven's. Cuando se encontraba cerca del pub, advirtió que frente a él había una hilera de cuerpos colocados sobre camillas y puertas de madera. Estaban cubiertos con mantas, cortinas e incluso con los restos de una alfombra. Unas personas guiaban a varios de los heridos que podían caminar hacia el puesto médico instalado junto a una ambulancia aparcada en Maryhill Road. Era lo más cerca que podían llegar los vehículos, pues la calle había quedado completamente bloqueada por los restos del bombardeo.

Tras abrirse paso entre la multitud de allegados y niños que lloraban, Gunner abrió las pesadas puertas del pub con la intención de averiguar si la mujer que habían sacado de los escombros seguía con vida. Su vista tardó unos segundos en adaptarse a la penumbra. El interior del establecimiento parecía más bien la sala de espera de un hospital.

La larga barra de madera situada al fondo se había convertido en una mesa de exploración improvisada. Sobre ella yacía un hombre con la ropa medio arrancada y un agujero grande como un puño en el costado que dos enfermeras con aire desesperado intentaban rellenar con lo que parecía un par de paños de cocina empapados en sangre. El médico del

Kelvin Hall estaba inclinado sobre él, oprimiéndole repetidamente el pecho con una mano encima de otra, preso de una agitación febril. Aún llevaba puesta la camisa del pijama, y las rayas apenas resultaban visibles bajo las manchas de sangre. Con la cabeza gacha, Gunner se escabulló al salón antes de que el médico lo viera.

Allí, habían arrimado los asientos y mesas a las paredes para hacer sitio en el suelo a los heridos y moribundos. Algunos gemían, un par de ellos se retorcían entre alaridos de dolor, otros yacían en silencio, con la mirada fija y vacía, y sus familiares arrodillados a su lado. Aún se percibían en el salón del bar los olores habituales a cerveza y tabaco, no del todo ocultos bajo el hedor a mierda y lejía.

Gunner atravesó la habitación con cuidado de no pisar a nadie, buscando a la mujer rescatada de los escombros. No la veía por ninguna parte. En un rincón, junto a una pila de sillas, un hombre dejaba escapar desgarradores plañidos que traslucían una profunda soledad. Gunner se le acercó despacio. Le faltaba un buen trozo de la parte posterior de la cabeza. No le quedaba mucho tiempo en este mundo. No tenía a nadie a su lado, y alargaba el brazo como para intentar agarrar algo o a alguien.

Gunner se arrodilló y lo tomó de la mano. De inmediato, los dedos del hombre se cerraron sobre los suyos con fuerza y su mirada enloquecida pareció suavizarse. Pese al estado en que se encontraba, aún apreciaba el contacto humano. Permanecieron así durante unos cuarenta minutos, cogidos de la mano, Gunner asegurándole que todo saldría bien, hasta que los dedos dejaron de apretar y el hombre quedó inerte.

Gunner le bajó la mano y se enjugó los ojos. Lloraba por un hombre al que no conocía. En Francia, en medio de todo el caos, siempre eran las pequeñas cosas las que le tocaban la fibra: un piloto de la Fuerza Aérea atrapado en un avión estrellado que intentaba recordar el padrenuestro mientras la luz se apagaba en sus ojos; un soldado alemán que no debía de tener más de dieciocho años, intentando darle una foto de sus padres a un médico mientras se le escapaba la vida. Eso era la guerra para Gunner, no una historia de batallas y derrotas gloriosas, sino simplemente un puñado de recuerdos como aquellos. Gente común y corriente atrapada en la pesadilla que les había tocado vivir, intentando establecer algún tipo de contacto para no morir solos.

Miró alrededor en busca de una enfermera o un médico, pero todos estaban sumidos en un ajetreo frenético, pues acababa de llegar otra oleada de heridos. Un refugio Anderson se había derrumbado, según decían. El hombre al que había hecho compañía había muerto, así que más valía dejar que se ocuparan de los que aún tenían alguna posibilidad de sobrevivir.

Después de agacharse para taparle el rostro con la sábana, Gunner le quitó la jeringa precargada de morfina que tenía clavada en el brazo y le levantó la mano para colocarla encima de la que descansaba sobre el pecho. Se detuvo de golpe. Pegada al torso del hombre había una caja abierta en la que aún quedaban siete tubitos. Sin pensarlo, Gunner la cogió, se la guardó en el bolsillo del pantalón y se encaminó hacia la puerta del pub. La abrió, y se disponía a salir a la luz del día cuando notó unos golpecitos en el hombro. Se volvió con el corazón desbocado, al tiempo que su mente se afanaba por inventar alguna excusa para lo que acababa de hacer.

—¿Qué tal, muchachote?

—¿Nan? —dijo, sorprendido. Tenía delante el rostro de la novia de su hermano—. ¿Eres tú?

La chica sonrió.

—¿Quién iba a ser, si no?

Dio un paso hacia él y lo abrazó, despidiendo una fragancia de violetas, como siempre. Gunner la soltó, se echó hacia atrás y la contempló. Incluso cubierta de polvo estaba estupenda, con su enorme sonrisa perfilada de carmín, su cabellera rubia recogida con un pañuelo y sus brillantes ojos azules.

—¡Joder, Nan! ¿Qué haces aquí?

Ella señaló hacia el interior del pub con un gesto vago.

—Es una historia de lo más tonta. Estaba de visita en casa de mi vieja casera cuando han empezado a sonar las sirenas. Menuda suerte la mía. Ahora mismo está ahí dentro. La muy tonta ha resbalado en el linóleo cuando iba a servir el té una vez que las sirenas cesaron. Le he aconsejado que dijera que la había alcanzado un trozo de metralla para que la atendieran más rápido.

—¿Y tú? —preguntó Gunner—. ¿Estás bien?

Nan asintió.

—¿Yo? Sí, estoy bien. Me he quedado debajo de la mesa de la cocina y me he fumado un paquete entero de Black Cat, más a salvo que en el puto refugio.

Ella retrocedió un paso, mirándolo.

—¿Y tú qué haces aquí, a todo esto? —inquirió—. Creía que andabas por ahí de soldado.

—Y así era. —Se tocó el parche—. Hasta que me jodí el ojo.

—Pues te queda bien. —Sonrió—. Te da un aire a villano.

Él le devolvió la sonrisa y se hizo un breve silencio entre ellos.

—¿Has visto a Victor? —preguntó al fin—. Tengo que hablar con él lo antes posible. Es importante.

Ella se mordió el labio inferior y se manchó los dientes de carmín.

—Enseguida vuelvo —dijo—. No te vayas.

Se alejó hacia el fondo y se inclinó por encima de la barra para sacar una botella de whisky del estante inferior. El médico empezó a protestar, pero ella lo acalló llevándose el dedo a los labios y regresó a la puerta. Tomó a Gunner del brazo.

—Vámonos, antes de que ese cabrón con cara de amargado se ponga a echar pestes.

18

Fuera del pub, el amanecer había devuelto la vida a Maryhill Road. La calle estaba repleta de mirones, periodistas, familiares preocupados y personas que intentaban seguir adelante con sus tareas cotidianas. Después de esperar a que pasara un largo convoy de camiones del ejército, cruzaron la calzada y enfilaron el camino que bajaba hacia donde el canal descendía de la colina y se curvaba formando una dársena.

Allí el agua era turbia y estaba cubierta por una capa de aceite y gasolina. De vez en cuando pasaba flotando alguna paloma muerta, pero los pequeños barcos de vapor y las barcazas, pintados de alegres colores, ofrecían un cuadro casi pintoresco bajo el sol. Tras dejar atrás las esclusas, se sentaron sobre unas cajas de manzanas apiladas sobre la hierba. Nan se sacó la botella del bolsillo de la gabardina y le limpió el polvo.

Gunner sacudió la cabeza.

—Siempre te sales con la tuya.

Ella reaccionó con un mohín de indignación fingida.

—Pero ¿qué dices? Los putos boches podrían haberme matado. Me merezco una pequeña recompensa. —Bebió un poco, se estremeció y le pasó la botella—. Por Dios, que malo está esto —dijo—. No sé qué meten en estas botellas, pero desde luego whisky no es.

Gunner tomó un buen trago y torció el gesto. Nan tenía razón. Aun así, surtió efecto. Las cosas empezaban a volver a la normalidad en el canal. Se estaba formando una cola de barcazas en la dársena, y una larga fila de carretas de reparto aguardaba en la ribera para recoger la carga. Gunner observó que un carbonero y su hijo se echaban a la espalda unos sacos depositados en la orilla y formuló la pregunta inevitable.

—Bueno, Nan, ¿dónde está?

Ella, que había sacado una polvera de carey, se contemplaba en el diminuto espejo, atusándose el cabello.

—¿Qué te hace pensar que yo lo sé?

—Vamos, Nan, eres su novia, tienes que saberlo —señaló Gunner.

—Exnovia —se apresuró a decir ella.

—Ah, o sea que lo habéis vuelto a dejar esta semana, ¿no? Perdona, no lo sabía. Deja de tomarme el pelo, Nan. Necesito saber dónde está.

Ella dejó de acicalarse el pelo, cerró la polvera de golpe y le arrebató la botella cuando se disponía a tomar otro sorbo.

—Es más fuerte que tú, ¿verdad? No puedes evitar hablar como un policía y mangonear a la gente. Siempre con la misma puta actitud. No soy uno de tus sospechosos, Joe. No me trates como si lo fuera.

Gunner alzó la mano como pidiendo disculpas.

—Oye, Nan, Victor tiene que entregarse. Si lo hace, puedo arreglar las cosas. Si no lo hace, y lo pillan, puede darse por jodido. Tendrá que chuparse años de cárcel. Y tú sabes lo que es eso —añadió, aunque se arrepintió de inmediato.

—Vaya, ya tardabas en sacar el tema —dijo Nan en tono inexpresivo.

Un pequeño barco de vapor hizo sonar el silbato antes de arrimarse al borde de la dársena. Vieron que un muchacho bajaba de un salto y amarraba la embarcación a un noray.

138

—No fue culpa mía, Nan —dijo él—. Soy policía, pero no el policía que te enchironó.

—No, pero eres el que me dejó muy claro que no soy lo bastante buena para tu adorado hermanito. Soy carne de prisión. Y la cabra tira al monte. ¿No fueron esas tus palabras?

Gunner no podía decir nada. Había dicho algo que habría deseado no haber dicho, pero ya era demasiado tarde.

Nan se levantó, y se sacudió un poco de ceniza y hollín de la falda.

—Te propongo una cosa: dime dónde vas a estar y, si me lo encuentro por casualidad, se lo digo.

Gunner asintió.

—Hoy, a la una, en George's Cross. ¿Se lo dirás?

—Si lo veo, sí, pero eso es mucho suponer.

Gunner se irguió, bostezó y se desperezó. Había sido una noche muy larga y empezaba a acusar el cansancio.

—Gracias, Nan, te debo una. ¿Sigues trabajando en el Morvern?

Ella soltó un resoplido.

—¿En ese antro? Qué va. He progresado en la vida. Me han dado trabajo en el local de la esquina. Bailo en el Tower.

Esto pareció sorprender a Gunner.

—¿Me estás diciendo que trabajas para Con McGill?

Ella echó otro trago de la botella.

—Noticia de primera plana: Con McGill ya no es el propietario de la sala de baile Tower. Pertenece a Sellars. Ahora trabajo para él. Como todo el mundo.

—¿Y qué tal es?

Nan se encogió de hombros.

—He trabajado para tipos peores. Es majo hasta que se enfada. Entonces se convierte en un puto energúmeno.

Gunner se despidió y reanudó la marcha cuesta abajo hasta la comisaría de Maryhill y el catre en la habitación del fondo. Drummond no iba desencaminado: Sellars se estaba haciendo con el poder. Bostezó. El alemán, Moore, Nickerson, Victor... Su cabeza no paraba de darle vueltas a todo, pero estaba demasiado cansado para sacar algo en limpio. Se detuvo un momento en la acera, pues el dolor en la pierna lo estaba matando. No podía más de puro agotamiento, necesitaba dormir varias horas para despejar la mente y lo iba a conseguir gracias a la cajita que llevaba en el bolsillo.

19

Tal vez el contenido de la pequeña jeringa precargada que Gunner se había clavado en la pierna seguía circulando por su organismo, o quizás era solo que había perdido la práctica; en cualquier caso, no los vio acercarse. Subía andando por Maryhill Road en dirección a George's Cross para reunirse con Victor, y, sin comerlo ni beberlo, se encontró doblado en dos, con el brazo torcido tras la espalda y sin aliento a causa de un puñetazo en el estómago.

Casi sin abrir la boca más que para emitir algún que otro gruñido, los dos tipos que lo habían asaltado lo metieron a la fuerza en la parte trasera de un coche que los esperaba. Uno de ellos le puso una bolsa de tela en la cabeza, le asestó varios golpes más en el estómago de propina, y asunto terminado.

Gunner no pudo hacer otra cosa que quedarse sentado, con la inquietud de no saber adónde lo llevaban. Le habían atado las muñecas a la espalda y uno de los tipos le apretaba el pecho con el brazo para inmovilizarlo contra el asiento. Preguntó que a qué venía aquello, y por toda recompensa recibió un gancho en los riñones y la recomendación de que cerrara la puta boca.

En la oscuridad de la capucha oía, por encima del constante ruido del motor, cómo raspaban cerillas para encender sus cigarros, y se preguntó quién había ordenado su secuestro. ¿Moore, que había concluido que sabía demasiado sobre el alemán? No parecía propio de él recurrir a medidas tan extremas. Además, aquellos dos gorilas hablaban con un acento de Glasgow tan marcado como el suyo. Solo se le ocurría otra posibilidad, y se le encogía el estómago de miedo solo de pensar en ella: Sellars.

Media hora de pánico de baja intensidad después, el coche se desvió ligeramente a la izquierda y redujo la velocidad hasta detenerse. Gunner oyó el sonido de las puertas al abrirse, seguido de unos saludos entre dientes. De pronto, lo sacaron a rastras del coche y notó la aspereza de la grava bajo los pies. Se disponía a preguntar otra vez qué coño estaba pasando cuando sintió el impacto de algo pesado en la nuca, lo que produjo una breve explosión de dolor justo antes de que lo envolviera la oscuridad.

—Despierta, muchachote.

Le pareció oír una risa lejana, y de pronto le cayó encima agua fría, lo que le provocó un estremecimiento. Abrió los ojos, sacudió la cabeza y contempló el rostro juvenil de Malky Sellars. Estaba sentado en una silla delante de él, sonriente, con un cigarrillo colgándole de la comisura de los labios. Había pasado dos años entre rejas, pero eso significaba que solo tenía unos veinticinco. Llevaba un traje elegante, zapatos lustrosos, corbata y un pañuelo en el bolsillo de la pechera. Con su cabello rojizo peinado con raya al lado y su sonrisa franca, tenía más aspecto de estrella de cine que de gánster.

—Señor Gunner —dijo—. Qué detalle que haya venido a vernos.

Gunner se frotó la nariz y, al retirar la mano, advirtió que estaba cubierta de sangre.

—Ah, sí, perdón por eso —añadió Sellars.

Gunner miró en derredor, intentando dilucidar dónde

estaba. Era una habitación espaciosa, decorada con paneles de madera, un enlosado en espina de pez, sillones Chesterfield de piel y cuadros de colinas brumosas en las paredes. Parecía un club de caballeros o el despacho de un abogado de alto copete. Aquello era lo último que se esperaba. Había imaginado que lo llevarían a un sótano o un almacén con sangre seca en el suelo. Sellars señaló con la cabeza el rincón de la habitación en que uno de los matones estaba apoyado contra la pared.

—La sutileza no es el punto fuerte de Bingo. —Sonrió—. Aunque, si he de serte sincero, no está aquí para eso.

Se sacó del bolsillo una pitillera de plata, la abrió con un movimiento rápido de la mano y se la tendió.

Gunner se echó hacia delante y cogió un cigarrillo. Lo necesitaba. Después de encendérselo, Sellars se reclinó en su silla.

—¿Quién coño te has creído que eres, Sellars? —dijo Gunner, aparentando más aplomo del que sentía—. ¿De verdad piensas que puedes ir haciendo estas putadas y salir de rositas?

Sellars sonrió.

—Glasgow ha cambiado, Gunner. Ya solo quedan el gordo de tu amigo Drummond y sus pipiolos. Me parece que puedo salir de rositas de casi cualquier cosa.

Gunner se aclaró la garganta y escupió un gargajo sanguinolento en el suelo, al lado del zapato de Sellars.

—¿Ah, sí? —dijo—. Bueno, si has terminado de pavonearte, creo que me voy a ir.

Se levantó y se encaminó hacia la puerta. Sellars le hizo una señal a Bingo con la cabeza. Después de un par de fuertes puñetazos bajo las costillas, Gunner volvía a estar arrellanado en su asiento, y Bingo recostado contra la pared, frotándose la mandíbula, donde Gunner había conseguido asestarle un gancho ascendente.

Sellars se inclinó hacia delante, con los codos sobre las rodillas.

—Tú y yo tenemos que mantener una pequeña charla. ¿Te portarás bien?

—Que te den por culo, Sellars —replicó Gunner—. No tengo nada que decirte.

Antes de que pudiera reaccionar, Sellars se había levantado, le había echado la mano al cuello y le oprimía la tráquea con el pulgar, cortándole la respiración.

—Vas a quedarte ahí sentado y me vas a escuchar —le siseó al oído—. Pobre de ti como me agotes la paciencia.

Le pegó un empujón a Gunner. La silla se volcó, y él volvía a estar tumbado en el suelo, respirando con dificultad. Se encogió al ver que Bingo se acercaba, temiendo que le propinara otra patada, pero el matón se limitó a enderezar la silla y sentarlo de nuevo en ella.

—Volvamos a empezar, ¿te parece? —dijo Sellars.

Gunner asintió. Ya no le quedaban fuerzas para resistirse. Tenía la sensación de que, hiciera lo que hiciera, Bingo acabaría zurrándole y acomodándolo otra vez en la silla. Decidió seguirles el juego.

—El motivo por el que estás aquí es porque mi hermano quiere hablar contigo —dijo Sellars.

Esto pilló a Gunner totalmente por sorpresa. Matthew, el hermano de Sellars, no se reunía con nadie. Permanecía tan oculto en las sombras que nunca lo habían detenido; de hecho, tampoco lo habían interrogado. Corría el rumor de que ni siquiera existía, de que no era más que un ardid para despistar a la policía.

—¿Tu hermano? —preguntó Gunner.

Sellars asintió.

—Él no es como yo. Le gusta llevar una vida tranquila. Es la primera vez que me pide que le traiga a alguien; deberías sentirte honrado. Así que como hagas alguna gilipollez o intentes pasarte de listo, te las verás conmigo. ¿Estamos?

A Gunner no se le ocurrió otra cosa que asentir.

Sellars se irguió y, mirando a Bingo, inclinó la cabeza.

—Enseguida vuelvo. Tú quédate ahí sentado y espera. Y no olvides que es mi hermano mayor. Trátalo con respeto, o te corto los huevos como un cuchillo caliente corta la mantequilla.

Gunner los observó marcharse, sin una idea clara de por qué estaba ahí. Sellars ni siquiera había mencionado el hecho de que él lo hubiera enviado a la cárcel, y, dejando a un lado detalles como el secuestro o los malos tratos propinados por su matón, se había mostrado bastante amable con él. Aquello no tenía pies ni cabeza. Desplazó de nuevo la mirada por la habitación y reparó en un aparador en el que había una licorera llena de whisky al lado de unos vasos de cristal. Se disponía a levantarse para servirse un poco cuando la puerta se abrió de golpe.

No fue Matthew Sellars quien entró, sino una veinteañera que parecía salida de una revista de modas. Llevaba un traje azul claro, tacones, el hermoso rostro despejado y el cabello recogido con una especie de turbante. Ella lo miró, se fijó en las quemaduras en el polvoriento traje, las cenizas que cubrían los zapatos y el parche en el ojo. No pareció causarle muy buena impresión.

—Matthew es sensible a la luz —dijo, recorriendo la habitación para apagar las lámparas de pie. Solo dejó encendida la luz de lectura que descansaba sobre un escritorio en el rincón más alejado. El cuarto quedó prácticamente a oscuras. Cuando a Gunner se le acostumbraron por fin los ojos, la mujer había desaparecido y él estaba solo en la penumbra. Se llevó la mano al parche y se lo quitó, pues quería afrontar lo que se avecinaba con la visión más clara posible.

20

Gunner permanecía en silencio, escuchando los sonidos de la casa. Oía pasos en el piso de arriba, el crujir de las tablas del suelo, el ladrido de un perro en el jardín. Se preguntó dónde estaba. Le parecía que el trayecto en coche había durado una media hora, o sea que quizás se hallaba cerca de Bearsden o en alguna localidad al sur de la ciudad. Por otro lado, cabía la posibilidad de que hubieran estado dando vueltas alrededor del centro para desorientarlo y se encontrara a solo dos minutos de donde lo habían capturado.

—Señor Gunner.

No había oído entrar a nadie, pero al alzar la vista comprendió de inmediato por qué. Matthew Sellars iba en una silla de ruedas cuyos neumáticos de goma rodaban sobre el parqué sin hacer ruido. Aunque costaba distinguir sus rasgos en la oscuridad, Gunner pudo ver que llevaba aparatos ortopédicos en las piernas, unos soportes de hierro que iban de las rodillas a los tobillos. Vestía un pantalón oscuro y un jersey negro por el que asomaba el cuello blanco de su camisa, apenas visible. Era pálido, delgado, de aspecto frágil, y daba la impresión de que una racha de viento un poco fuerte se lo llevaría volando.

—Siento mucho haberle hecho traer así, pero es que no salgo mucho —dijo.

Su voz era más suave que la de Malky, y su acento menos marcado, pero no cabía duda de que eran hermanos. Tenía el mismo cabello rojizo, las mismas facciones agraciadas.

—Podrías habérmelo pedido —dijo Gunner.

—¿Habría venido?

—No.

Matthew sonrió.

—¿Una copa? —Señaló la licorera con la cabeza—. ¿Le importaría ponerme una a mí también?

Gunner sirvió el whisky con cierta dificultad, pues con tan poca luz casi no veía lo que hacía. Agarró los dos vasos y le pasó uno a Matthew Sellars, que lo cogió con su mano enjuta y temblorosa antes de llevárselo a los labios.

—Metió a mi hermano en la cárcel —dijo.

—Se lo merecía —repuso Gunner.

—Da igual si se lo merecía o no. El caso es que usted lo encerró. Mi hermano no se olvida de ese tipo de cosas. Al contrario, deja que el resentimiento se encone y lo corroa por dentro hasta que la rabia se desborda y... —Sonriendo, abrió las manos a los lados—. Y entonces alguien resulta herido.

—¿Por qué me estás contando esto? —preguntó Gunner—. Tu hermano no tiene nada de especial, es solo un rufián del montón. He lidiado con mucha gente de su ralea.

Matthew sonrió de nuevo.

—Vamos, Gunner, eso no se lo cree ni usted. Mi hermano tiene mucho de especial, lo que me lleva a la cuestión de por qué está usted aquí. —Sujetando el trémulo vaso con ambas manos, se lo acercó a la boca y tomó otro sorbo—. La estancia de mi hermano en prisión me dio tiempo para pensar, un tiempo que por lo general se me va en arreglar sus desaguisados. Los tiempos han cambiado, Gunner. La guerra lo ha precipitado todo.

Intentó depositar el vaso en el brazo de la silla de ruedas, pero se le resbaló entre los endebles dedos, cayó al suelo y se alejó rodando.

Gunner se agachó para recogerlo, pero Matthew le dijo que lo dejara estar y siguió el vaso con la mirada hasta que se detuvo bajo la ventana. Entonces alzó la mirada.

—¿Sabe lo que es la atrofia muscular espinal, señor Gunner? —preguntó.

El otro negó con la cabeza.

—Es una enfermedad genética. Yo la tengo, Malcolm se salvó. Es una lotería. Debilita el cuerpo, pero no afecta a la mente. Así que, por defecto, yo me convertí en el cerebro de los dos, y Malcolm en los músculos. Sin embargo, le aconsejo encarecidamente que no lo infravalore. Es impulsivo, pero mucho más inteligente de lo que parece, y le gusta que la gente se quede con esa impresión. Por eso representa el papel de macarra.

—Se le da bien —comentó Gunner.

—Mucho —convino Matthew—. Y a mí se me da muy bien ser el cerebro. En cambio, Con McGil y los de su calaña no son más que unos idiotas; unos camorristas y cobradores de morosos venidos a más. Su tiempo se acaba. Su amigo Drummond apostó por el caballo equivocado. Seguramente ya se ha dado cuenta, pero es demasiado tarde para que cambie el rumbo. McGill y él ahora son inseparables, como culo y mierda, con perdón por la expresión.

—¿Y eso qué tiene que ver conmigo? —inquirió Gunner.

—Todo. Durante la ausencia de Malcolm, dispuse de mucho tiempo para pensar, hacer preguntas, aprender. En realidad, en eso se basa mi negocio, Gunner. En el conocimiento. No hay nada más valioso en el mundo que lo que uno sabe. Y lo que yo sé es que, cuando acabe la guerra, usted regresará y, en cuestión de un par de años, será usted quien corte el bacalao, en vez de Drummond. Vamos a llevarnos muy bien, usted y yo. Será de lo más beneficioso para los dos.

Gunner se rio.

—No sé qué tal estás de la vista, pero tengo jodido un ojo, y no sé si se curará. Mi cara está cubierta de cicatrices, y una bomba me hizo pedazos media pierna en un campo de Francia. Lo más probable es que no me admitan de nuevo en el cuerpo. Además, no colaboro con gánsteres. Nunca he bailado al son de nadie, y eso no va a cambiar.

Matthew esbozó otra sonrisa.

—Exacto. Drummond es un payaso que tiene un alijo de medias de nailon en el garaje de su hermano y acepta mordidas de los bares clandestinos. Negocios de poca monta. Esa es su idea de dirigir el cotarro en esta ciudad: sablear a prostitutas y encargados de almacenes. Usted no; usted tiene la cabeza bien amueblada. Vamos a vernos mucho las caras en los próximos años. Soy un hombre razonable, y usted también. Podemos trabajar juntos.

Gunner negó con un gesto.

—Yo no le pego tiros a la gente en el culo, Matthew. No soy tu hermano. No reviento a la gente a patadas en cuartuchos ni la clavo al puto suelo mientras clama por su mamá. ¿Crees que no te ensucias las manos porque te pasas el día aquí sentado mientras tu hermanito hace esas cosas? Eres tan malo como él. Peor, de hecho. Vete a la mierda.

Otra vez la sonrisa.

—Somos caras opuestas de la misma moneda, señor Gunner, eso es todo. Usted y sus colegas revientan a la gente a patadas en las celdas, los incriminan con pruebas falsas y los ponen a la sombra durante años. Usted no es un puñetero santo, así que piénselo bien. Y, mientras se lo piensa, tendré la gentileza de mantener alejada de la mente de Malcolm cualquier idea de venganza.

Pulsó un botón en la pared.

La puerta se abrió, y apareció Bingo.

—Bingo —dijo Sellars—. Acompaña a nuestro invitado a la salida.

Gunner se levantó.

—No necesito que me acompañe nadie para largarme de esta pocilga.

Pasó por el lado de Matthew Sellars y salió al pasillo. Bingo lo siguió y cerró la puerta a su espalda. Alzó la mano enfundada en un puño americano.

—Tápate con la capucha y sube al coche. No te pongas farruco, o me veré obligado a usar esto.

Gunner sabía que esa era una batalla que no podía ganar, así que agarró la capucha que le ofrecía Bingo y se cubrió la cabeza con ella.

21

—¿Listo? —dijo Bingo media hora después y le quitó la capucha. Gunner parpadeó, deslumbrado, y echó un vistazo por la ventanilla del vehículo. En ese momento estaban llegando a la comisaría Central. El coche se detuvo, y Bingo se inclinó sobre él para abrir la puerta.

—A la puta calle —dijo con amabilidad.

Gunner obedeció. Se apeó y levantó la mirada hacia el reloj. Eran las doce y media pasadas. Aún estaba a tiempo de reunirse con Victor. Echó a andar por Hope Street, intentando aclarar en su cabeza lo que acababa de ocurrir.

No cabía duda de que Matthew Sellars era un bicho raro. No se lo había imaginado así en absoluto. No sabía muy bien qué pensar de él. Casi todos los gánsteres con los que había tratado eran, como había dicho él, unos camorristas que habían ido subiendo de categoría a base de mamporros y cuchilladas. Ninguno de ellos duraba mucho en la cumbre; no eran lo bastante espabilados para evitar que los desbancara el primer potrillo con ambiciones que estuviera ascendiendo en las filas. Matthew Sellars era distinto. Gunner tenía el presentimiento de que él y su hermano tenían cuerda para rato. Se complementaban a la perfección; Malky era guapo y bien plantado, y Matthew pensaba por los dos.

Una cosa que había dicho este lo inquietaba: «Usted no

es un puñetero santo». No sabía por qué, pero le daba la sensación de que Matthew sabía algo que a él se le escapaba. Pensó en los golpes que le había propinado al granjero y en las jeringas precargadas que le había robado a un muerto. ¿Habría sido capaz de hacer cosas así antes de la guerra? Lo dudaba. Los horrores de la guerra eran tan atroces que nada de lo que hiciera ahora le parecía muy importante. Dios tenía que lidiar con pecados mucho peores que los suyos.

Estaba sudando cuando llegó a Saint George's Cross. El tiempo estaba cambiando, cada vez más nuboso y húmedo. Se plantó delante de la puerta de Massey y buscó a Victor con la mirada. Una cola de amas de casa, todas con su cartilla de racionamiento en la mano, se extendía a lo largo de la calle desde la gran tienda de comestibles. Sin duda había recibido género; esas noticias corrían como la pólvora. Gunner cruzó la calzada, esquivando los tranvías que pasaban entre traqueteos, con las catenarias vibrando y canturreando por encima de los grandes cruces.

Había visto a un tipo que vendía fruta en un carretón, con un muchachito que hacía de vigía por si aparecía alguien de la ARP. Le compró una manzana, minúscula y arrugada, seguramente robada de algún huerto, pero no sabía mal. Cuando se la terminó, tiró el corazón en la alcantarilla y alzó la vista hacia el gran reloj instalado encima del rótulo de Massey. Victor iba a llegar tarde. Suponiendo que Nan le hubiera pasado el recado, claro.

Gunner decidió darle diez minutos más y luego dirigirse hacia la Central, comunicarle a Drummond la noticia sobre los chicos del MI5 y sus órdenes de reincorporarse al regimiento. Vio que una furgoneta del *Evening Chronicle* paraba frente al quiosco y que un muchacho lanzaba desde la parte de atrás un paquete de periódicos atados con un cordel. Estaba planteándose comprar uno cuando por fin lo divisó.

Victor estaba atravesando la calle, con los faldones de la gabardina agitándose tras él, el sombrero encasquetado en la coronilla y un cigarro en la comisura de la boca. Victor era casi cinco años más joven que Gunner. Al igual que él, había heredado los genes escandinavos de su padre sueco: era alto, de espaldas anchas y rubio. Para tratarse de un objetor fugado, mostraba una actitud de lo más despreocupada. Al ver a Gunner, lo saludó con la mano y se le acercó con paso tranquilo.

—¿Qué tal, Joey? —preguntó.

—No me llames así. —Era la respuesta habitual de Gunner, y los dos hermanos se sonrieron, sin saber muy bien qué decir a continuación.

Gunner fue el primero en romper el silencio.

—¡Hay que tener caradura para pasearse así por la ciudad en pleno día!

Victor se encogió de hombros.

—Me oculto a plena vista. Se dice así, ¿no? Además, somos demasiados como para que me busquen justo a mí.

Gunner soltó un resoplido.

—Eso es lo que tú crees. Nada menos que el jefe de policía está intentando localizarte.

Victor puso cara larga.

—Tranquilo, está de mi parte. ¿Una copa?

Se encaminaron hacia el bar Bell, que estaba en la misma calle, no muy lejos. Era uno de los garitos que frecuentaba Gunner antes de que lo mandaran a Francia, un pub pequeño pero concurrido; siempre lleno hasta la bandera. La clientela variopinta se componía de personas procedentes de las oficinas y los comercios de los alrededores, trabajadores del teatro de al lado y, ese día, unos veinte soldados australianos bronceados y con grandes sombreros que se quejaban en broma de la cerveza. Gunner pidió dos mientras Victor se dirigía hacia unos asientos situados al fondo. Cuando Gunner se sentó, comprendió por qué había escogido ese sitio. Su hermano no era tonto; el espejo con el logotipo de whisky Red Hackle en la pared opuesta le ofrecía una buena perspectiva de la puerta. Si entraba alguien de la Policía Militar, lo vería al instante.

Victor se señaló el ojo.

—¿Qué te pasó aquí?

Gunner no pudo reprimirse.

—Dunkerque. Me hirieron mientras luchaba contra las fuerzas del fascismo.

En vez de responder, Victor tomó un sorbo de su pinta.

—Oye, tienes que entregarte —soltó Gunner sin saber de qué otra manera expresarlo—. Entrégate mientras yo esté aquí. Puedo resolverte la papeleta. Hay gente que me debe favores.

Victor movió la cabeza de un lado a otro sin apartar los ojos del espejo que estaba sobre la barra.

—No pienso volver a esa granja de mierda.

—No hace falta que vuelvas ahí, podemos conseguir que te manden a otro sitio —alegó Gunner—. Hay otras granjas, también hospitales que necesitan gente. Te encontraremos un lugar aceptable.

Victor lo miró e hizo una mueca.

—¿Te falta un tornillo? ¿De verdad crees que las cosas funcionan así, que a las personas como yo las dejan elegir su destino? ¿Sabes lo que nos pasa a los objetores, Joe? Nos consideran peores que perros y todo el mundo nos trata a patadas. Ni de puta coña pienso prestarme a eso otra vez.

Los soldados australianos prorrumpieron en gritos de entusiasmo. Uno de ellos se había encaramado a la barra, cerveza en mano, se la bebió de un tirón en unos veinte segundos o menos y giró el vaso boca abajo encima de su cabeza, lo que suscitó un coro de aclamaciones.

Victor sacudió la cabeza, sonriendo.

—Panda de locos.

—¿Dónde te alojas? —preguntó Gunner.

De nuevo, su hermano no contestó y simplemente lanzó otra mirada al espejo.

—Estás durmiendo en casa de Nan, ¿a que sí? Eso no es justo, la pones en peligro también. Tiene antecedentes, y como la detengan por albergarte, volverá a la prisión.

Victor se rio.

—¿Desde cuándo te importa Nan? Ya ni recuerdo cuántas veces me dijiste que podía aspirar a alguien mejor.

Se quedaron sentados en silencio, bebiendo y mirando a los australianos. Gunner no quería discutir con Victor. No tenía tiempo para eso. Lo intentó de nuevo.

—Es muy sencillo, Victor: si te pillan, te encerrarán. Te encerrarán durante mucho tiempo. Acabarás en la cárcel. Y la cárcel no es ninguna puta broma, aún menos para alguien como tú.

—¿Alguien como yo? ¿Qué coño quiere decir eso?

—Quiere decir que eres un blando, Victor. Siempre lo has sido. Yo tenía que dar la cara por ti. Y en prisión no vas a encontrarte a alguien como yo.

—Joder, menos mal. En ese caso, a lo mejor me entrego.

Esa fue la gota que colmó el vaso para Gunner. Estaba harto. Lo había intentado con toda su buena fe.

—¿Sabes qué, Victor? Tú fuiste el primero en prevenir a la gente contra los nazis, plantándote frente a las fábricas con tus amigos, repartiendo panfletos, vendiendo vuestros periódicos. ¿Y ahora dónde estás? Aquí, tomándote una cerveza por la tarde mientras ahí la gente muere intentando pararles los pies. Como siempre, mucho hablar, pero luego no haces una mierda.

Victor exhaló una larga bocanada de humo, con la vista fija en el espejo.

—No te preocupes, estoy poniendo mi granito de arena.

—¿Cómo exactamente? —preguntó Gunner, que empezaba a perder los estribos—. ¿Viviendo a costa de Nan y paseándote por Glasgow con una sonrisa de oreja a oreja, como si no estuviéramos en medio de una puta guerra?

Victor sacudió la cabeza.

—Nunca has sido capaz de ver más allá de tus narices, Joe. Para ti todo es blanco o negro, todo el mundo es culpable o inocente, y te corresponde a ti decidir quién es quién. Yo nunca te pedí que dieras la cara por mí. Simplemente no podías contenerte. Joe Gunner tenía que dárselas de machote siempre. No me extraña que te hicieras poli. Eso te dio la oportunidad de cobrar por pegarle de hostias a la gente.

Gunner intentó mantener la calma, no caer en la provocación. Victor siempre había sabido muy bien cómo buscarle las cosquillas, pero aquello era demasiado importante para enzarzarse en un rifirrafe entre hermanos. Necesitaba que Victor le hiciera caso, para variar.

—Tengo una posibilidad de sacarte del atolladero sin que vayas a la cárcel, pero no durará siempre, Victor. Entrégate.

Victor se retrepó en su asiento.

—No puedo —dijo con toda tranquilidad—. Yo también estoy luchando por una buena causa, como tú.

—¡Los cojones! Solo te engañas a ti mismo. Joder, Victor, atiende a razones por una vez en tu vida.

Gunner hizo ademán de levantarse cuando avistó a Fraser en el espejo de encima de la barra. Recorría el interior del pub con la mirada, buscando a alguien. Seguramente a él. Gunner se puso de pie y pegó un silbido. Fraser lo vio, lo saludó con la mano y se abrió paso con dificultad entre los australianos hasta que consiguió llegar a la mesa.

—El tío del Horseshoe me ha dicho que a lo mejor estaría usted aquí —jadeó. Tenía el rostro colorado y el cabello empapado en sudor—. Ya había probado en el Steps. No le encontraba por ninguna parte.

—Pues ya me has encontrado. —Gunner le alargó su vaso—. Tómate un trago de esto y tranquilízate.

Fraser bebió con avidez y se las arregló para derramar la mitad de la cerveza en la pechera de su camisa. Limpiándose la boca, se la devolvió y reparó en la presencia de Victor. Al verlo, este se revolvió en su asiento, incómodo. Por lo que respectaba a Gunner, el niñato imbécil se lo merecía. A pesar de su juventud, Fraser no dejaba de ser un poli en uniforme. Victor tenía motivos para estar preocupado.

—¿Qué pasa? —preguntó Gunner—. ¿Qué quiere Drummond?

Se produjo un nuevo estallido de jolgorio. Otro joven australiano trasegaba cerveza subido a la barra. Fraser contempló asombrado cómo apuraba hasta la última gota de la pinta.

—¡Fraser! —exclamó Gunner.

Este se volvió de nuevo hacia él, aún jadeando. Tardó un minuto en recuperar el aliento.

—Perdón. Ha aparecido otro cuerpo. Bueno, en realidad, sigue vivo.

—¿Qué? —preguntó Gunner—. ¿Quién sigue vivo?

—Otro alemán —dijo Fraser—. Lo han sacado de uno de los almacenes de Tradeston alcanzados por las bombas anoche. Lo daban por muerto, pero resulta que aún respira, aunque no creen que vaya a durar mucho, y por eso Drummond me ha mandado a buscarle.

Gunner se terminó su cerveza, dejó el vaso sobre la mesa con un golpe seco y, volviéndose hacia Victor, le clavó el dedo en el pecho.

—No he terminado contigo todavía —dijo—. Estaré aquí esta noche, y más vale que tú también.

—Aquí no —replicó Victor—. En el Corbie. Estaré en el Corbie.

Gunner no tenía tiempo para discutir.

—A las ocho —dijo. Acto seguido, agarró a Fraser y los dos se abrieron camino entre los australianos borrachos hasta llegar a la puerta y salir a la luz del día.

22

Esta vez reinaba el silencio en el Kelvin Hall. No había rastro de la multitud. El único sonido era el aleteo de las palomas en el tejado, que atravesaban volando los rayos del sol estival que entraban por los tragaluces. Unos pocos familiares caminaban con cuidado entre los cuerpos, buscando a sus seres queridos, tapándose la nariz con un pañuelo o con la manga. El olor le constriñó la garganta a Gunner en el momento en que cruzó el umbral del vestíbulo. No era de extrañar; los cadáveres llevaban cuarenta y ocho horas ahí, y el tiempo cálido tampoco ayudaba. Se oía también un zumbido leve y continuo. Gunner tardó un momento en descubrir su origen: moscas.

Fraser señaló hacia la izquierda del vestíbulo. Drummond estaba de rodillas junto a un cuerpo, cubriéndose la nariz y la boca con la parte delantera de la camisa, que le dejaba al descubierto la barriga blancuzca y peluda. El hombre mayor de la ARP se encontraba de pie a su lado, con aspecto preocupado.

—Este es Veitch —dijo el inspector, enderezándose al verlos acercarse.

El señor de la ARP inclinó la cabeza a modo de saludo.

—Estaba cargando a este en uno de los camiones aparcados en la parte de atrás cuando se ha dado cuenta de que el pobre diablo seguía en el reino de los vivos, aunque de milagro. El inútil del médico finolis del pijama había certificado la defunción. —Paseando la vista por la sala, alzó la voz—. Menos mal que el gilipollas se ha largado.

Los deudos que se encontraban más cerca de ellos chasquearon la lengua, lanzándoles miradas de desaprobación. Drummond, que no parecía en absoluto afectado, se volvió hacia Veitch.

—Usted, vaya a buscar un médico, y asegúrese de que no sea el pedorro del pijama.

Veitch asintió antes de alejarse a paso veloz, con la caja de la máscara antigás bien colgada del hombro.

Drummond se quitó los tirantes y procedió a remeterse la camisa en el pantalón.

—¿Dónde estaba, al final?

—En el bar Bell —dijo Fraser.

—Eres un animal de costumbres, Gunner. Vive un poco la vida. Intenta entrar en otro bar, hay muchos para elegir. —Señaló el cuerpo que yacía en el suelo—. Este es nuestro hombre. El boche con la crisma reventada número dos.

Gunner se acercó para examinarlo. Como en el caso anterior, la cabeza había quedado reducida a un amasijo de sangre y huesos, con el cráneo hundido justo por encima de las cejas. A este, en vez de cortarle la punta de los dedos, se los habían aplastado con un tornillo de banco o algo por el estilo. Los tenía planos, con una maraña de cortes profundos. En un par de ellos, las falanges asomaban por debajo de la piel.

—Dios santo —dijo Gunner, desviando la mirada—. ¿No hay un médico que pueda darle algo al pobre desgraciado?

—Ya le han administrado algo —dijo Drummond—. Morfina, para quitarle el dolor. Le han puesto una dosis suficiente para «aliviar sus últimos momentos», como dicen ellos. Yo diría que le queda una hora, más o menos. Aunque no nos va a servir de mucho, ni tampoco al desdichado.

Gunner se arrodilló junto al hombre, intentando respirar por la boca. Aparentaba unos cuarenta y pico años, como el otro. Llevaba una camiseta, un pantalón de traje y calcetines, pero no zapatos. La ropa estaba teñida del rojo profundo y brillante de la sangre, que empezaba a secarse. El pecho le subía y bajaba despacio, y el pie derecho le temblaba a causa de algún nervio lesionado. Al otro lado del pasillo habían colocado un cubo para recoger las gotas que caían del techo. Gunner se sacó un pañuelo del bolsillo, lo sumergió en el agua y comenzó a pasárselo al hombre por el rostro para quitarle la sangre y el polvo. Una cuenca ocular estaba vacía y de ella manaba un líquido rojo oscuro. El otro ojo permanecía fijo en el techo, sin vida. Todavía respiraba, aunque a duras penas, y la boca se le llenaba de sangre y saliva con burbujas diminutas. La respiración se volvía más lenta y débil conforme la morfina obraba su efecto. No era de extrañar; el hombre tenía el cuello erizado de jeringas precargadas; cuatro en total. Una incluso estaba clavada en una vena. Quienquiera que le hubiera puesto esta última no se andaba con chiquitas.

Gunner estaba limpiándole la sangre de la frente lo mejor que podía cuando el ojo sano tembló ligeramente, como si lo viera. El hombre tosió, lo que provocó que le chorreara sangre por la boca y le resbalara por la barbilla, y sus labios empezaron a moverse. Estaba intentando hablar. Gunner hizo callar a Fraser y Drummond, que parloteaban sobre los horarios de los turnos, y se agachó para acercar el oído a la boca del hombre. No captó más que un leve susurro en un idioma que no era inglés.

—Mierda —dijo Gunner—. No sé qué dice. Está hablando en alemán.

—Yo entiendo un poco —dijo Fraser—. Tuve que estudiarlo en el colegio.

Se arrodilló al lado de Gunner, procurando no mirar el rostro destrozado del hombre. Arrimó la oreja para tratar de discernir sus palabras.

—¿Qué dice? —preguntó Drummond.

Fraser alzó la mano para acallarlo, aproximando más la rubia cabeza, y escuchó.

—Dice que ha fracasado, que les ha fallado. —Levantó la mirada hacia Gunner—. Habla muy bajo. No consigo entender todo lo que dice.

—Tú inténtalo, chaval —dijo Gunner.

Fraser se inclinó de nuevo y escuchó durante un minuto. Hasta Gunner advirtió que los susurros se iban apagando. Aunque no sabía una palabra de alemán, le pareció que el hombre repetía la misma frase una y otra vez.

—*Ich fiel aus. Ich fiel aus.*

Fraser se enderezó, aún con el rostro girado para no mirar al hombre.

—Ya no dice nada. Creo que ha muerto.

Gunner se echó hacia delante y le buscó el pulso en el cuello. No tenía. Fraser se irguió con la cara pálida y sangre en torno a la oreja y en el pelo.

—¿Y bien? —inquirió Drummond—. ¿Qué ha dicho?

—No tenía mucho sentido —respondió Fraser—. Creo que decía que no estaba lo bastante cerca, lo bastante cerca para ellos.

—¿Y eso qué coño significa? —preguntó Drummond.

—No lo sé —dijo Gunner—. ¿Estás seguro de que eso es lo que ha dicho, Fraser?

El joven, que acababa de percatarse de que tenía todo el lado del rostro ensangrentado, se restregaba enérgicamente.

—Eso creo. No podría jurarlo, pero no me cabe duda de que era algo en esa línea.

Drummond se quitó el sombrero y se alisó el cabello.

—Probablemente no sabía lo que decía. Se han pasado con la morfina de los cojones. Me cago en el médico.

Una paloma echó a volar desde una viga del techo y revoloteó por el vestíbulo, por encima de los cadáveres, los familiares y los sacerdotes que rezaban frente a ellos. Drummond no alzó la vista; tenía los ojos fijos en el fallecido, con el cigarro metido en la boca, pasándose las manos por el grasiento cabello.

Gunner se puso de nuevo de rodillas y comenzó a extender la sábana sobre el cuerpo. Tras desprender las jeringas del cuello del hombre, las depositó en el suelo. Entonces cayó en la cuenta de que la que estaba clavada en la vena contenía una solución más fuerte que las otras: un grano por 1,5 centímetros cúbicos, en vez de solo medio, como era lo habitual. Con esa dosis en vena, el hombre podía darse por muerto. Casi sin pensarlo, se lo guardó en el bolsillo.

—Ya estáis tardando en ir los dos a ese campo de prisioneros —dijo Drummond—. Tenéis que averiguar qué leches está pasando ahí. Y esta vez no dejéis que se desentiendan. —Se caló de nuevo el sombrero—. Que se escape un prisionero puede ser un accidente. Que se escapen dos ya es cachondeo.

Gunner se enderezó y le crujió la rodilla.

—Adelántate y arranca el coche, Fraser —dijo—. Yo voy enseguida.

Con un suspiro, Fraser los miró a los dos.

—Yo también estoy trabajando en el caso.

—Anda, lárgate y no te crezcas tanto, chaval —dijo Drummond.

El joven comenzó a abrocharse la americana, refunfuñando.

—¡Largo! —bramó Drummond.

Fraser se alejó a paso ligero. Gunner se volvió hacia Drummond y lo observó mientras encendía otro cigarrillo con el que aún tenía en la boca.

—Bueno, ¿hasta qué punto estás metido? —preguntó.

Drummond asumió una expresión desconcertada que casi resultaba convincente.

—¿Eh? ¿Metido en qué? —dijo.

—En los negocios de Con McGill —respondió Gunner—. ¿Hasta dónde llega tu implicación?

Drummond exhaló una vaharada de humo y agitó la mano para disiparla. Posó la vista en Gunner.

—Aun suponiendo que estuviera implicado, que no lo estoy, ¿a ti en qué coño te afecta?

—Te diré en qué me afecta —respondió Gunner—. Sellars y sus matones me han pillado esta mañana, y me han dejado muy claro que Con McGill tiene los días contados. Solo te aconsejo que procures no estar tan involucrado como para que cuando se deshagan de él tengan que deshacerse de ti también. Sean cuales sean los tejemanejes que te traes con McGill, déjalos ya. Antes de que sea demasiado tarde.

Drummond sonrió, echó la cabeza hacia atrás y contempló la paloma durante un minuto antes de mirar de nuevo a Gunner.

—Me estaba preguntando cuánto cobras exactamente —dijo.

—¿Qué? —preguntó Gunner.

—Cuánto le cobras a Sellars por hacerle de recadero.

—Vete a la mierda, Drummond. No estoy haciendo de recadero, solo intento ponerte sobre aviso.

—¿Ah, sí? —El inspector se volvió del revés un bolsillo del traje y lo señaló —. Así que en esas estamos, ¿no? Te tiene totalmente metido en el bolsillo, ¿verdad?

Gunner sacudió la cabeza.

—No estás entendiendo nada de lo que...

—Ve a ese campo de prisioneros y cumple con tu puta obligación —dijo Drummond.

Apartó a Gunner de su camino propinándole un empujón con el hombro, pasó por encima de una hilera de cadáveres y se volvió.

—Y dile a tu jefe que ya soy lo bastante mayorcito para cuidarme solo.

—No es mi jefe —replicó Gunner, pero Drummond ya se había alejado.

23

Por lo visto, había corrido la voz rápidamente. En esta ocasión, todos en el campo de prisioneros de guerra parecían avisados de su llegada. En la barrera de acceso los dejaron pasar sin una comprobación de seguridad. Incluso el coronel Skinner los esperaba en el pasillo de las oficinas. A diferencia de cómo se comportó en su visita anterior, no parecía tenerlo todo bajo control.

—Caballeros. —Gesticuló en dirección a la puerta de su despacho—. Adelante.

Se sentó tras su mesa y se puso a revisar la pila de papeles que tenía delante, hojeándolos con su única mano. Fraser miró a Gunner y se encogió de hombros. Este se hartó de esperar.

—Dos prisioneros en otros tantos días —dijo—. ¿Qué están haciendo, Skinner? ¿Les abren la puerta y les dan dinero para el pasaje de autobús a Glasgow?

El coronel levantó los ojos hacia ellos y esbozó una leve sonrisa.

—De hecho, estaba a punto de telefonear a sus superiores en el cuerpo de policía de Glasgow. En efecto, uno de nuestros prisioneros ha desaparecido. —Cogió un papel y fingió leerlo por primera vez—. Un tal Joseph Lenz, si no me equivoco. No lo conocía; son demasiados como para recordarlos a todos. Por lo visto, esta mañana, cuando se ha llevado a cabo el recuento, no estaba presente.

—¿Esta mañana? —dijo Gunner—. Son las cuatro de la tarde, Skinner. ¿A qué esperaba para dar parte?

La pregunta le sentó mal a Skinner.

—Hemos organizado una batida de búsqueda; hay una serie de procedimientos que deben seguirse, ¿sabe?

—¿Cuál era su estatus? —inquirió Gunner.

—¿Su estatus? —Skinner intentó aparentar perplejidad—. ¿A qué se refiere? Era un prisionero de guerra.

—Sabe perfectamente a qué me refiero, joder —dijo Gunner—. ¿Era un prisionero «negro»? ¿Uno de los tipos malos?

Skinner se inclinó hacia delante y, tras simular leer de nuevo el papel, se recostó en el asiento.

—Eso parece.

—Vaya, vaya, qué casualidad —dijo Gunner—. ¿El otro prisionero también era «negro»?

—No echamos en falta a ningún otro prisionero, señor Gunner. Ya se lo he dicho.

A Gunner se le hincharon las narices. Había conocido a unos cuantos hijos de puta como Skinner en el ejército, y, por una vez, no tenía que quedarse callado.

—Hay dos hombres muertos, Skinner. Dos hombres que salieron de este campo que usted lleva como una casa de putas, y, por más que intente achantarme con su acento de clase alta, voy a averiguar qué les sucedió, luego investigaré por qué me está poniendo tantas trabas y entonces lo dejaré con el culo al aire.

Skinner se levantó, impulsando su silla hacia atrás.

—Ya está bien, sargento Gunner. No tengo por qué aguantar...

—¿Quién le ha dicho que soy sargento? —preguntó Gunner en tono sereno—. No se lo he mencionado a nadie, ni le he hablado a usted de mi paso por el ejército. Lo único que le dije es que era policía.

Skinner pareció quedarse sin palabras. Se sacó un pañuelo para enjugarse las lágrimas del ojo lloroso.

—¿Amigos? —dijo Gunner—. Alguien debía de conocer al tal Joseph Lenz. Hágalo venir, por favor.

Skinner lo miró antes de descolgar el teléfono.

Al cabo de diez minutos de un silencio incómodo, se oyeron unos golpecitos en la puerta, y un joven guardia la abrió para dejar pasar a dos hombres, ambos treintañeros, con una indumentaria que mezclaba ropa de paisano con prendas de uniformes alemanes gastados. Entraron arrastrando los pies con aire receloso.

—Este es Hans Gerhart —dijo el guardia, señalando al más alto—. Y el otro, Florian Hoffman. Gerhart es el amigo, Hoffman va a traducir.

Este último se sacó del bolsillo unas gafitas con montura de alambre y se las puso. Inclinó la cabeza mirando a Skinner y a Gunner. Estaba listo.

—Pregúntale cuándo vio a Lenz por última vez —le pidió Gunner.

Hoffman se volvió hacia Gerhart, le dijo algo en alemán y, cuando obtuvo la respuesta, miró de nuevo a Gunner.

—Dice que lo vio anoche, antes de acostarse. Cuando se ha levantado esta mañana, ya no estaba ahí —explicó con una dicción inglesa perfecta y cuidadosa.

—¿Tiene idea de qué puede haberle pasado? —inquirió Gunner—. ¿Había planeado evadirse?

Se repitió el proceso, y Hoffman lanzó una mirada fugaz a Skinner antes de hablar.

—No mencionó nada al respecto. Aunque se llevaba bien con él, era un hombre solitario y muy retraído.

Gunner alzó la vista al techo y suspiró. Aquella farsa no

llevaba a ningún sitio. Gerhart se inclinó hacia Hoffman y murmuró algo.

—¿Qué ha dicho? —preguntó Gunner.

Hoffman movió la cabeza de un lado a otro.

—Nada. Solo me ha preguntado cuánto rato más creo que va a durar este interrogatorio.

Fraser se aclaró la garganta.

—En realidad no ha dicho eso.

Todas las miradas se posaron en él.

—¿Usted habla alemán? —preguntó Skinner—. ¿Por qué no lo ha dicho antes?

Fraser se encogió de hombros.

—No me lo ha preguntado.

—Bueno, ¿y qué ha dicho? —quiso saber Gunner.

Fraser dirigió la vista hacia Hoffmann, que tenía la cabeza gacha y los ojos clavados en el suelo.

—Dice que está harto de que le hagan preguntas, que ya se lo ha dicho todo a los otros hombres.

Se impuso un silencio. Gunner se volvió hacia Skinner y arqueó las cejas.

—¿Otros hombres? —dijo—. ¿A quiénes cree usted que se refiere, coronel Skinner?

—No sé de qué habla —respondió Skinner, impasible—. Lo más probable es que su joven colega haya oído mal. ¿Habla alemán con fluidez?

A una señal suya, Hoffman soltó una retahíla de palabras en un alemán cerrado.

Fraser parecía aturullado.

—No lo he entendido todo, iba un poco rápido...

Skinner elevó las cejas.

—Ya lo ven: ha querido impresionarnos, llevado por su entusiasmo juvenil, y ha demostrado no estar a la altura. ¿Querían preguntar algo más?

Gunner reprimió el impulso de pegarle un puñetazo al cabrón pedante, a pesar de sus heridas.

—No serviría de mucho, ¿verdad, Skinner? Ya ha tenido buen cuidado de que así sea.

Skinner volvió a sentarse tras su mesa.

—Pues, en ese caso...

Gunner y Fraser se detuvieron en los escalones de la entrada a las oficinas contemplando un grupo de prisioneros agotados que, pala al hombro, se dejaban conducir de regreso al campo. Gunner se palpó los bolsillos hasta encontrar su paquete de tabaco.

—Es lo que ha dicho —aseveró Fraser en tono desafiante—. Lo he oído. De verdad.

Gunner exhaló y apartó el humo de su cara con la mano.

—Tranquilo, chaval, te creo. Alguien se nos ha adelantado para asegurarse de que mantuvieran el pico cerrado.

Fraser se quedó mirándolo, desconcertado.

—¿Quién?

Echaron a andar hacia el coche.

—Si fuera aficionado a las apuestas, me jugaría dinero a que los hombres del Ministerio de Alimentación les han hecho una visita.

—¿Y eso? ¿No estamos en el mismo bando?

—Por lo visto, hay bandos y bandos, Fraser. Y yo haciéndome el simpático. —Se detuvo y aplastó la colilla contra la valla perimetral—. Eso se acabó.

Fraser se lo quedó mirando.

—A veces no tengo ni idea de qué me está hablando.

24

Cuando llegó al cuartel, no había nadie. De Moore podía prescindir, pero necesitaba ver a Nickerson y averiguar a qué estaba jugando. Había un par de vasos vacíos sobre la mesa, las cortezas de un sándwich en un plato pequeño y un ejemplar doblado del *Telegraph*. Al parecer, no los había pillado por muy poco. Encima de la mesa también había un telegrama, dirigido a él, marcado como urgente. Seguramente se trataba de la orden de reincorporación; no pensaba abrirlo ni en broma. Por lo que a él respectaba, no sabía nada del asunto. Consultó su reloj. Eran las siete pasadas. Victor ya debía de estar en el pub. No tenía mucho sentido que se quedara ahí esperando.

Volvía a hacer una noche cálida, aunque el cielo estaba cubierto por una densa capa de nubes; por lo menos no había peligro de que se produjera otro bombardeo. El Corbie estaba a poco más de un kilómetro, en Springburn Road. Negó con la cabeza. Habiendo tantos otros garitos, tenían que quedar en el puto Corbie. No había estado ahí desde que era agente de a pie. Los habían llamado porque habían apuñalado a alguien en el reservado. Resultó que todos los clientes estaban mirando para otro lado cuando ocurrió. Nadie vio nada.

Las calles estaban tranquilas, pues la gente aún temía otro

ataque aéreo. Por lo menos la caminata le brindaba la oportunidad de pensar, de intentar encajar las piezas en su cabeza. Drummond y el alemán agonizante; Skinner; Nickerson; Moore... Sabía que todos estaban relacionados, pero no lograba dilucidar cómo ni por qué. ¿Qué motivo podía tener alguien para asesinar a prisioneros de guerra fugados? Si se trataba de «negros», ¿cabía la posibilidad de que simplemente los estuvieran ejecutando? Incluso en aquellas circunstancias debía de haber mejores sitios donde tirar los cadáveres que en las calles de Glasgow. ¿Estaría implicado Skinner? ¿Drummond, tal vez? Si lo estaba, ¿por qué le había pedido ayuda para descubrir al asesino?

Iba tan abstraído en sus pensamientos que no reparó en la chica hasta que estuvo a punto de chocar con ella. La joven le pidió lumbre mientras dejaba que la gabardina se entreabriera para revelar un cuerpo limpio enfundado en un fino vestido de algodón.

—Gracias —dijo ella, encendiéndose el cigarrillo, y lo miró—. ¿Buscas un poco de diversión? —preguntó.

Gunner lo meditó un momento antes de negar con la cabeza y reanudar la marcha. No habría estado mal; la chica era guapa, pero la idea de echar un polvo rápido contra la pared de un callejón no lo seducía demasiado. Al menos por el momento.

Ya lo había probado en Francia. No llevaba mucho tiempo allí, solo un par de semanas. Era el primer día templado, primaveral. Regresaba al campamento por un sendero rural. Había llamado a la puerta de una granja para pedir leche y huevos y acabó pagando una suma absurda de dinero por una barra de pan duro y dos botellas de vino. A medio camino, una chica salió de entre los árboles de la orilla. De no más de diecinueve o veinte años, tenía una larga cabellera morena. De pie junto al árbol, se levantó despacio la parte delantera del vestido. No llevaba ropa interior, y el vello púbico oscuro resaltaba de forma llamativa contra el blanco de su piel. Señaló la barra de pan que llevaba.

Él la siguió hacia la espesura. La joven apoyó la espalda contra un gran roble y se desabotonó el vestido por delante. A él se le puso dura solo de contemplar cómo se le abría y le resbalaba por los hombros. Se la tiró contra el tronco musgoso, con el pantalón bajado hasta los tobillos. Mientras se movía dentro de la chica, ella no lo miró en ningún momento, sino que mantenía la vista fija en la barra de pan que estaba sobre la hierba. Cuando él terminó con un gemido, ella lo apartó de un empujón, corrió hacia la barra de pan y comenzó a devorarla con avidez. Gunner se abrochó el pantalón y la dejó ahí, con el vestido abierto, desplazando los ojos de un lado a otro, aterrada ante la posibilidad de que alguien apareciera y le arrebatara su botín.

Sus recuerdos de Francia eran como sueños nebulosos; no estaba seguro de si eran reales o no. Solo había estado ahí un par de meses cuando emprendieron la retirada hacia Dunkerque. Fueron días y días de caminar sin parar, de no dormir, de echar a correr cada vez que se oía el ruido de un avión. Casi siempre era más fácil conseguir vino que agua, por lo que a menudo estaba medio borracho, sin saber bien dónde se encontraba, avanzando a paso cansino.

Levantó la mirada al cielo. Empezaba a llover, y la luna seguía oculta tras las nubes. Parecía evidente que esa noche estarían a salvo; no habría ataques aéreos. Se detuvo antes de cruzar la calle cerca del cine Vogue, en la parte baja de Bilsland Drive. Había una multitud delante. Nada iba a privar a la gente de Glasgow de su noche de películas. La gran marquesina luminosa de encima de la entrada estaba a oscuras, por lo que no se alcanzaban a leer los títulos. El rótulo de neón de la puerta también estaba apagado.

Gunner cruzó la calzada y siguió andando. Cada cierto tiempo emergía gente de las sombras, y farfullaban disculpas por haber estado a punto de tropezar unos con otros. El apagón lo entorpecía todo.

Tardó el doble de lo que había calculado en llegar al Corbie. Pasaban de las ocho y media cuando abrió la puerta, descorrió la cortina opaca y entró.

El pub estaba a apenas un paso de alcanzar el nivel de tugurio. Era el tipo de establecimiento que vendía la cerveza que rebosaba de los vasos debajo de los tiradores. A un paso muy pequeño. Era un espacio alargado y estrecho, con bancos cubiertos de lona a lo largo de las paredes, pequeñas mesas redondas en el centro y un espejo torcido en la pared en el que aparecía escrita la marca WHISKY HAIG. Entre que las lámparas esféricas del techo estaban rotas y que el humo de tabaco lo inundaba todo, parecía que también había un apagón dentro del local.

Gunner escrutó la clientela en busca de Victor. Formaban un grupo de lo más selecto: viejos alcohólicos indigentes que acunaban los vasos de pinta entre las dos manos, jóvenes macarras que deberían haber estado en el ejército, y algún que otro hombre duro con orejas de coliflor que había visto tiempos mejores. Se acercó a la barra, pidió una cerveza e intentó no fijarse en el vaso cochambroso en el que el camarero se la sirvió.

Le pagó con un chelín y tomó un sorbo. Estaba asquerosa.

—¡Eh! ¡Aquí!

Se dio la vuelta. Victor estaba sentado en la penumbra de un rincón delante de un vaso medio vacío. Gunner le pidió otra cerveza y llevó las dos a la mesa.

—¿Qué haces bebiendo en este bar de mala muerte? —preguntó Gunner, sentándose.

—Aquí a nadie le importa una mierda quién seas —dijo

178

Victor—. Aquí estoy a salvo. Ni siquiera a la policía le gusta entrar. —Señaló con un gesto un ejemplar del *Telegraph* que estaba sobre la mesa—. ¿Has visto el periódico?

Gunner negó con la cabeza. Debía de ser la primera vez que alguien llevaba un *Telegraph* al Corbie. En aquel antro, leer cualquier cosa que no fueran las noticias sobre las carreras era buscarse problemas.

—¿Qué pasa? —preguntó.

—Hay un descontento creciente. Estamos librando esta guerra en dos frentes, ¿sabes?

—¿«Estamos»? —preguntó Gunner, arqueando las cejas.

—Luchamos contra los fascistas en Europa y contra hijos de puta como los de la Asociación de Amigos Germano-Británica en casa —prosiguió Victor, sin prestarle atención—, unos ingleses gilipollas de clase alta que estarían encantados de tener a Hitler en el Reino Unido siempre y cuando meta en cintura al servicio. Me ponen malo.

—Entonces, ¿por qué no haces algo al respecto, en vez de pasarte el día rascándote los huevos y lloriqueando?

—Estoy haciendo algo...

Victor se interrumpió y movió la cabeza de un lado a otro, dejando la frase a medias.

Gunner no estaba dispuesto a dejarlo pasar.

—Con lo entusiasmados que estabais tus amigos rojos y tú con Iósif Stalin, y ahora va y firma un pacto con Adolf. Debe de ser un sapo difícil de tragar.

Victor se encogió de hombros con despreocupación.

—Es pura táctica. Se está jugando una partida larga, las cosas cambiarán.

—¿Ah, sí? ¿Y cómo lo sabes? —inquirió Gunner—. ¿Tus colegas objetores y tú tenéis línea directa con papá Stalin?

Sin decir nada, Victor bebió un sorbo de cerveza.

—Ya lo suponía —dijo Gunner—. No tenéis ni puta idea.

Los dos se quedaron callados. Era una reacción habitual en Victor, refugiarse en un silencio condescendiente, como si Gunner fuera demasiado idiota para perder el tiempo intentando explicarle las cosas. Lo sacaba de quicio, ya desde que eran niños. Gunner apuró su cerveza y se levantó para pedir otra. Le apetecía pillar una cogorza. Si Victor no quería entregarse, que le dieran por culo. Bien sabía Dios que él lo había intentado. ¿Qué más podía hacer? Se encontraba a medio camino de la barra cuando se abrió la puerta y alguien tiró de la cortina opaca con tal fuerza que casi la arrancó de la barra.

—La madre de Dios —dijo Nickerson al entrar en el pub dando traspiés—. Qué sorpresa, tú por aquí.

25

Nickerson estaba borracho. No era una borrachera de las de todos los días, sino un pedo de padre y muy señor mío. Llevaba la corbata desanudada, la camisa azul claro por fuera del pantalón, el traje de *tweed* arrugado y polvoriento. La sangre que manaba del corte que tenía encima de la ceja le mojaba un lado del rostro. Se sacó un pañuelo del bolsillo para limpiársela.

—Bueno, Gunner, ¿a qué esperas? ¿No me vas a invitar a una copa?

Se había hecho el silencio en el establecimiento, y todas las miradas se habían centrado en el recién llegado. Inglés, ciego perdido y con un acento de clase alta como el del rey... No era una buena combinación si quería salir con vida del Corbie.

Nickerson se tambaleó en dirección a la barra.

—Ginebra, creo —dijo—. Una tridestilada. Es una hora más que razonable para empezar a beber, ¿no?

Le dirigió una sonrisa de oreja a oreja al barman, que no pareció tomárselo muy bien.

—¿Qué cojones haces aquí? —siseó Gunner. Nickerson era la última persona que esperaba encontrarse en el Corbie.

Nickerson hizo una mueca, y al vislumbrar su imagen en el espejo de detrás de la barra comenzó a ajustarse la corbata.

—¿Me has oído? —preguntó Gunner. Al bajar la mirada, advirtió que estaba manchando la barra con sangre que le goteaba de la barbilla—. Madre mía, ¿qué te ha pasado en la cara?

Nickerson se extrajo de nuevo el pañuelo del bolsillo y se lo pasó por el rostro antes de intentar en vano encenderse un cigarrillo.

—No tengo la menor idea, la verdad —respondió Nickerson—. He conocido a otro viajero en los aseos públicos de al lado de la estación. Al levantarme he resbalado y me he pegado una hostia en la cabeza contra el lavabo. —Sonrió—. Gajes del oficio, ¿no?

Al fin consiguió encenderse el pitillo al tiempo que el barman dejaba su copa de ginebra sobre la mesa con brusquedad. Nickerson se la ventiló de un trago.

—Otra, creo —prosiguió—. Y entonces he cogido un taxi y le he pedido al taxista que me llevase a un bar frecuentado por hombres de clase trabajadora. Es una debilidad que arrastro desde hace tiempo, me temo. Los polos opuestos se atraen. No hay nada como el olor a sudor de un obrero. Es la sal de la vida. Por consiguiente, el taxista me ha dejado frente a este fascinante establecimiento. —Paseó la vista alrededor hasta posarla en un grupo de jóvenes macarras sentados a una mesa que lo observaban con desprecio—. Qué clientela tan encantadora —murmuró para sí. De pronto, pareció tomar conciencia de que Gunner también estaba ahí. Se volvió hacia él—. ¿Y tú qué haces aquí? —preguntó—. ¿Es el bar al que sueles venir?

—Estoy teniendo una charla con mi hermano.

—¿Tu hermano? —dijo Nickerson—. Tienes que presentármelo.

Gunner pidió otra ronda, y, mientras esperaban, Nickerson miraba en derredor, dedicándole una sonrisa radiante a todo el mundo. Llevaron las bebidas a la mesa y se sentaron.

—Victor, Nickerson; Nickerson, Victor —dijo, preguntándose cómo se había metido en ese lío.

Victor asintió con aire receloso. Gunner no lo culpaba; era imposible que Nickerson saliera de ese pub sin recibir una paliza, y más valdría que Victor no estuviera con él cuando eso sucediera. Una vez hechas las presentaciones, se quedaron ahí callados, sin saber muy bien qué decir. Nickerson alternaba entre recostarse contra el banco y contemplar la mesa de los macarras.

—Tienes que sacarlo de aquí —dijo Victor—. Si no, le van a reventar la cabeza.

—No —dijo Gunner—. *Tenemos* que sacarlo de aquí. Necesito hablar con este payaso y conseguir que se le pase la borrachera. Voy a mear, y luego lo llevaremos a la comisaría. Tú solo procura que no hable ni arme jaleo mientras no estoy.

Gunner atravesó el bar y salió al patio trasero, donde estaban los baños, sintiendo en todo momento las miradas clavadas en su espalda. Un tipo estaba acabando de usar el urinario y, cuando se inclinó para abrocharse la bragueta, Gunner vio la empuñadura de una navaja abierta que asomaba de su bolsillo interior.

—¿El invertido ese es amigo tuyo? —preguntó el hombre con actitud amigable.

—No, solo es un conocido.

—Un maricón es lo que es.

Gunner asintió en señal de conformidad.

—¿Sabes qué, amigo? Eso no te lo voy a discutir.

El tipo pasó por su lado dándole un empujón y salió del baño. Victor tenía razón: debían largarse de ahí cuanto antes. Cuando Gunner entró de nuevo en el bar, se percató de que llevaba desatados los cordones de un zapato. Se agachó para anudárselos y, al alzar la vista, vio el reflejo de Victor y

Nickerson en el espejo inclinado de encima de la barra. Estaban enfrascados en una conversación. Por alguna razón, Nickerson ya no parecía tan borracho. Se le veía alerta, y gesticulaba con las manos mientras le explicaba algo a Victor. Este asentía, muy concentrado, tomando notas en un bloc pequeño. Por la familiaridad que demostraban, era imposible que no se conocieran de antes.

Gunner se enderezó, decidido a preguntarles qué coño estaba pasando, cuando la puerta principal se abrió de golpe y dos policías uniformados irrumpieron corriendo. En cuanto los vio, Victor saltó por encima de la barra tirando con las piernas una bandeja llena de vasos que se hicieron añicos contra el suelo. Apartó al barman de un empujón y huyó hacia la trastienda antes de que los agentes se percataran de lo que sucedía.

Soltando una palabrota, uno de ellos se lanzó por encima de la barra para ir tras él. El otro recorrió la multitud con la mirada, buscando a alguien, hasta que lo encontró: Nickerson. Se arrojó sobre él y lo derribó. Nickerson empezó a protestar chillando estridentemente, pero su indignación etílica no le sirvió de mucho. Cuando el robusto policía le propinó un par de golpes en los riñones, bajó la voz enseguida. El agente se desenganchó las esposas del cinturón y se las puso en las muñecas con un chasquido.

El otro policía regresó de detrás de la barra, negando con la cabeza, y entre los dos se llevaron a Nickerson hacia la salida, sujetándole los brazos contra la espalda. Cuando la puerta se cerró tras ellos, la clientela quedó sumida en el silencio, anonadada. La escena había durado menos de un minuto. La policía no se andaba con tonterías; sabía exactamente a quiénes buscaba y dónde localizarlos. No habían mostrado el menor interés por nadie más.

Gunner emergió de entre las sombras del pasillo. No podía

hacer nada por Nickerson y, por lo que había visto, Victor había conseguido escapar. Ninguno de los dos agentes le sonaba; debían de ser de fuera de la ciudad. Tras aguardar un par de minutos, salió a la calle, justo en el momento en que arrancaba un furgón policial. Estaba bastante seguro de que llevarían a Nickerson a la Central. Fuera cual fuese la razón por la que lo habían detenido, Nickerson era un pez gordo. Les tocaría a los jefes lidiar con él.

De pie frente al pub, Gunner se encendió un cigarrillo. Era evidente que Nickerson y su hermano estaban implicados en algún tejemaneje, aunque no acertaba a imaginarse de qué se trataba. Solo había un modo de averiguarlo. Se abrochó la americana para protegerse de la lluvia, paró un taxi y se dirigió hacia el centro.

26

La comisaría Central estaba cerca del Clyde. Era un imponente edificio de arenisca roja que ocupaba una manzana entera. Albergaba las principales celdas y oficinas de la policía e incluso contaba con unas caballerizas y un garaje en la parte de atrás. Gunner se acercaba por la calle, pero se detuvo y decidió esperar un poco antes de entrar. Le apetecía un trago y quería darles tiempo suficiente para registrar el ingreso de Nickerson y encerrarlo en una de las celdas.

El Moray Arms era el pub más cercano que se le ocurría que no estaría plagado de policías fuera de servicio. Cuando entró, el sitio estaba tranquilo. Echó una ojeada rápida alrededor; no había policías a la vista. Pidió una pinta y se sentó a una mesa en un rincón para intentar reflexionar sobre la situación.

Al parecer, Drummond estaba en el origen de todo. Había ido a recogerlo a la estación y lo había metido en aquel embrollo, desesperado por convencerlo de que investigara quién había matado al primer alemán. Desde ese momento, se había mantenido en un segundo plano. Había mostrado una actitud esquiva respecto al segundo alemán; a Gunner no le sorprendería que tuviera algo que ver con la inyección de morfina que le habían puesto al pobre infeliz en la yugular. Luego, Nickerson manifestó también su deseo de que averiguara qué les había sucedido a los alemanes, alegando que Moore le dejaba de lado. Por lo visto, todo el mundo quería conocer la historia de los alemanes y también que fuera él quien se encargara de indagarla. Por otra parte, solo Dios sabía cómo encajaba su hermano en todo aquello. ¿Qué se traía entre manos con Nickerson? Ya le resultaba bastante inexplicable que Victor conociera a alguien como él.

Se frotó los ojos y se encendió un cigarro. Estaba cansado y no había llegado a ninguna parte. Tenía la inquietante sensación de que le estaban tendiendo una trampa, pero ni loco se prestaría a ser el cabeza de turco de lo que fuera que tramaran Drummond o Nickerson. No les debía nada, no había hecho otra cosa que intentar ayudar, y sentía que lo estaban jodiendo. A lo grande.

Palpó la cajita de las jeringas precargadas que llevaba en el bolsillo. La pierna lo estaba matando de nuevo. Notaba un dolor sordo que sabía que, al cabo de una hora, más o menos, se volvería insoportable. Sonrió. Tal vez era hora de que renunciara a intentar resolver los problemas de los demás. A lo mejor debía mandarlos a todos a la mierda y hacer lo que él considerara conveniente, para variar.

Nada le impedía pasar la noche en una de las casas de huéspedes que bordeaban el río. Nadie sabría quién era ni dónde localizarlo. Los dedos se le fueron de nuevo a la caja. Diez minutos más tarde, estaría tumbado en una cama, con una jeringa vacía al lado. Estaría calentito, flotando, libre de preocupaciones y dolores.

Una vez tomada la decisión, apuró su cerveza y salió del pub. Dirigió la vista hacia la comisaría. Dos agentes de a pie aparecieron en la puerta principal, con aspecto de estar a punto de comenzar el turno de noche. Gunner se dio la vuelta y se encaminó hacia el río, cerrando los dedos sobre la caja que llevaba en el bolsillo, con la mente repleta de pensamientos reconfortantes sobre la plácida inconsciencia que lo esperaba.

Por una vez, el Broomielaw estaba tranquilo, sin barcos en proceso de carga o descarga, y no se oía más ruido que el de los botes amarrados al topar entre sí, movidos por la corriente. Se acodó en la barandilla y contempló el río. Estaba tan inmundo como siempre, lleno de cajas rotas de los almacenes y manchas de aceite. Al otro lado, en Gorbals, había una hilera de pensiones donde se alojaban los que trabajaban en los barcos.

Cuando llevaba uniforme, había estado en una situada en el extremo de la fila, pues lo habían llamado porque uno de los huéspedes se había ido sin pagar. Por lo que recordaba, estaba limpia, y la señora que la regentaba parecía agradable y no la típica metomentodo. Forzando la vista, alcanzó a distinguir un letrero de habitación libre en la ventana. Un buen augurio. Sonriendo, se encaminó hacia el puente.

—Su tarjeta de identificación, señor.

Al volverse, se encontró frente a dos hombres de la ARP que le alumbraban el rostro con linternas provistas de capuchas para evitar que la luz se viera desde el aire.

Se hurgó en los bolsillos de la americana.

—¿Qué hace aquí, señor?

No encontró la tarjeta, pero sacó su placa de policía y se la mostró.

—Me dirigía a la Central y me estaba fumando un cigarrillo antes de que empiece mi turno.

El de la ARP sonrió.

—Muy bien, pues lo acompañaremos hasta ahí. Es un coñazo ir por la calle durante un apagón como este sin una linterna.

Negando con la cabeza, Gunner acomodó su paso al de ellos cuando echaron a andar hacia Low Central Street, pre-

189

cedidos por los haces de las linternas. Al parecer, de buen augurio, nada.

Él se quedó frente a la entrada de la comisaría y observó a los dos miembros de la ARP mientras remontaban de nuevo la calle. Tras apurar el cigarro, tiró la colilla al suelo, esperando que el sargento de guardia fuera alguien que conocía. Si no, tendría que dar un montón de explicaciones para que le dejaran ver a Nickerson.

Abrió la puerta de la comisaría y entró. Resultó que sí que conocía al sargento encargado de la recepción: era Jack Lang, un carcamal hijo de puta que llevaba años ahí. En cualquier otra circunstancia se habría cagado en el viejo cabrón, pero esa noche estaba encantado de verlo. Un inútil a quien todo le importaba una mierda era justo lo que necesitaba. Lang estaba inclinado sobre la mesa, en la que estaba desplegado el *Evening Citizen,* recorriendo el texto con un dedo rechoncho.

—¿Qué tal, Jack? —dijo Gunner.

Lang alzó la mirada del periódico con indiferencia.

—¿Así que has vuelto?

Gunner asintió.

—Necesito ver a un detenido al que han traído hace menos de una hora. Un inglés, por lo visto.

—¿Quién? —preguntó Lang, con el rostro crispado—. ¿Ese marica finolis?

Gunner hizo un gesto afirmativo.

—Ese mismo.

—¡Thomson! —gritó Lang, y el carcelero salió de un cuarto del fondo. Gunner no lo reconoció, pero todos respondían al mismo perfil: hombrecillos jubilados que se habían buscado un trabajo para complementar su pensión. Aquel hombre no era una excepción. Le faltaban varios incisivos, llevaba el poco pelo que le quedaba peinado sobre la calva con pomada Brylcreem y una chaqueta de punto con un agujero.

—Número veintidós —dijo Lang—. Ábrele la puerta aquí a Gunner.

Este se disponía a darle las gracias, pero Lang ya volvía a estar enfrascado en la lectura del periódico. Mientras seguía al celador bajito por el pasillo, recordó el olor a lejía y a cuerpos sin lavar que siempre se respiraba en las celdas. Thomson se detuvo frente a la número veintidós e introdujo la llave en la cerradura.

—Más vale que mantenga la espalda contra la pared —dijo y, con una mueca, abrió la puerta.

Nickerson estaba sentado en el banco, con la cabeza apoyada en las manos, sin tirantes. En el suelo de piedra, a su lado, estaban sus zapatos de cuero calado a los que les habían quitado los cordones. Alzó la vista.

—¡Gunner! —exclamó, sorprendido—. Volvemos a encontrarnos.

Gunner cerró la puerta tras de sí y paseó la mirada por la sombría celda de azulejos verdes. Como todas, contaba con un banco de piedra, un cubo de desechos, una manta raída y una ventana diminuta con barrotes cerca del techo.

—¿Quieres hacer el favor de contarme a qué coño has estado jugando? —dijo Gunner—. Y sé breve; se supone que yo no debería estar aquí.

Nickerson suspiró.

—¿No tendrás un cigarrillo, por casualidad?

Cuando Gunner le pasó el paquete, Nickerson se encendió uno y aspiró con delectación.

—El retaco de mierda del carcelero me ha quitado los míos.

—¿Por qué te han detenido? —inquirió Gunner.

Nickerson exhaló con aire avergonzado.

—Me temo que todo es culpa mía. Les he puesto una excusa en bandeja. Mi amigo, el de los aseos de la estación, se ha presentado de pronto aquí. Me parece demasiada casualidad. Creo que han estado siguiéndome.

—Seguramente. Por eso sabían que estabas en el pub.

Nickerson asintió.

—En fin, el pobre hombre parecía cagado de miedo. Y no me extraña, te pueden caer dos años de trabajos forzados por..., ya sabes. Al parecer, es maestro de escuela. Y, como es natural, la policía le ha soplado todo lo que tenía que decir: que yo le he hecho proposiciones deshonestas y le he lanzado horripilantes insinuaciones obscenas. Estaba tan afectado que ha sentido la necesidad de acudir a la policía. —Sonrió—. Como ya te imaginarás, eso no es exactamente lo que ha sucedido, pero no se lo reprocho. Su trabajo pende de un hilo. Incluso había un polizonte gordo y viejo detrás de él todo el rato, asegurándose de que no se saliera del guion.

—¿Qué aspecto tenía ese polizonte? —preguntó Gunner.

—Voluminoso, con el pelo negro grasiento peinado hacia atrás, y fumaba como un carretero. Parecía un personaje de cuidado.

Drummond.

—¿Y a partir de ahora qué va a pasar contigo? —quiso saber Gunner.

Nickerson tiró el cigarrillo al suelo y recogió un zapato para aplastarlo con él.

—Esa es la gran pregunta, Gunner. ¿Quién sabe? Vendrán a buscarme. Llegarán de un momento a otro y me llevarán de vuelta a Londres. —Se quedó pensativo unos segundos—. Lo que pase después dependerá de cuánto sepan. O me acusarán de solicitud indecente en un baño público o, si se ponen más drásticos, de alta traición.

—Hostia, podrías acabar en la horca por eso.

Nickerson sonrió.

—Vamos, no te pongas tan serio, Gunner. Eso no llegará a suceder. Gracias a la lealtad entre exalumnos de centros de elite, saldré bien librado. Es una de las ventajas de haber estudiado en Eton y Cambridge y de tener un padre en la Cámara de los Lores. No les gusta llevar a juicio a los suyos. Además, pase lo que pase, al MI5 no le interesa que sienten en el banquillo a uno de sus agentes. Eso daría muy mala imagen, ¿no crees?

—Antes de irte, ¿podrías explicarme todo este asunto de los alemanes? —pidió Gunner—. ¿Qué sabes de eso?

—¿Alemanes, en plural?

Gunner asintió.

—Encontramos otro, en las mismas condiciones que el primero: habían dejado su cuerpo entre los de las víctimas de los bombardeos, le faltaban las huellas dactilares y tenía el rostro destrozado.

Nickerson se levantó y echó a andar de un lado a otro de la celda con sus calcetines rojos.

—Es una situación complicada, Gunner. No sé si debería decirte esto, pero no hay más remedio. ¿Puedo confiar en ti?

Gunner se rio.

—Me parece que no te queda otra. Además, a lo mejor soy yo el que no debería confiar en ti. Me has mentido desde el primer día. ¿Por qué no habría de despedirme, salir de esta celda y desentenderme de ti?

Nickerson se detuvo y sonrió.

—Supongo que me lo he ganado, ¿verdad? Lo siento, pero es una costumbre que tengo, tanto para protegerme a mí como a los demás: no revelarle información a nadie salvo si es absolutamente imprescindible.

Gunner se encogió de hombros.

—Me da la impresión de que tú estás más ansioso por contármelo que yo por escucharlo.

Con aspecto indeciso, Nickerson se sentó de nuevo en el banco y miró a Gunner.

—El Servicio Secreto Británico es una organización diversa, en la que conviven mentalidades diferentes. Es uno de sus puntos fuertes. Por lo general, no me supone ningún problema, pero esta vez no. Esta vez es demasiado lo que está en juego. Ciertos miembros de la organización están planeando un cambio radical que alteraría por completo el rumbo de la guerra. Algunos de los elementos más conservadores propugnan una manera distinta de poner fin al conflicto. Nada les gustaría más que mantener una serie de *tête-à-têtes* cordiales con los dirigentes nazis para acordar el reparto del botín. Algunos no queremos que eso ocurra, pues sería un camino sin retorno, ¿me sigues?

—Creo que sí. Pero ¿estás seguro de que esa gente quiere traicionar al país?

—Desde su punto de vista, no. Ellos lo ven como la vía para avanzar. La alianza entre dos razas arias, Hitler y el rey dándose la mano en el palacio de Buckingham, y a tomar por culo los rusos y el resto de las personas a las que los nazis quieren eliminar. Es esencial pararle los pies a esa gente. Por eso estamos luchando —dijo Nickerson.

—¿Quiénes sois «vosotros»? ¿Eso incluye a mi hermano?

Nickerson esbozó una sonrisa.

—Los alemanes asesinados eran sosias. Dobles fallidos.

—¿Qué?

—Los cadáveres que encontrasteis se parecían entre sí, ¿no?

Gunner hizo un gesto afirmativo. Era verdad. Ambos eran altos y delgados, de mediana edad, con calvicie incipiente.

—Eran prisioneros de guerra —explicó Nickerson—. Fueron seleccionados por su semejanza con Rudolf Hess.

—¿Hess? —dijo Gunner—. ¿Qué pinta él en todo esto?

—¿Qué sabes de él? —preguntó Nickerson.

Gunner hizo un gesto vago.

—Lo que todo el mundo. Es el número dos de Hitler. Un aristócrata o algo por el estilo, creo...

Nickerson asintió.

—Y un hombre de lo más extraño. Cree en la astrología, las líneas ley, la historia secreta de los pueblos arios, esa clase de cosas. Y tiene una fe inquebrantable en el poder de la aristocracia, su derecho divino a gobernar. —Sonrió—. Es un poco como mi padre en ese sentido, aunque eso no viene al caso. Hess ha estado en contacto con Lord Glancaird y sus compinches, los de la Asociación de Amigos Germano-Británica. Corre el rumor de que está negociando un acuerdo y que ciertos elementos del Servicio Secreto los están ayudando encantados.

—¿Qué clase de acuerdo?

—Lo que vendría a ser una política de apaciguamiento. Está previsto que viaje al Reino Unido, de incógnito, claro, para cerrar el trato. Los alemanes y los hijos de puta germano-británicos quieren lo mismo: una Gran Bretaña gobernada por la aristocracia bajo tutela de los nazis. Eso, por supuesto, dejaría a Alemania con las manos libres para atacar a Rusia, algo que simplemente no podemos permitir.

—No lo entiendo —dijo Gunner—. ¿Qué hacían aquí los dobles? ¿Por qué los han matado?

—Eran un seguro por lo que pudiera pasar.

—¿Cómo? Tendrás que ir más despacio, Nickerson. Me está costando asimilar toda esta información.

—A ver, imagínate que el avión de Hess se estrella y él se

mata, o que llega aquí y empieza a causar problemas. Es un tipo impredecible capaz de desmandarse en cualquier momento, así que necesitan tener un títere a mano para que entre en escena si eso sucede.

—De ese modo seguirían teniendo el control.

—Exacto. A los hombres que encontrasteis los estaban preparando para representar ese papel, para que permanecieran en segundo plano, listos para ocupar el lugar de Hess. No están dispuestos a permitir que se frustre el plan; si el Hess de verdad no colabora, lo sustituirán por un Hess falso que cumpla con su parte. Los que han encontrado hasta ahora no daban la talla. No se le parecían lo suficiente, no imitaban bien su acento o hacían demasiadas preguntas.

—Entonces, ¿quién los mató? —preguntó Gunner—. ¿Tú?

Nickerson no respondió. Se reclinó en el banco. Se frotó los ojos, de pronto con aspecto cansado.

—¿Quién los mató, Nickerson?

—Moore, creo. No él en persona, claro; jamás se ensuciaría las manos. —Levantó los ojos hacia Gunner—. Lo hecho, hecho está; ya no tiene remedio. Lo que importa es lo que está a punto de suceder.

—¿Y qué es?

—Pronto llegará otro candidato, un tal Gunther Troz. Está en un campo de prisioneros de guerra en Yorkshire, y lo trasladarán al centro de internamiento que han montado en un campo de fútbol. En Hampden, ¿no?

Gunner asintió.

—Llega mañana por la mañana y, por desgracia, creen que es idóneo. Si le dan el visto bueno, el plan se pondrá en marcha de inmediato. Tienes que impedir que lo recojan. Un sustituto aceptable es la pieza que les falta en el rompecabezas. En cuanto lo tengan, seguirán adelante con su propósito. —Nickerson se inclinó hacia delante, le posó las manos en los hombros a Gunner y lo miró a los ojos—. Debes evitar que eso ocurra, Gunner. La suerte de millones de ciudadanos rusos podría depender de ello. Hay que ganar tiempo para desbaratarles el plan. Yo no puedo mientras esté aquí encerrado. Tienes que ayudarnos. Es de vital importancia que nos ayudes.

Gunner alzó la mirada hacia él.

—No —dijo—. Hace días que Moore y tú me lleváis de puto culo. De pronto, Moore es el malo, yo soy tu amigo del alma y vamos a salvar el mundo. No me lo trago.

Nickerson se retrepó en el asiento. Parecía al borde del llanto.

—¿Cómo puedo convencerte? —preguntó.

—Eso no es problema mío —dijo Gunner—. Lo único que voy a hacer es convencer a mi hermano de que se entregue, mandar a la mierda a Drummond y no volver a trabajar de policía en la vida. Ya estoy hasta las narices.

Con la vista al frente, Nickerson se puso a recitar:

—Victor Thomas Gunner, nacido el 25 de septiembre de 1918. Graduado en el Instituto de Enseñanza Secundaria de Colston. Dos años de estudios de Historia y Política en la Universidad de Glasgow, actividad sindical en varias fábricas del norte de la ciudad. Se afilió al Partido Comunista en 1936, y a la Asociación de Amigos de la Unión Soviética en 1937. Su nombre aparece por primera vez en un informe redactado por un oficial superior en 1938. Posible reclutamiento por parte de la agencia de inteligencia soviética, figura en una lista de seguimiento, se lleva a cabo una comprobación cada dos meses. Hermano: Joseph James Gunner, nacido el 3 de mayo de 1915. Sargento del batallón de los Highland Fusiliers, actualmente de baja médica. Herido en Dunkerque, improbable reincorporación al servicio activo debido a lesiones irreparables en ligamentos y músculos de la pierna izquierda. —Nickerson se volvió hacia él—. Esto no es un juego, Gunner. Hablo totalmente en serio. Si quieres que te lo suplique de rodillas, lo haré. Tienes que ayudarnos.

—Lo último que quiero es que te pongas de rodillas ante mí, Nickerson. Ya he visto cómo acaba eso. ¿Victor corre peligro?

—Probablemente —dijo Nickerson.

Gunner suspiró.

—No te lo estás inventando, ¿verdad?

Nickerson negó con un gesto.

—No, en absoluto. Todo lo que te he dicho es estrictamente cierto. ¿Nos ayudarás?

Aunque sabía que era un error, Gunner asintió. ¿Qué alternativa tenía?

—En fin. Si los dobles están en Glasgow, eso significa que Hess vendrá aquí.

Nickerson movió la cabeza afirmativamente.

—No estábamos seguros de dónde aterrizaría, pero eso parece lo más lógico ahora.

—¿Rudolf Hess en Glasgow? —dijo Gunner—. ¿Quién se lo iba a imaginar?

—Nadie —respondió Nickerson—. Seguramente de eso se trata. —Se interrumpió con aire preocupado—. ¿Qué hora es? El retaco de mierda del carcelero me ha quitado el reloj también.

Gunner se miró la muñeca.

—Las once pasadas.

—Joder. Llegarán en cualquier momento. Tienes que irte, no deben pillarte aquí. Si se enteran de que he estado hablando contigo, se te llevarán a ti también.

—No lo entiendo, Nickerson, ¿cómo se supone que he de...?

198

Pero fue inútil; Nickerson prácticamente lo estaba empujando hacia la puerta.

—Habla con Victor, cuéntale lo que te he dicho. ¡Y, por Dios, Gunner, no dejes que te cojan antes! ¡Y ahora, vete!

Al salir de la celda, Gunner oyó voces y el eco de unas pisadas acompasadas en el pasillo. Intentó abrir la puerta de la celda contigua y agitó la manija, pero fue en vano; estaba cerrada con llave. Los pasos se acercaban. Probó con la puerta siguiente, también sin éxito. Maldiciendo entre dientes, se coló de nuevo en la celda de Nickerson y cerró la puerta con cuidado.

Nickerson lo miró, horrorizado.

—¿Qué haces, Gunner? ¡Te he dicho que tienes que irte!

—Demasiado tarde. —Gunner recorrió la celda con la mirada; no había dónde esconderse—. Quédate de pie junto a la ventana y no digas nada cuando abran la puerta.

—¿Qué vas a hacer?

Gunner siseó para acallarlo. Las botas estaban casi al otro lado de la puerta. Al echar una ojeada por la mirilla, vio en el pasillo a dos hombres bien vestidos que hablaban con acento inglés. Se apretujó contra la pared lateral y notó que algo se le clavaba en el costado. Se llevó la mano al bolsillo: era la linterna con capucha que había cogido en comisaría. Esperó, agarrándola con fuerza.

En cuanto la puerta se abrió, describió un arco con el brazo y golpeó en toda la cara al primero que entró, que se desplomó con la nariz reventada. Gunner pasó por encima de él y le asestó una patada en los huevos al otro sin darle tiempo a reaccionar. Lo empujó a un lado antes de que cayera al suelo y se lanzó a la carrera por el pasillo hacia la puerta trasera de la comisaría. Aunque oía gritos a su espalda, siguió corriendo sin mirar atrás.

La llave de la puerta trasera estaba donde siempre, colgada de un gancho, al lado del marco. Gunner la agarró, la giró en la cerradura y salió a toda velocidad al patio. Se había puesto a llover a cántaros. Se alejó zigzagueando entre los Morris y Alvis aparcados, y se metió rodando debajo de uno justo en el momento en que la puerta trasera de la comisaría se abría de golpe. Permaneció ahí tendido, jadeando e intentando no hacer ruido. Aparecieron tres pares de pies: los lustrosos zapatos negros de dos ingleses y otros de cuero marrón gastado que Gunner habría reconocido en cualquier parte. Se detuvieron.

—¿Adónde da esa puerta? —preguntó una voz inglesa.

—¿La de esa verja? —dijo una voz conocida—. A la calle que baja al Broomielaw. A estas alturas, puede estar en cualquier parte.

—Mierda —masculló el inglés, acercándose al coche bajo el que se había escondido Gunner y pegándole una fuerte patada a un neumático—. Me cago en la puta.

Una vez que volvieron a entrar en la comisaría, Gunner se quedó unos buenos diez minutos más debajo del automóvil, mirando cómo diluviaba. No se estaba tan mal ahí; resguardado de la lluvia y además calentito, pues al parecer el motor había estado encendido no hacía mucho. Seguía dándole vueltas a lo que le había dicho Nickerson. Se le antojaba de lo más rocambolesco, pero el hombre no habría podido saber tantas cosas de él y su hermano si se lo hubiera inventado todo, y los cadáveres de los alemanes eran reales. Así que ahora tenía que localizar a Victor y contarle lo del nuevo doble o se armaría una buena. Una parte de él lamentaba no haber ido a la casa de huéspedes, tal como había planeado.

La puerta trasera se abrió de nuevo, y apareció el celador bajito encendiéndose un cigarro. Uno de los que le había birlado a Nickerson, sin duda. Que Drummond estuviera involucrado en aquel asunto no le sorprendía en absoluto. Era capaz de hacer lo que fuera por proteger sus pequeños negocios sucios. Pero... ¿Victor? Eso le costaba creerlo. ¿De verdad estaba su hermano objetor en tratos con el MI5? En cierto sentido, tenía lógica. Eso explicaba su afirmación de que estaba arrimando el hombro tanto como él en la lucha contra los fascistas.

Vio que el celador tiraba la colilla sobre los adoquines y la aplastaba con el pie antes de volver a entrar. Gunner aguardó unos minutos más por si acaso antes de salir rodando de debajo del coche. Se sacudió el polvo y miró en derredor; todo parecía bastante tranquilo, así que se marchó por la verja de atrás a Turnbull Street y empezó a renquear cuesta arriba, con un dolor abrasador en la pierna.

Al cabo de cinco minutos, se encontraba de pie en Glasgow Cross, tomándose un té que había comprado en un puesto callejero para entrar en calor. Estaba a punto de dejar sobre el mostrador la taza que acababa de vaciar cuando una furgoneta negra se acercó y paró frente al semáforo del cruce. Uno de los ingleses iba al volante, y el otro estaba en el asiento del acompañante, estudiando un mapa y sujetándose un pañuelo ensangrentado contra la nariz. La luz se puso verde, y el vehículo se alejó por London Road. Ahora todo estaba en sus manos. Se habían llevado a Nickerson.

27

Gunner subió con dificultad las escaleras, se detuvo frente a la puerta del piso de arriba de todo y llamó. Después de un par de minutos, se oyeron sonidos de movimientos torpes y luego una voz.

—¿Quién es?

—Soy yo, Gunner. Joe. Abre la puerta.

Sabía que tenía que encontrar a Victor, y ese era el único lugar adonde se le había ocurrido acudir. La puerta se entreabrió y apareció el rostro soñoliento de Nan.

—Joe, ¿qué haces aquí? —preguntó ella, saliendo al rellano y cerrando la puerta tras de sí. Llevaba un camisón escotado que le realzaba las curvas. Al advertir que él la miraba, se ajustó la bata.

—Estoy buscando a Victor.

—¿A Victor? —dijo ella—. No está aquí. Hace un par de días que no lo veo. A lo mejor está...

—No tengo tiempo para esto, Nan —la cortó Gunner—. Es urgente que hable con él.

Ella negó con la cabeza de nuevo.

—Oye, Nan, él querrá hablar conmigo. Créeme.

—¡Que no está! —repitió ella.

—¡Hostia santa! —Gunner extendió los brazos por detrás de ella y abrió la puerta de un empujón.

—Pero ¿qué haces? —Nan intentó agarrarlo para hacerlo recular, pero él se escabulló encogiendo los hombros y entró.

En el interior del piso hacía calor y olía a modorra, cerveza y perfume de lavanda. Era un apartamento pequeño, como casi todas las viviendas de esa calle. En un extremo estaba la cocina, en el otro, un recoveco con una cama, y el cuarto de baño se encontraba fuera, junto a las escaleras. En medio había una mesa cubierta de botellas de cerveza vacías, con un cenicero rebosante sobre un número de la revista *Picturegoer*. Por un momento, Gunner pensó que, en efecto, Victor no estaba ahí, pero de pronto este asomó la cabeza por debajo de la cama.

—¡La madre que te parió, Joe! —exclamó—. Me has dado un susto de muerte. Creía que era la Policía Militar de los cojones.

Victor salió arrastrándose y se puso de pie. No llevaba más que unos calzoncillos y una camiseta.

—Vístete —espetó Gunner—. Tienes mucho que explicar.

Victor cogió la camisa que estaba colgada en el respaldo de una silla y se la puso. Se sentó en la cama y paseó la vista alrededor, buscando sus calcetines.

—¿Ella lo sabe? —preguntó Gunner.

—¿Que si sé qué? —dijo Nan, indignada—. ¿Qué coño pasa, Victor?

Esa era una discusión que a Gunner no le apetecía presenciar.

—Te veo abajo —dijo—. Date prisa.

Gunner estaba inclinado contra el muro deflector de la entrada de la calle contemplando un zorro que cruzaba la calzada cuando Victor bajó las escaleras, abrochándose todavía la camisa.

—¿Qué le has dicho? —preguntó.

Victor se encogió de hombros, acomodándose los tirantes sobre los hombros.

—No gran cosa.

—Pues yo he tenido una charla con tu amigo Nickerson —dijo Gunner—. Hay algo que no sabes, y es que...

Victor alzó las manos.

—Aquí no.

Acabaron en una furgoneta bar en la parte baja de Balgray-hill Road. Victor pidió un par de tés y se sentaron en un banco del parque infantil que había delante. Springburn era famoso por sus locomotoras, pero la gigantesca fábrica ya no las hacía. La habían reconvertido para la producción de tanques y artillería pesada. La demanda era tan elevada que la fábrica funcionaba las veinticuatro horas del día. En cuanto terminaba un turno de trabajadores, comenzaba el siguiente. El ruido de las máquinas ya nunca se interrumpía.

Victor tomó un sorbo de su té e hizo una mueca.

—¿A qué cojones estás jugando, Victor? —preguntó Gunner—. O me lo cuentas todo o te lo saco a hostias, ¿me oyes?

Victor por lo menos tuvo la decencia de mostrarse avergonzado.

—Ahora mismo. Con pelos y señales. Puedes empezar por Nickerson. ¿De qué os conocéis?

—Tenemos amigos en común —contestó Victor, eligiendo las palabras con cuidado—. Amigos que están preocupados por el futuro del pueblo ruso.

Gunner fijó la vista en él, sin dar crédito a lo que oía.

—¿Me estás diciendo que ahora eres un espía ruso? —dijo.

Victor movió la cabeza de un lado a otro y esperó a que

pasaran dos mujeres con las manos amarillas por los materiales con que fabricaban municiones que se quejaban de lo tarde que acababa su turno.

—No, no soy un espía —dijo Victor—. Solo intento poner mi granito de arena. Soy comunista, Joe, bien lo sabes. Lo sabes desde hace años.

—Sí, pero no tenía ni puta idea de que trabajabas para ellos.

—Es que no es verdad. Las personas como Nickerson y yo solo queremos dos cosas: que se permita a Rusia decidir su futuro y erradicar la lacra del fascismo. ¿Qué tiene eso de malo?

Gunner se quedó callado. Lo que había dicho su hermano tenía sentido, pero no quería darle a Victor la satisfacción de reconocerlo.

—Todos queremos lo mismo. Tú te alistaste, Joe, pero hay otras maneras de ganar la guerra aparte de luchar en el ejército. Así que voy a hacer lo que tengo que hacer —dijo Victor—. Es mi obligación.

—¿Y lo de Hess? —preguntó Gunner—. ¿A qué viene eso?

Victor lo miró, estupefacto. Una pequeña victoria.

—¿Nickerson te ha hablado de ello?

Asintiendo, Gunner dejó su taza en el suelo y se encendió un cigarrillo.

—Creo que no lo ha hecho por gusto, pero estaba desesperado. Se las han ingeniado para detenerlo por marica y estaban a punto de facturarlo a Londres, así que tenía que contárselo a alguien.

—Joder —dijo Victor, preocupado—. ¿Se han llevado a Nickerson? Lo que nos faltaba.

—¿O sea que es verdad que Hess va a venir aquí?

Victor hizo un gesto afirmativo.

—Por invitación de la Asociación de Amigos Germano-Británica y el puto duque de Windsor.

—Pero ¿por qué los dobles? Sigo sin entenderlo —dijo Gunner.

—Hess es impredecible. Cree en toda clase de teorías estrambóticas —le explicó Victor—. Los movimientos de la luna y mierdas por el estilo. Está chalado. Los dobles son un seguro por lo que pueda pasar. En el caso de que se le vaya la cabeza por completo, uno de ellos lo suplantará de inmediato.

Gunner vaciló unos instantes. No quería preguntárselo.

—¿Qué les sucedió? ¿Los mataste tú?

—¿Yo? —Victor soltó una carcajada—. No. Creo que fue Moore o uno de sus adláteres. Están poniendo orden, eliminando flecos sueltos.

—Ya, bueno, pues por lo visto va a llegar otro candidato.

Victor asintió.

—Lo sé.

—Me refiero a hoy mismo —dijo Gunner.

Su hermano se volvió hacia él.

—¿Qué?

—Van a traerlo al estadio de Hampden.

Esto pareció inquietar a Victor.

—Mierda, no sabía que sería tan pronto. ¿Cómo vamos a llegar hasta él?

—¿«Vamos»? —Gunner negó con la cabeza—. Conmigo no cuentes, chaval. Ya he cumplido con mi parte: te he transmitido el mensaje. Tú y tus amigos rojos podéis haceros cargo a partir de aquí. Yo tengo mis propias batallas que librar.

—¿Qué batallas?

—Eso es cosa mía, Victor. Soy un expolicía con la pierna jodida y visión en un solo ojo, no un puñetero espía ruso.

Victor movió la cabeza de un lado a otro, indignado.

—Joder, gracias, Joe. De verdad, muchas gracias.

Gunner no pudo reprimirse más. Estaba harto de que Victor y Nickerson le ocultaran información y lo mangonearan.

—A ver si me aclaro. ¿Pretendes que me cuele de alguna manera en Hampden, encuentre a un tipo entre vete tú a saber cuántos cientos de prisioneros, lo mate a tiros y luego me largue como si nada? ¿Y todo basándonos en lo que me ha contado un hijo de puta borracho que me inspira menos confianza que un billete de tres libras? —Movió la cabeza a un lado y otro—. Olvídalo, Victor. Podría tratarse de una trampa de Nickerson. A saber lo que está tramando. ¿De verdad crees que tú y yo vamos a salvar a los rusos y cambiar el curso de la guerra? ¿Dos tíos de Glasgow? Yo lo dudo mucho. Las cosas no funcionan así.

—Tengo que intentarlo —dijo Victor en voz baja.

—¡Nadie te obliga, Victor! Tú quieres hacerlo. Las causas perdidas y el martirio siempre han sido lo tuyo. Eres demasiado perfecto como para enrolarte como el resto de los mortales. Pues muy bien, adelante, Victor, esta es la oportunidad que esperabas. Vete a salvar a los putos rusos.

Se quedaron sentados, mirándose, y Gunner se percató de que tenía los puños apretados y la respiración agitada. Le costó contener el impulso de pegarle un puñetazo en la cara a Victor. Si algo detestaba, era que lo trataran como a un idiota, y eso era justo lo que había estado ocurriendo. Pero ya no más.

Meneando la cabeza de nuevo, Victor se levantó y se encaminó cuesta abajo hacia el centro. Gunner lo siguió con la mirada, pensando que quizás debía ir tras él. Su hermano no tenía la más mínima posibilidad de colarse en Hampden, ni mucho menos de cumplir su objetivo, incluso si conseguía entrar. Por otra parte, así era Victor: se le iba toda la fuerza por la boca.

Alzó la vista al cielo. Estaba clareando. Sonó la sirena de la fábrica, y una marea humana salió de ella. Era la hora del cambio de turno. Gunner estaba cansado, tenía frío y el dolor en la pierna le resultaba insoportable. No ansiaba otra cosa que acurrucarse en una cama con sábanas limpias y sumirse en un sueño arrullado por la morfina.

Echó a andar; el descanso tendría que esperar. Debía encontrar a alguien más, y cuanto antes, mejor.

28

Gunner no tuvo que esperar mucho; el turno de mañana comenzaba a las ocho, y faltaban solo diez minutos cuando llegó a comisaría. Fraser, siempre puntual como el buen chico que era, apareció cinco minutos después, abrochándose el botón del cuello del uniforme mientras caminaba por la calle.

—¿Dónde está? —preguntó Gunner, emergiendo de las sombras de un edificio próximo a la comisaría.

Fraser paró en seco, aterrado.

—¡Señor Gunner! Menudo susto me ha dado. ¿Quién? ¿El señor Drummond?

—El mismo —dijo Gunner.

—Está en la zona afectada de Tradeston —respondió el joven—. Estoy yendo para allá.

—Perfecto. No le avises de que voy yo también, ¿de acuerdo? Que sea una bonita sorpresa.

Al doblar la esquina de la comisaría, avistaron de pronto las volutas de humo que se elevaban hacia el cielo desde los almacenes que bordeaban el río. El fuego causado por las bombas incendiarias dos noches atrás aún debía de estar ardiendo. No fue hasta que llegaron al puente cuando se percataron de la magnitud del desastre.

Cruzaron el río en silencio, sorprendidos por el alcance

de los daños. Había una brecha de quince metros en la hilera de almacenes, allí donde había caído la bomba y habían prendido las llamas. Había un círculo de ambulancias y coches de bomberos en torno a la brecha, y uno de los autobombas aún rociaba agua sobre las vigas ennegrecidas y humeantes de lo que había sido el almacén. Se percibía en el aire un extraño tufo dulzón, mezclado con el olor acre de la madera quemada.

—¿Quiénes son? —preguntó Gunner cuando se encontraban cerca, señalando a tres hombres con ropa de civil esposados junto a un furgón policial.

Fraser miró hacia allí.

—Otros saqueadores de mierda, por lo que parece. En cuanto el fuego remitió un poco, empezaron a pulular por aquí como ratas. Y no solo andaban por el almacén; detuvieron a unos cuantos entre las ruinas de las casas. Los muy cabrones estaban quitándoles la ropa a los cadáveres.

El viento cambió de dirección, impulsando el humo hacia ellos, y ambos empezaron a toser, lo que no impidió que Gunner se encendiera un cigarrillo.

—Creo que el señor Drummond estará en la zona de viviendas —dijo Fraser—. Tengo que ayudar a llevar a estos desgraciados a la Central en el furgón. Nos vemos luego, ¿de acuerdo?

Gunner asintió, y Fraser se alejó a toda prisa hacia la hilera de hombres esposados y el corpulento sargento que los custodiaba. Tras cruzar la calle, Gunner se dirigió hacia los edificios de apartamentos. Notaba los adoquines pegajosos bajo sus pies; estaban recubiertos de alguna sustancia espesa que él supuso que había estado guardada en el almacén. Mermelada, miel, o ve tú a saber qué. Fuera lo que fuese, eso explicaba el olor dulzón.

Cuando dio la vuelta a la esquina, advirtió que, aparcado

junto al bordillo, había un Daimler negro y encerado que brillaba como un espejo. Aunque Buster no hubiera estado de pie junto a él, Gunner habría reconocido ese vehículo en cualquier parte. Era el auto de Con McGill. El único Daimler de Glasgow.

Cuando se acercó, Buster lo saludó con una inclinación de la cabeza, y una sonrisa se desplegó en su rostro ancho y surcado de cicatrices.

—Cuánto tiempo, señor Gunner.

Le tendió la mano y se dieron un apretón. Aunque Gunner no era precisamente un canijo, su mano prácticamente desapareció bajo la enorme zarpa de Buster.

—¿No te han llamado a filas todavía?

Sonriendo, Buster se señaló los zapatos.

—Tengo los pies planos. Y son un auténtico coñazo.

Buster le caía bien. Era un profesional y asumía riesgos calculados. Siempre había ido bastante de frente con él. Su jefe, en cambio, era un cabrón de tomo y lomo.

—¿Qué hace aquí Meñique McGill? —preguntó, apuntando al coche con la barbilla.

Buster hizo una falsa mueca de dolor.

—Huy, más vale que el señor McGill no se entere de que lo llamas así. Se ofendería un montón. Tiene una reunión con alguien. Están sentados en el asiento de atrás del auto.

—¿Con quién? —inquirió Gunner.

Buster no tuvo oportunidad de responder, pues la puerta trasera del Daimler se abrió y el diminuto McGill se apeó, seguido de Drummond. Se estaban despidiendo, estrechándose la mano como amigos de toda la vida. McGill iba enfundado en su traje de siempre, con las mangas y perneras acortadas, e incluso llevaba polainas. No era de extrañar que Sellars se estuviera haciendo con el cotarro, considerando que McGill parecía de otra época.

Drummond dio un respingo al ver a Gunner, pero recuperó la compostura enseguida y le dio unas palmaditas en la espalda a McGill, asegurándole que se mantendría en contacto. El hombrecillo subió al asiento del acompañante, Buster se sentó al volante y el coche arrancó mientras los neumáticos golpeteaban contra los adoquines pringosos mientras aceleraban y se alejaban.

Gunner dio un paso hacia Drummond, con la mirada clavada en él.

—Dios los cría y ellos se juntan, ¿no, Drummond?

El inspector no estaba de humor.

—Déjate de chorradas, Gunner. Madura. Cuando tengas que vivir de una pensión de policía jubilado, ya veremos si sigues dándotelas de santurrón.

Gunner sonrió, a su pesar. De Drummond se podían decir muchas cosas, pero desde luego no era alguien que se dejara avasallar.

—Vamos —dijo el hombre—. Demos un paseo, aunque solo sea para largarnos de aquí. Esta mierda de olor me está provocando náuseas.

Bajaron por la ribera y se sentaron en un murete junto al puente del ferrocarril. El ferri de Govan, convertido en barco contraincendios, estaba anclado en medio del Clyde lanzando chorros de agua fluvial hacia los almacenes. Desde la orilla, dos bomberos le gritaban indicaciones al piloto para que dirigiera el agua hacia las últimas llamas que quedaban.

Tras encenderse un cigarrillo, Gunner agitó la cerilla hasta apagarla y la tiró al río.

—¿Qué coño está pasando, Drummond? —preguntó—. Menuda nochecita he pasado. Por poco me despachan para Londres en la parte trasera de un furgón policial. Tú me metiste en esto, así que lo menos que puedes hacer es decirme la verdad.

Drummond suspiró, contemplando cómo el ferri escupía agua.

—¿Quieres que te cuente la historia con todos sus detalles sórdidos? —preguntó—. No eres el único que cree que está jodido, ¿sabes?

Gunner asintió. Había supuesto que Drummond se negaría a darle explicaciones, pero al parecer necesitaba descargar la conciencia.

—Todo empezó de la manera más tonta —dijo, quitándose el sombrero y alisándose el cabello hacia atrás—. Fui a recogerte a la estación porque necesitaba ayuda. Ya has visto cómo está el cuerpo ahora, lleno de vejestorios y niñatos como Fraser. Se las apañan para dirigir el tráfico, pero fuera de eso no sirven para una mierda. Un cadáver sin dedos y con la cara destrozada era algo que nos superaba, a ellos y a mí. Como me enteré de que ibas a regresar, pensé en pedirte un favor. Aunque a veces eres un puto pesado, siempre has sido un buen policía. No podías haber llegado en un momento más oportuno.

—¿Y entonces? —preguntó Gunner.

Drummond sonrió.

—Y entonces todo se fue a la mierda. Incluso más rápido de lo que te imaginas. —Se encendió otro cigarro con el que aún tenía en la boca antes de escupir la colilla—. Recibí una visita. De tu compañero de piso, el señor Moore, y el jefe de policía de Glasgow. ¿Sabes quién es Moore?

—Creo que trabaja para el Servicio Secreto o algo así.

—A saber quién coño es, pero baste decir que quien llevaba la voz cantante era él, y no el jefe de policía. Tenían noticias para mí. De pronto, resultaba que el tío del Kelvin Hall ya no era una víctima de asesinato, sino un problema que había que eliminar lo antes posible. Cambio radical de planes. Ahora la consigna era que el tío nunca había existido, que no había nada que investigar y que me olvidara de todo. —Desplegó una gran sonrisa—. ¿Y qué había hecho yo, tonto de mí? Había puesto a nuestro mejor policía a trabajar en el caso. Esto no les gustó. No les gustó un pelo. Moore decidió que la mejor manera de solucionar eso era reengancharte. Hizo una llamada y nos aseguró que a la mañana siguiente ya no estarías aquí.

—Pero yo no recibí el telegrama —dijo Gunner.

—Sí que lo recibiste —repuso Drummond—. Fue entregado. Simplemente no te dio la puta gana de abrirlo. Eres un pillín, Gunner. A ellos no les hizo ninguna gracia. Fue entonces cuando ordenaron tu búsqueda. Y me encomendaron un trabajo especial que debía llevar a cabo sin hacer preguntas y sin hablarle de ello a nadie.

—¿Qué trabajo? —preguntó Gunner.

Drummond observó el ferri, que viró para intentar acercarse más a los almacenes.

—El médico del Kelvin Hall descubrió que el segundo cuerpo aún estaba vivo, así que empezó a contárselo a todo el mundo en el hospital y a los de la ARP. Moore comprendió que la habían cagado. Lo último que necesitaban era que el alemán medio muerto se recuperara y se fuera de la lengua. No querían correr riesgos, así que me enviaron de vuelta al Kelvin Hall para que facilitara su tránsito al otro mundo.

—Es decir, que lo asesinaras —dijo Gunner.

Drummond lo miró.

—¡Vamos, Gunner, que no soy tan mala persona! Se iba a morir de todos modos. Solo me pidieron que acelerara el proceso.

Gunner sacudió la cabeza.

—Joder, Drummond, menudo follón.

El hombre se encogió de hombros.

—Y me metí de lleno en él con los ojos bien abiertos y

una sonrisa en los labios. Piénsalo bien. Tengo sesenta y cuatro años y me paso el día en casa, rascándome los huevos e intentando no estorbar demasiado a mi mujer. De repente, vuelvo a ser policía y me encomiendan una misión de alto secreto. Me sentía como un puto niño con zapatos nuevos. Volvía a estar en activo.

—Entonces, ¿qué le hiciste? —preguntó Gunner.

—Le puse más morfina de la cuenta, un método sencillo que habría funcionado a las mil maravillas de no ser porque tú te presentaste antes de lo previsto. Ese pipiolo hijo de puta de Fraser es bueno. Consiguió dar contigo y luego, cuando resultó que el muy cabrón sabía alemán...

Alzó las manos.

—¿Y qué pasa con Nickerson? —inquirió Gunner—. ¿Cómo encaja en todo esto?

Drummond movió la cabeza de un lado a otro con aire desconcertado.

—Eso es muy raro. No entiendo qué sucedió. Él estaba en el ajo de todo hasta que de repente Moore me vino y me pidió que le tendiera una trampa para excluirlo de la operación y sacarlo de Glasgow. Me dijo que Nickerson perdía más aceite que un coche viejo, que siempre estaba borracho y que no era muy cuidadoso a la hora de buscarse un compañero de juegos. No fue muy difícil.

Gunner no pudo evitar mirar hacia ambos lados del puente.

—¿Y yo qué, Drummond? ¿También vendrán a por mí? ¿Me conviene largarme?

Con una carcajada, Drummond volvió a mover la cabeza de un lado a otro.

—Tú siempre con tus delirios de grandeza, Gunner. No es a ti a quien buscan, sino a tu hermano.

—¿Qué? —dijo Gunner.

—Van a emitir el aviso por radio dentro de un par de horas. El inspector jefe lo ha autorizado. Victor Gunner. El nombre, la descripción, todo. Sospechoso de traición, armado y peligroso. No se andan con chiquitas, Gunner. ¿Sabes lo que implica ser sospechoso de traición?

Gunner lo sabía, pero Drummond no esperó a que respondiera.

—Significa que pueden dispararle en cuanto lo vean, y, conociéndolos, seguramente eso es lo que harán. No sé qué habrá hecho tu hermano, pero están desesperados por borrarlo del mapa, y para conseguirlo van a movilizar a todos los agentes y miembros de la Policía Militar. Si sabes dónde está, dile que ni se le ocurra respirar más fuerte de la cuenta o puede darse por jodido.

Con un toque de sirena, el ferri emprendió el regreso río abajo hacia Govan.

—¿Sabes dónde está Victor? —preguntó Drummond.

Gunner asintió.

—Pues no me lo digas ni de coña. No quiero saberlo. Solo espero, por su bien, que esté en algún sitio tranquilo y apartado. Si es así, dile que no se mueva de ahí por nada del mundo.

Gunner miró cómo Drummond se sacaba el paquete de Player's del bolsillo, lo agitaba para hacer salir uno y lo encendía con la punta del que todavía tenía entre los labios, como había hecho cientos de veces. Echó un vistazo a su reloj: las nueve. Victor ya debía de estar de camino a Hampden, un campo de fútbol infestado de agentes, Policía Militar e incluso soldados. No tenía la más remota posibilidad de salirse con la suya.

—Tengo que ir a prevenirlo.

Drummond exhaló una larga bocanada de humo azulado.

—Será mejor que te des prisa —dijo—. El aviso se emitirá a las once.

Gunner empezó a alejarse, pero se detuvo y miró hacia atrás.

—Te voy a decir algo, solo porque somos amigos.

Drummond arqueó las cejas.

—¿Lo somos?

Gunner asintió.

—Tú me enseñaste más que nadie. De no ser por ti, no habrían estado a punto de nombrarme inspector. Te estoy agradecido por ello. Muy agradecido.

—Madre mía, Gunner, no sigas, que me estás sacando los colores. Y eso no le favorece a un señor de mi edad y talla.

—Por eso te lo voy a repetir: no te acerques a Con Mc-Gill. Lo digo en serio. Es hombre muerto. Más vale que no estés con él cuando lo despachen, o se te llevarán por delante a ti también.

Sin decir nada, Drummond siguió fumando, con los ojos fijos en las embarcaciones que navegaban por el río. Inclinó ligeramente la cabeza, tal vez como gesto de asentimiento o quizás solo para darle otra calada al cigarrillo. En cualquier caso, era la única respuesta que Gunner iba a obtener.

29

—¡Maldita panda de nazis cabrones!

Gunner volvió la cabeza demasiado tarde para esquivar las gotas de saliva que brotaban de la boca del hombre que tenía al lado y que lo alcanzaron en plena barbilla. Se sacó el pañuelo para limpiarse, y estaba a punto de pedirle que se apartara un poco cuando al tipo se le escapó otro espumarajo.

—¡Espero que os pudráis en el infierno, desgraciados de mierda! —gritó de nuevo, y le dio un golpecito con el codo a Gunner, señalando a los prisioneros de guerra a los que estaban obligando a desfilar por Cathcart Road—. Ese de ahí tiene cara de auténtico hijo de puta.

Asintiendo, Gunner consiguió separarse unos metros de él antes de que le lloviera saliva otra vez. El tipo que gritaba formaba parte de un grupo de unas cincuenta personas reunidas frente a la estación de Cathcart para ver cómo marchaban los prisioneros por la calle hasta el estadio de Hampden. Gunner había llegado justo cuando el tren se detuvo entre las nubes de humo que se elevaban desde las vías. Miró a un lado y al otro de la calle, preguntándose dónde estaría Victor. No veía más que soldados y policías militares. A carretadas. La cosa no pintaba nada bien para Victor.

—Vengo aquí todos los días —dijo el tipo de los gritos—. Y me pongo a esperar por si llega un tren.

—¿No me diga? —contestó Gunner, distraído por la pestilencia que despedía el hombre, así como porque llevaba recortes de periódico con la foto de Churchill pegados por todo el abrigo.

Los prisioneros de guerra alemanes cruzaban la calle en formación de tres. Mostraban una actitud recelosa; algunos intentaban sonreír, mientras que otros se conformaban con mantener la cabeza gacha. La mayoría iba aún con ropa de combate; uniforme gris y gorra con visera, y un par de ellos llevaba uniforme del desierto. Gunner los escrutó con la mirada cuando pasaron por delante de él, intentando determinar si alguno se parecía a Hess. El tipo de los gritos le propinó otro codazo. Gunner se volvió hacia él, exasperado, y estaba a punto de decirle que se fuera a la mierda cuando el hombre le informó:

—Hay un tipo en la calle que le está saludando.

—¿Qué? —dijo Gunner, dirigiendo la vista en la dirección que señalaba.

Victor se encontraba de pie en la acera opuesta, sujetando ante sí un cartón con una imagen de los reyes, gritándoles insultos a los prisioneros a su paso.

En cuanto vio un hueco en la fila, Gunner lo atravesó corriendo hacia su hermano, ganándose una mirada rabiosa por parte de los soldados que conducían a los prisioneros.

—¿A qué cojones juegas? —le siseó a Victor.

—Me oculto a plena vista. Siempre funciona. Nadie espera encontrarme entre estos chiflados, y menos aún llevando esta estúpida pancarta. La ha hecho Nan. Le ha quedado bien, ¿verdad?

Gunner lo agarró del brazo.

—Ya salió el listillo de siempre. Vamos, tengo que hablar contigo.

Medio a rastras, lo llevó hacia el fondo de la multitud, sin que ninguno de los dos apartara en ningún momento la mirada del desfile de prisioneros de guerra.

Victor se soltó el brazo.

—¿Qué haces aquí, a todo esto? Creía que habías dicho que esto no te concernía.

—Ya, bueno, digamos que ahora sí me concierne. Tienes que irte, Victor. Dentro de un par de horas te acusarán de traición y todos los agentes y la Policía Militar de Glasgow tendrán tu descripción. Te buscarán, Victor, te encontrarán y te ejecutarán.

Su hermano puso la cara larga, dejando a un lado su arrogancia habitual.

—¿Qué?

—Lo que oyes. Me lo ha dicho Drummond esta mañana. Tienes que largarte de aquí, Victor, encontrar un lugar donde pasar desapercibido durante un par de días hasta que yo averigüe qué está pasando.

Una ancha sonrisa se dibujó en el rostro de Victor.

—¡Te lo dije! ¿Sabes lo que significa eso? Que Hess va a venir seguro. ¡Lo sabía! ¡Joder si lo sabía! ¿Ahora me crees?

Gunner asintió con aire cansino.

—A lo mejor viene, cosa que no nos beneficiará en nada.

—Claro que sí. Tenemos que entrar en el estadio, Joe, y encontrar al doble.

Gunner alzó la mano.

—Tú no vas a ninguna parte. ¿Es que no me has oído? Pueden pegarte un tiro sin previo aviso, Victor, y no habría consecuencias. Esto ya no es un juego. No lo digo por decir, tienes que marcharte cuanto antes.

Victor negó con un gesto.

—No puedo. Tengo que intentarlo.

—¡Es imposible que lo consigas! —exclamó Gunner—. ¿Tienes alguna idea de por dónde empezar siquiera? ¿Eh? ¿Cómo piensas llegar hasta él?

Victor se quedó callado.

—Tienes que esfumarte. Victor. Te estoy hablando muy en serio. Dile a Nan dónde estás, si puedes, pero vete. —Gunner titubeó, pues le costaba creer lo que estaba a punto de decir—. Si me haces caso, yo me ocuparé de esto. Encontraré el modo de colarme allí, te lo prometo.

Victor se quedó dubitativo. Al cabo de un momento, asintió y miró en derredor.

—De acuerdo. Ya contamos con un infiltrado dentro: Murray Barr. Trabaja en Protección Civil, asignando destinos a los prisioneros. Solo tienes que localizarlo, darle el nombre del prisionero, y él se encargará de que lo trasladen fuera de Glasgow antes de que den con él. Con eso ganaríamos unos días, por lo menos.

La fila se iba reduciendo a medida que los cautivos avanzaban arrastrando los pies cuesta abajo hacia los portones abiertos del estadio.

Gunner hizo un gesto afirmativo.

—Lo encontraré. Y ahora, lárgate, por lo que más quieras, joder.

Victor giró sobre los talones y echó a andar hacia la estación. Empezaron a sonar pitidos mientras los últimos de la fila desaparecían en el interior del estadio. Gunner soltó una palabrota entre dientes y arrancó a correr. Consiguió llegar a la mitad de la cuesta antes de que el dolor lacerante de la rodilla lo obligara a detenerse. No pudo hacer otra cosa que quedarse ahí, dando saltitos a la pata coja, maldiciendo y contemplando cómo las grandes puertas de madera del estadio se cerraban con un ruido sordo.

30

El estadio de Hampden era enorme, el más grande del mundo, según decían. A Gunner desde luego se lo pareció mientras avanzaba a lo largo del perímetro buscando alguna manera de entrar. El recorrido le llevó media hora larga. El hecho de que anduviera cojo porque la rodilla lo estaba matando no ayudaba. Para colmo, sus esfuerzos resultaron inútiles. Todos los accesos estaban vigilados y los altos muros de ladrillo eran imposibles de escalar, aunque hubiera tenido la rodilla en condiciones para ello. A pesar de haberle prometido a Victor que entraría, no tenía la menor idea de cómo iba a hacerlo.

Acabó en el punto de partida, frente a los portones de la tribuna oeste. Se sentó en la hierba para descansar la pierna y levantó la mirada hacia los elevados muros. Desde el otro lado llegaba algún que otro grito o silbido. Los días que había partido eran muy distintos; el rugido de ciento cincuenta mil hombres gritando al unísono a pleno pulmón se alcanzaba a oír a kilómetros de distancia; aquello era otra cosa.

Conforme el sol ascendía en el cielo, la temperatura aumentaba. Gunner bostezó y cayó en la cuenta de lo cansado que estaba, pues llevaba días durmiendo muy poco. Se encendió un cigarrillo y se recostó en la diminuta extensión de césped que quedaba entre los «huertos para la victoria» que ahora rodeaban el estadio. Cerró los ojos un momento e intentó pensar.

Cuando despertó, el cigarro se había consumido del todo, y la colilla estaba tirada en la hierba, a su lado. Levantó el brazo para consultar su reloj: se había quedado traspuesto solo unos veinte minutos. Se desperezó con un bostezo. La siesta, aunque corta, le había sentado bien. Se incorporó y, estupefacto, se frotó los ojos, sin dar crédito a lo que veía. Un prisionero de guerra alemán se dirigía hacia él caminando con paso tranquilo entre los cobertizos y los bancales de verduras de los huertos, como si hubiera salido a dar un paseo dominical para echar un vistazo a sus coles.

Tras detenerse un momento para quitarse la gorra con visera y enjugarse el sudor de la frente, reanudó la marcha. Gunner se levantó, sin saber muy bien qué hacer. Miró alrededor; no había soldados ni policías militares a la vista. El prisionero seguía avanzando, directo hacia él. Gunner se palpó los bolsillos en busca de cualquier cosa que le sirviera para defenderse. Nada. El prisionero se detuvo a unos diez metros de él y lo escrutó, guiñando los ojos.

—Lo sabía, joder —dijo con un marcado acento de Glasgow—. El puñetero Joe Gunner.

—¿Billy Nairn? —dijo Gunner—. ¿Eres tú?

El otro asintió.

—¿Quién te pensabas que era, el puto Cuerpo Panzer invadiendo Mount Florida?

Se dieron la mano, aunque Gunner aún no las tenía todas consigo. Billy Nairn y él habían sido compañeros en el colegio, habían jugado en el mismo equipo de fútbol y habían trabajado en la misma comisaría durante una temporada.

Gunner se apartó ligeramente e intentó asimilar el hecho de que Billy Nairn ahora era un prisionero de guerra alemán.

—¿Qué haces así vestido? —preguntó—. Lo último que

supe de ti fue que estabas en el sur, en Aldershot o un lugar por el estilo.

—Así fue —respondió Billy—. Me enviaron para allá cuando me alisté, dejé la comisaría de Maryhill un par de semanas después que tú, y ahora aquí estoy, disfrazado de nazi de mierda.

Gunner simplemente se quedó mirándolo. Su expresión debía de hablar por sí sola.

—No preguntes —dijo Billy—. Es la última idea brillante de los putos inútiles del servicio de inteligencia. Mi madre era alemana, y mi padre medio polaco. En casa se comunicaban en alemán, el único idioma en que se entendían. Así que, en cuanto los gilipollas se han enterado de que hablo alemán con fluidez, me han enviado aquí. Me han dado este uniforme y me han dicho que me relacione con los prisioneros y mantenga los oídos bien abiertos para averiguar si traman algo. Menuda pérdida de tiempo. Estamos tres profes de alemán de Edimburgo y yo vagando por aquí, escuchando a esos cabrones. No comentan planes para evadirse ni divulgan secretos militares. De lo único de lo que hablan es de qué cojones les van a dar de cenar y a qué hora. —Carraspeó, escupió flema en la hierba y la restregó con el zapato—. El tabaco del ejército es una porquería. —Alzó la vista—. Bueno, ya te he contado mi drama. Ahora dime, ¿qué haces tú aquí?

—Estoy de baja. Voy a pasar un tiempo aquí para ver si me mejora el ojo.

—Haces bien. Pareces el puto John Silver el Largo.

—Oye, Billy, necesito que me hagas un favor. Tengo que encontrar el modo de introducirme ahí. ¿Podrías echarme una mano?

—Claro, no hay problema —dijo Billy—. Pero ¿para qué quieres entrar? El ambiente es deprimente de la hostia, todo lleno de alemanes con caras largas y funcionarios con gafas, que van de un lado a otro con sus fajos de formularios de mierda.

Gunner se dio unos golpecitos en un lado de la nariz.

—Tengo que transmitir un pequeño mensaje de parte de Drummond. Al parecer, ha surgido la oportunidad de hacer desaparecer algunas mercancías.

—Ah, ya lo pillo —dijo Billy—. Por cierto, dile que si busca más gasolina del ejército, puedo conseguírsela. Vamos.

31

Se encaminaron de vuelta al estadio, y Billy se dirigió hacia la puerta que había en el portón de madera. La golpeó con los nudillos, y un joven soldado con la cara llena de acné la entreabrió.

—Aquí el amigo viene conmigo —le informó Billy—. Es policía.

Gunner le mostró su placa, pero el soldado ni se molestó en mirarla. Simplemente abrió del todo la puerta y los dejó entrar. Se agacharon para atravesar el vano, y al momento siguiente se encontraban dentro del estadio. A Gunner le pareció increíble lo fácil que le había resultado entrar; supuso que a veces la suerte le sonreía a uno.

Subieron por las empinadas escaleras de atrás hasta llegar a lo alto de la tribuna oeste. Por lo visto, habían estado llegando trenes durante toda la noche. El campo de fútbol estaba repleto de prisioneros alemanes e italianos. Habían instalado duchas provisionales, un pequeño hospital de campaña e incluso un puesto de despioje. Los prisioneros, distribuidos ordenadamente en varias filas, hacían cola frente a una hilera de mesas dispuestas en la zona más alejada del campo. Avanzaban despacio, arrastrando los pies, esperando a que les tocara el turno de que los interrogaran y les sellaran una serie de papeles.

—Será mejor que baje y aguce las orejas —dijo Billy—. Es una puta pérdida de tiempo, pero no me queda otra.

Gunner asintió.

—Te acompaño. Tengo que encontrar a alguien.

Enfilaron el estrecho pasillo entre las gradas y salieron al campo. Billy se perdió entre la multitud, dejando a Gunner detrás de la hilera de mesas, sin saber muy bien qué hacer. Los soldados no le prestaban mayor atención, y apenas mostraban interés por el resto de los prisioneros. Eran jóvenes, estaban aburridos y formaban corros en los que fumaban, bostezaban y de vez en cuando conducían a algún prisionero descarriado de vuelta a su fila a empellones.

Gunner se dirigió al hombre de la mesa más cercana, con su placa en la mano.

—¿Murray Barr? —preguntó—. Busco a Murray Barr.

El funcionario continuó mojando su sello en una almohadilla de tinta para luego estamparlo en una pila de papeles sin siquiera levantar la mirada.

—Mesa diez —dijo.

Murray Barr resultó ser un tipo gordo con un cabello rojizo ondulado que llevaba pegado a la cabeza con brillantina. A causa del sol de la mañana le caían gotas de sudor por el ancho y rubicundo rostro. El prisionero que estaba delante de su mesa, cada vez más alterado, empezó a gritarle en alemán. Murray replicó con brusquedad algo que solo sirvió para suscitar más gritos. El prisionero se apoyó en la mesa y apuntó con el dedo a la cara de Murray. Esto fue la gota que colmó el vaso. El hombre estaba harto; irguió la espalda y emitió un silbido. Un par de soldados que se encontraban cerca acudieron enseguida. Sin hacer preguntas ni pedir explicaciones, uno de ellos asestó con su fusil un culatazo en los riñones al prisionero, que se dobló en dos, transido de dolor. Los militares lo agarraron y se lo llevaron a empujones.

230

Murray echó la silla hacia atrás, se levantó y se estiró, antes de informar al tipo de la mesa contigua de que se iba un momento a mear. Gunner lo alcanzó mientras caminaba hacia las gradas.

—¿Murray Barr? —preguntó.

El hombre se detuvo y se volvió.

—¿Quién quiere saberlo?

—Soy amigo de Victor —dijo Gunner.

Murray se encogió de hombros.

—No sé de qué me habla, amigo —dijo, y continuó andando.

Gunner soltó una palabrota y lo siguió; a lo mejor aquello no sería tan sencillo como creía.

Murray atravesó las puertas de la zona de tribuna y, en cuanto pisó el suelo de cemento, las chapas metálicas de sus tacones resonaron en el amplio espacio vacío que se abría ante él. Abrió la puerta del aseo de caballeros y pasó al interior. Gunner entró tras él.

Para estar tan gordo, Murray era sorprendentemente fuerte. En cuestión de segundos, inmovilizó a Gunner contra la pared del baño, apretándole el cuello con el antebrazo.

—¿Quién coño eres, tío? —preguntó Murray—. ¿Y por qué cojones me estás siguiendo?

—Joe, el hermano de Victor —dijo Gunner, pugnando por respirar.

—Demuéstralo —dijo Murray, poco convencido.

Gunner consiguió señalarse el bolsillo. Murray hurgó en él y, cuando le sacó la cartera, enarcó las cejas al ver su placa policial. Después de leer la inscripción, soltó a Gunner y retrocedió un paso. Este se dejó caer contra la pared, frotándose el cuello dolorido.

—No sabía que Victor tuviera un hermano —dijo Murray—. ¿Dónde está, por cierto?

—Escondido. Por eso he venido. Han traído a otro. Eso es lo que quería decirte.

—¿Cómo? ¿El doble? —dijo Murray con una emoción creciente—. ¿El doble ya está aquí?

Gunner asintió sin dejar de masajearse la garganta.

—¿Cómo se llama? —preguntó Murray—. No te preocupes, lo mandaré al culo del mundo cuanto antes.

—Troz. Se llama Gunther Troz —dijo Gunner.

—¡Hostia, ya están por la S! Vamos.

Giró en redondo y arrancó a correr de regreso por el edificio vacío entre los ecos de sus tacones, y con Gunner a la zaga.

Se sentó de nuevo a su mesa, bañado en sudor.

—¡Nombre! —le bramó al primer prisionero.

—Tisten —respondió el hombre, vacilante, tendiéndole sus papeles.

Murray se volvió hacia Gunner. Habían llegado justo a tiempo. Este recorrió la fila con la mirada buscando a alguien que se pareciera a los dos cuerpos que habían encontrado. Todos los prisioneros presentaban un aspecto muy similar con sus gorras y uniformes, por lo que costaba apreciar diferencias significativas. De pronto, empezaron a sonar unos gritos a su izquierda, a un par de filas de distancia. Estaban sacando uno por uno a los prisioneros de la hilera para examinar sus documentos antes de devolverlos con brusquedad a la cola. Gunner no entendía qué sucedía. Bajó la vista hacia Murray, que se encogió de hombros, también en la inopia.

El siguiente prisionero se acercó a la mesa.

—Topp —dijo.

El alboroto se trasladó a la siguiente fila, y Gunner vio a un par de soldados que caminaban a lo largo de ella, gritando. Cuando llegaron cerca de las mesas, Gunner comprendió lo que ocurría.

—¡Troz! ¡Gunther Troz!

Murray levantó los ojos. También lo había oído. Intercambiaron una mirada, sin saber muy bien cómo reaccionar. Los gritos se reanudaron.

—¡Troz! ¡Gunther Troz!

Hacia la mitad de la fila de Murray, un soldado se separó de los demás con la mano en alto. Era alto, delgado y con una calva incipiente.

—Yo soy Troz —dijo, poniéndose las manos sobre la cabeza y esperando a que se aproximaran los soldados.

Gunner y Murray no pudieron hacer otra cosa que quedarse observando cómo los militares rodeaban a Troz y comprobaban sus papeles. Asintieron con la cabeza, y uno de ellos se apartó a un lado y llamó a voces a alguien que debía de estar situado más atrás en la fila. Dos hombres fornidos emergieron de la multitud, al lado de uno más menudo. Moore. Gunner masculló una maldición.

—Será mejor que te largues —dijo Murray.

Gunner hizo un gesto afirmativo y reculó hacia las sombras de la zona de tribuna. Moore y los dos hombretones se acercaron a Troz, a quien saludaron con sonrisas y palmadas en la espalda. Moore le tendió la mano al alemán, que se la estrechó. Al parecer, habían encontrado a su hombre, y Gunner ya no podía hacer nada al respecto.

Captó un movimiento rápido con el rabillo del ojo. Advirtió que Murray había echado a correr. No lo vieron llegar hasta que lo tenían casi encima. Embistió con todo su peso y el impulso que llevaba a Troz, que salió despedido hacia atrás; cayó de espaldas, y Murray se abalanzó sobre él. Alzó la mano, en la que empuñaba un cuchillo. Cuando se disponía a asestar el golpe, uno de los hombres fornidos se sacó un revólver del cinturón, colocó el cañón contra la cabeza de Murray y apretó el gatillo. Hubo una detonación acompañada de un fogonazo, y la cabeza del hombre desapareció en medio de una bruma gris.

Gunner dejó escapar un gemido y desvió la vista unos instantes. Cuando miró de nuevo, Murray yacía en el suelo, sangrando por la cabeza, o lo que quedaba de ella. Troz, salpicado de su sangre, parecía conmocionado.

Moore se dio la vuelta, señaló en la dirección por donde había llegado Murray, y uno de los forzudos trotó hacia allí. Moore se disponía a volverse de nuevo hacia Troz cuando se detuvo, dirigió la vista hacia atrás y clavó la mirada en Gunner.

Este giró sobre los talones y se lanzó a la carrera a través del campo de fútbol. El estallido de gritos y silbidos se produjo incluso antes de que llegara a la parte baja de las gradas. Subió corriendo los primeros escalones y de inmediato la rodilla empezó a enviarle señales de alarma. A su espalda sonaba un golpeteo de botas. Al volverse, vio que tres soldados mucho más jóvenes y bastante más en forma que él lo perseguían.

Oyó que uno de ellos caía hacia atrás, profiriendo imprecaciones. Los otros dos estaban ganando terreno. Se encontraban solo a un par de metros. Gunner aceleró, con los pulmones a punto de estallar por el esfuerzo de ascender a toda velocidad por la empinada grada. Le faltaban solo unos pocos pasos para llegar a la parte de arriba cuando reconoció el sonido de un arma al amartillarse.

—¡Alto o disparo!

Gunner continuó subiendo y oyó el ruido fuerte y seco de la pistola, seguido del silbido de la bala al pasar por encima de su cabeza en el momento en que saltó sobre la baranda de hierro y se lanzó al vacío.

32

No había manera de saber cuánto habían tardado en construir el pequeño cobertizo, pero a Gunner le llevó un segundo hacerlo pedazos. La mitad de su cuerpo aterrizó en él, y la otra en el gran montón de mantillo de hojas y césped cortado que había al lado. Se quedó un rato ahí tendido, intentando evaluar la magnitud de los daños. Una gallina se acercó, lo miró con curiosidad y cloqueó un par de veces antes de retirarse.

Bajó rodando hasta el suelo e intentó ponerse de pie. Había salido bastante bien librado. Al parecer, su rodilla seguía siendo lo que más le dolía, incluso tras la caída. Tenía algunos cortes y rasguños en las manos, allí donde habían impactado contra el cobertizo, y notaba dolor en el hombro, pero, por lo demás, parecía sorprendentemente ileso. Después de arrancarse las astillas de las palmas y sacudirse el polvo, echó a correr de nuevo, tan rápido como se lo permitía la condenada rodilla.

Casi había conseguido atravesar los huertos y regresar a Cathcart Road cuando los portones del estadio empezaron a abrirse. Salió a la calzada, se metió en un bloque de pisos y subió a toda prisa las escaleras en busca de una puerta bien cuidada. Era algo que había aprendido cuando era agente de a pie: tras una puerta bien cuidada siempre vivía una viejecita. Y, por lo general, las viejecitas se mostraban encantadas de ayudar a un policía. Encontró una en el tercer piso; cuidadosamente pintada de negro, con una reluciente aldaba de latón. Gunner llamó. La puerta se entreabrió, y un adolescente de catorce o quince años se asomó.

Gunner refunfuñó para sus adentros. No había tiempo de buscar otra, así que tendría que apechugar. Le mostró su placa.

—¿Puedo hacerte unas preguntas?

El muchacho se ensombreció.

—Le dije a Mac que nos trincarían por eso. Si es que lo sabía, joder.

Gunner oyó que unos camiones se detenían abajo, en la calle, unas puertas se abrían y varios hombres se apeaban de un salto.

—Así es. Tengo que entrar para interrogarte.

Gunner cruzó el umbral. No se había equivocado del todo; el piso estaba como una patena.

—Es casa de mi abuela —le informó el chico—. Mi madre me dijo que me quedara un tiempo aquí y no saliera mucho.

—¿Ah, sí? —dijo Gunner—. Necesito que me hagas un favor. Cuando los militares llamen a la puerta, quédate quietecito y no abras, ¿de acuerdo?

Esto pareció desconcertar al muchacho.

—¿Es usted un desertor? ¿Lo persiguen los soldados? —Entonces cayó en la cuenta—. No ha venido a buscarme a mí ni a Mac, ¿verdad?

Gunner oyó pisadas en las escaleras, y que alguien iba llamando a las puertas.

—Tú solo mantén la puta boca cerrada —siseó Gunner—. ¿Entendido?

El chico sonrió.

—Claro. —Abrió la mano—. Por diez chelines.

—¿Qué? —dijo Gunner.

—Diez chelines —repitió el muchacho—. O me pongo a gritar hasta desgañitarme.

—¡La madre que te parió! —Gunner rebuscó en sus bolsillos hasta encontrar un billete de diez chelines y se lo entregó.

Los dos dieron un brinco cuando alguien aporreó la puerta.

—¡El ejército! ¡Abran!

Los dos se quedaron inmóviles, casi sin respirar. Los golpes se repitieron, esta vez con más fuerza.

—¡Abran!

Los pasos de otro par de botas llegaron al rellano.

—¿No hay nadie en casa? —preguntó una voz con acento de Londres.

—Parece que no, señor.

—A la mierda. Vámonos —dijo la voz con acento de Londres.

Cuando las pisadas se apagaron, se dirigieron a gatas al salón, apartaron la sucia cortina de encaje y echaron un vistazo al exterior. La calle era un hormiguero de soldados. Un par de vecinos los contemplaban en la acera, preguntándose a qué venía todo aquello. Gunner se arrastró hasta un viejo sillón y se sentó. El chico tomó asiento frente a él con una sonrisa de oreja a oreja.

Al oír unos silbidos, miraron de nuevo por la ventana. Los militares se montaron otra vez en los camiones, que arrancaron de vuelta hacia el estadio. Mientras los seguía con la vista, Gunner decidió sentarse un rato más hasta asegurarse de que no había moros en la costa. No le cabía duda de que Murray había muerto; no tenía buen aspecto ahí tirado en el suelo, sangrando a borbotones.

Drummond tenía razón: esa gente ya no se andaba con chiquitas. Iban en serio; muy en serio, sin ninguna clase de miramientos. Tenían a Troz. Tenían a su doble. El plan estaba a punto de ponerse en marcha. Por nada del mundo iban a permitir que su hermano o él lo echaran por tierra. Si para impedirlo tenían que matarlos, como a Murray, todo parecía indicar que estarían más que encantados de hacerlo.

33

Gunner se quedó cerca de una hora en el piso y se lavó lo mejor que pudo. Dejó que el chico le preparara un té.

—Menudo cabroncete estás hecho —le dijo Gunner mientras alcanzaba la taza que le tendía.

—Puede ser —repuso el muchacho—, pero los militares se han ido y estás fuera de peligro. Eso bien vale diez chelines, diría yo.

Gunner se bebió su té y esperó un rato más hasta convencerse de que ya no iban a volver.

—Por dos chelines más te hago un sándwich de queso —le ofreció el muchacho, recogiendo la taza vacía.

—Si no estuviera muerto de hambre, te daría una buena azotaina —dijo Gunner, hurgándose en los bolsillos.

El chico regresó al cabo de un par de minutos con un sándwich de aspecto sustancioso en la mano. Tras devorarlo a toda prisa, Gunner se marchó, cerró la puerta, bajó las escaleras con sigilo y salió a la calle. La recorrió con la mirada. Parecía bastante tranquila; no había soldados a la vista. Enfiló Cathcart Road en dirección al centro.

Si todo seguía como antes de la guerra, Nan entraría a trabajar hacia las nueve. Echó una ojeada a su reloj. Necesitaba encontrar un sitio donde desaparecer durante unas horas, para eludir a Moore, Drummond y el resto de las personas que lo estuvieran buscando. El cuartel y la comisaría quedaban descartados, y seguramente ya habían puesto sobre aviso a los hoteles y pensiones. No se le ocurría adónde más podía ir.

Tras caminar unos pocos centenares de metros, tenía la rodilla demasiado dolorida para seguir adelante. Tomó un tranvía que iba al centro, se sentó en la parte de atrás del piso de arriba y mantuvo la cabeza gacha. Un par de oficiales canadienses subió y se sentó delante de él; uno de ellos llevaba un papel en el que había una dirección anotada. Se dio la vuelta y sonrió.

—Disculpe, señor, ¿este tranvía nos lleva a este lugar?

Gunner echó un vistazo al papel: «Club Overseas, St. George's Place». Lo devolvió con una sonrisa.

—Pues sí y, mire usted por dónde, ahí es a donde voy yo también.

Tras veinte minutos de una aburrida conversación sobre el tiempo en Alberta, llegaron. La mujer de la recepción les hizo señas a los canadienses de que pasaran mientras sonreía, pero alzó la mano para atajar a Gunner cuando se disponía a seguirlos.

—Solo para oficiales extranjeros —dijo.

Gunner le enseñó su placa.

—Necesito entrar. Asuntos policiales.

Ella miró la placa y luego a él con displicencia, pero cedió y lo dejó pasar.

El club Overseas contaba con un comedor, una sala de fumadores y un par de salones amueblados con sofás Chesterfield de piel y butacas con el asiento hundido. La concurrencia era de lo más variopinta: canadienses, polacos, australianos e incluso un par de yanquis con sus gorras sobre la mesa frente a ellos. Los dos canadienses se dirigieron hacia el comedor. Después de asegurarles que regresaría más tarde,

Gunner bajó las escaleras hasta el aseo de caballeros, aferrando la caja de jeringas precargadas que llevaba en el bolsillo. Tenía que hacerlo, por su rodilla, se dijo. Por el dolor en la rodilla.

Tras encerrarse en el cubículo, abrió el estuche y sacó una jeringa. La miró. Ya no cabía duda: necesitaba la morfina. La necesitaba como el respirar. Se quedó sentado un minuto, intentando convencerse de que debía intentar dejarlo, aunque en el fondo no tenía ningunas ganas de hacerlo. Sabía que se estaba engañando a sí mismo. Pero no era el momento. Quitó el tapón y se clavó la aguja en el muslo. Al cabo de solo unos segundos, la sensación cálida se extendió por todo su cuerpo.

Cuando Gunner abrió los ojos, tenía delante de pie a una mujer de mediana edad con un vestido negro y un delantal de encaje. Ella le sonrió.

—Pensaba dejarte dormir, muchacho. Da la impresión de que lo necesitas. ¿Te apetece un té?

Gunner asintió, todavía un poco aturdido.

—Pues estaría muy bien. Gracias.

Ella asintió y se alejó hacia el mostrador. Gunner miró alrededor. Estaba en uno de los salones. En un rincón, cuatro yanquis jugaban al póquer en torno a una mesa. Lo último que recordaba era que estaba abajo, en el cubículo del baño, pero por lo visto había subido antes de caer redondo. Miró su reloj: las ocho y media. Se había pasado unas buenas cuatro o cinco horas dormido en aquel sillón. Después de bostezar y desperezarse, se sintió mejor. Alargó la pierna con el pie estirado, a modo de experimento. Notó una ligera punzada, pero nada más. Sin duda, el narcótico que le quedaba en el cuerpo estaba surtiendo efecto.

La camarera le llevó su té al tiempo que entraba un grupo de unos veinte oficiales polacos, entre risas y bromas, pues ya iban bastante achispados. Se acomodaron en los Chesterfield y pidieron tés y Coca-Colas, a las que luego añadían unas gotas del contenido de sus petacas cuando la mujer no los miraba, o, para ser más exactos, cuando ella fingía no mirar. Uno de ellos, un hombretón de cabello cano, lo miró y alzó su petaca hacia él. Gunner asintió y echó un buen chorro en su taza. Tomó unos sorbos del té aderezado con vodka y disfrutó del calor que le bajaba por la garganta.

Observó la embriaguez progresiva de los polacos, contento de quedarse sentado un rato sin hacer nada, gracias a la morfina. El hombretón le ofreció otro trago, pero Gunner tapó su taza con la mano, sonriendo. Ya había bebido bastante. Bajó de nuevo a los aseos y metió la cabeza bajo el grifo de agua fría durante un par de minutos, intentando despejarse la mente. Se peinó hacia atrás, se quitó el parche y se contempló en el espejo. Salvo por los cortes en las manos ocasionados al caer sobre el cobertizo, no tenía tan mal aspecto.

Troz estaba en Glasgow, y él no podía hacer nada al respecto, aparte de avisar a Victor y convencerlo de que desapareciera. La puerta se abrió de golpe y uno de los polacos entró tambaleándose. Consiguió llegar a un cubículo justo antes de vomitar. Gunner se guardó el peine en el bolsillo y se enderezó la corbata. Era hora de ponerse en marcha. El salón de baile Tower estaba a solo un par de manzanas, y Nan debía de haber comenzado ya su turno.

34

Acodado en la barandilla de la galería del Tower, Gunner miraba a los bailarines de abajo a través de la bruma del humo de tabaco. El local estaba abarrotado. Por lo visto, la guerra era buena para los negocios. Había multitudes de soldados extranjeros, casi todos canadienses o australianos, y las chicas se arremolinaban en torno a ellos. A Gunner no le extrañaba; se los veía saludables, bien alimentados, con dentaduras sanas y dinero en los bolsillos.

Por otra parte, los chicos de Glasgow no parecían muy contentos; reunidos en corrillos al fondo, lanzaban miradas asesinas a los soldados. Aunque hacía años que Gunner no iba por allí, pocas cosas habían cambiado. La orquesta tocaba más fuerte y los parroquianos eran más jóvenes, pero, por lo demás, el sitio era el mismo mercado de ganado de siempre.

Sus ojos recorrieron la pista de baile en busca de Nan, pero no logró localizarla. En una cartulina al lado de la puerta, su nombre figuraba junto con el de un tal Willie Manson bajo la leyenda «tercera pareja de baile de exhibición». Gunner no tenía muy claro si eso significaba que eran los terceros en salir o los que habían quedado en tercer lugar. Una joven de cabello castaño rojizo y una figura que quitaba el hipo subió las escaleras y avanzó por la galería. Como casi todos los hombres que se hallaban cerca, Gunner no pudo evitar seguirla con la mirada.

La chica se dirigió hacia un gran reservado que estaba en el rincón, aguardó a que dos gorilas se levantaran para dejarla pasar y se sentó. Extrajo un cigarrillo de su bolso y se quedó esperando a que alguien le diera fuego. Al final, uno de los gorilas se dio cuenta y sacó una caja de cerillas. Después de encendérselo, la joven volvió a acomodarse en el asiento. Pilló a Gunner mirándola y le sonrió, exhalando humo por la boca al tiempo que lo inhalaba por la nariz, a la francesa, como una estrella de cine. El tipo al que esperaba, fuera quien fuese, era un hombre afortunado.

—Es tan buena en la cama como parece.

Al volverse, Gunner vio a Malky Sellars de pie junto a él, con una amplia sonrisa. Iba hecho un pincel, con un traje príncipe de Gales y un nuevo corte de pelo. Incluso olía a colonia o algo por el estilo. Se inclinó hacia él.

—Es tuya, si quieres —dijo—. Yo me encargo. No será problema; te dejará hacerle lo que quieras. Pídele que te la chupe; créeme, se le da de miedo.

Gunner retrocedió un paso, negando con un gesto.

Sellars se encogió de hombros.

—Después no digas que no te lo he ofrecido. Al parecer, mi hermano te ha cogido cariño, Gunner. Eso no sucede muy a menudo. Deberías sentirte honrado.

Gunner movió la cabeza de un lado a otro.

—Ya le he dicho a tu hermano, y te lo digo a ti ahora, que no estoy interesado.

Sellars le dedicó una de sus sonrisas de galán de la pantalla.

—Lo estarás. Mi hermano siempre consigue lo que se propone, de un modo u otro.

Se sacó del bolsillo una pitillera de plata, la abrió con una mano y se la tendió. Gunner cogió un cigarro y dejó que Sellars se lo encendiera.

—¿Cómo le va a tu colega Drummond? —preguntó.

—Drummond es Drummond —contestó—. Tu hombre es Con McGill, Sellars. Deja a Drummond en paz.

—Me encantaría —dijo Sellars—, pero mi hermano mayor le ha advertido tres veces que no se acerque a McGill, y el hombre no se da por enterado. De hecho, he oído que han mantenido una pequeña charla a orillas del Clyde esta mañana. ¿Es cierto?

Gunner asintió. Supuso que mentir no habría servido de nada.

—Tu amigo Drummond es un tío con suerte. Mi hermano le ha dado tres oportunidades, dos más de las que suele concederle a nadie. No le va a conceder una cuarta ni por casualidad, y menos aún después de esa charla de hoy. Es una falta de respeto, y a mi hermano nadie le falta al respeto.

—Olvidaos de él, Malky, no supone una amenaza para vosotros. Solo trapichea con medias de nailon y vales de gasolina. Son chanchullos de poca monta.

Malky lo miró de reojo.

—¿Así que eso es lo que te ha contado? ¿De verdad crees que mi hermano se cabrearía por algo así?

—Entonces, ¿qué es lo que ha hecho? —le preguntó Gunner.

Sellars se encogió de hombros.

—Él y Con llevan un negocio extra bastante repugnante que consiste en pedirles dinero a judíos asegurándoles que pueden sacar a sus familiares de Alemania, Polonia o donde coño estén. Nunca cumplen con su parte y simplemente se embolsan la pasta. Cuando éramos pequeños, nuestros vecinos eran los Shapiro. Judíos. Mis padres los apreciaban mucho; como no tenían hijos, los ayudaron a cuidar de mi hermano cuando se puso enfermo. Matthew no lo ha olvidado. Siempre ha sido un gran defensor de los judíos de Glasgow. Les ha pedido tanto a Con como a Drummond que lo dejen. Con buenas maneras. Tres veces se lo ha pedido, pero ellos siguen a lo suyo. Han agotado sus oportunidades.

—¿Y si hablo yo con él? —sugirió Gunner. En cuanto lo dijo, se percató de lo poco convincente que resultaba su propuesta.

—No me corresponde a mí decidirlo, Gunner. Yo solo hago lo que me dice mi hermano, y hasta ahora no me ha ido mal. Sabes tan bien como yo que los dos son historia. O pronto lo serán. En cualquier caso, no vale la pena preocuparse por ninguno de ellos. Las cosas están cambiando.

Tiró su colilla al suelo y la pisó con sus lustrosos zapatos de charol.

—Me las piro —dijo—. Hasta la vista.

Sellars se alejó en dirección a la mesa de la pelirroja. Esta vez los gorilas se pusieron en pie de un salto para dejar que se sentara al lado de ella. Unos segundos después, le había metido la lengua hasta la garganta y le manoseaba la parte delantera de la blusa. Volvió la cabeza hacia Gunner y le guiñó el ojo.

Este avanzó por la galería mal iluminada y descendió a la planta baja. Mostrando su placa, le indicó a un grupo de jóvenes sentados a una mesa junto a la pista que se largaran. Diez minutos más tarde, el director de la orquesta se secó el sudor de la reluciente frente con un gran pañuelo blanco y procedió a hacer un anuncio.

—¡Señoras y caballeros, un fuerte aplauso para nuestra tercera pareja de baile de exhibición, Willie Manson y Nan Taylor!

Se oyeron algunas palmadas sueltas, y la multitud se separó y empezó a arrimarse a las paredes mientras Nan y su pareja salían a la pista. Ella lucía un modelo blanco con lentejuelas, de modo que su cuerpo centelleaba bajo las luces al moverse. Gunner no tenía ni idea de si bailaba bien o no, pero la gente les aplaudió con admiración al finalizar el número. La pareja permaneció cerca de un minuto de pie bajo el foco, alargando al máximo la ovación del público. Una vez que hicieron una reverencia y el foco se apagó, la orquesta empezó a tocar de nuevo. Era la rutina de siempre.

Gunner se abrió paso hacia la barra, situada al fondo de la sala, evitando la multitud que rodeaba a los dos bailarines. Nan lo avistó con el rabillo del ojo y lo saludó con la mano. Gunner la esperó de pie frente a la barra. Ella llegó cinco minutos después. Cuando le dio un beso, él percibió el tenue brillo del sudor en su mejilla y un olor a perfume.

—Has estado muy bien —dijo.

Ella sonrió.

—Gracias. ¿Anda por aquí Sellars? ¿Lo has visto?

Gunner asintió.

—Está arriba. ¿Por qué?

—Espero que me haya visto bailar. Necesito más trabajo.

—A lo mejor estaba ocupado.

—¿Con la pelirroja?

Gunner asintió de nuevo.

—Creía que a estas alturas eso ya sería agua pasada. En fin, ¿qué te trae a este templo del pecado?

—¿Has visto a Victor?

Ella hizo un gesto afirmativo y se disponía a decir algo cuando él alzó la mano.

—No me digas dónde está, Nan. No quiero saberlo. Pero tienes que decirle que permanezca en la sombra, que esos cabrones ya no se andan con jueguecitos...

De pronto, Gunner advirtió que la pareja de baile de Nan la rondaba, tirándole del brazo para llevársela de allí.

—¿Por qué? —dijo ella, asustada—. ¿Qué ha pasado, Joe?

—Cuando su pareja le dio otro tirón, Nan se dio la vuelta y le espetó que se fuera a la mierda—. Oye, solo me faltan dos bailes y estaré libre. Nos vemos fuera después, ¿de acuerdo?

Gunner asintió y la miró mientras se alejaba y entraba en el círculo de luz de la pista entre unos pocos aplausos. La pareja ejecutó unas cuantas evoluciones antes de que Gunner se fuera en busca de una copa.

Los aseos de caballeros del salón de baile Tower eran enormes; contenían filas y filas de lavabos verde claro, espejos y cubículos de madera. Dentro, el escándalo era aún mayor que delante de la orquesta. Grupos de muchachos se peinaban frente a los espejos, gritándose insultos cariñosos, y dos borrachos sentados contra la pared cantaban *Fools Rush In*.

Gunner le dio a un joven una moneda de seis peniques para que le dejara echarse en el vaso un chorro de lo que llevaba en su media botella. Se lo bebió de un trago, le pagó para servirse más y se lo ventiló de nuevo. De pie frente a uno de los lavabos, se peinó, mirando su reflejo. Tenía cara de cansado, necesitaba una ducha y un afeitado, una camisa nueva y dormir toda la noche del tirón, no unas pocas horas en un sillón, preso de un sueño inducido por la morfina. Dudaba que fuera a conseguir nada de eso en un futuro próximo.

Veinte minutos después, estaba esperando frente a la entrada del salón de baile. Se había fumado un par de cigarrillos, lamentando no haber comprado unos chorros más de lo que fuera que contenía la botella de aquel chico. Estaba a punto de entrar a buscarlo cuando apareció Nan, con el rostro aún colorado por el baile. No llevaba más abrigo que una pequeña estola de piel, por lo que, en cuanto echaron a andar, le entró la tiritera. Gunner le cedió su americana y ella se la echó sobre los hombros. Casi no hablaban. Él lo intentó, pero ella lo acalló con un gesto. Le dijo que faltaban unos diez minutos para llegar a su piso y que ya conversarían allí. No era fácil caminar deprisa en medio de aquel apagón total. Tropezaron en varias ocasiones. El hecho de que faltaran adoquines no ayudaba.

Se disponían a cruzar Garscube Road cuando oyó algo y se detuvo. Nan siguió adelante hasta que cayó en la cuenta de que él no iba a su lado. Se giró.

—¿Qué pasa? —preguntó.

Gunner se quedó callado. El sonido no se repitió.

—Me ha parecido oír una Bren —dijo, moviendo a ambos lados la cabeza.

—¿Qué es una Bren?

—Un arma que dispara muchos tiros rápidamente. Debo de haberlo imaginado. Por un momento, he creído que volvía a estar en Francia.

—Pues no —dijo Nan—. Que yo sepa, seguimos metidos en esta ciudad de mierda. —Se sopló en las manos y las frotó—. Espabila, que me estoy helando.

Gunner la alcanzó y prosiguieron la marcha.

35

Acababan de pasar por debajo del puente de Possil Road cuando Gunner divisó la ambulancia y el furgón de policía aparcados frente al patio delantero del almacén de depósito de whisky en Dawson Street. También había un coche patrulla, a cierta distancia del furgón mortuorio.

—Joder, ¿y ahora qué ha pasado? —preguntó Nan.

Gunner negó con la cabeza. Fuera lo que fuese, más valía que no se implicara en ello.

—Seguramente alguien ha intentado entrar a robar en el almacén y la cosa se ha torcido —dijo—. ¿Falta mucho?

—Kepochhill Road está aquí mismo, y desde ahí serán cinco minutos.

Gunner asintió y reanudaron la marcha.

Apenas había avanzado un par de pasos cuando oyó que alguien gritaba su nombre.

—¡Señor Gunner!

Se detuvo y alzó la vista hacia el almacén, pero no alcanzó a distinguir quién lo llamaba.

—Tú ve tirando. En diez minutos te alcanzo. Debe de tratarse de algún policía que necesita que le eche una mano. ¿De acuerdo?

Ella asintió, y Gunner subió a toda prisa por Dawson

Road. No bien había llegado al sitio donde estaban aparcados los furgones, cuando oyó una voz.

—Señor Gunner.

Al volverse, vio a Fraser sentado sobre un montón de sacos viejos con las palabras DEPÓSITO DE WHISKY estampados en ellos.

—¡Fraser! ¿Qué haces aquí? ¿Ha habido un intento de robo?

El joven negó con un gesto e intentó responder, pero de pronto rompió a llorar. Gunner se sentó a su lado y, maldiciendo a Drummond entre dientes, abrazó al muchacho por los hombros y dejó que diera rienda suelta al llanto.

Resultó que, en efecto, había oído disparos de una ametralladora Bren. Era lo único capaz de causar destrozos como aquellos. De pie frente al Daimler, Gunner intentó determinar cuántos agujeros de bala había. Era imposible contarlos; estaban por doquier, por toda la carrocería y las ruedas; y el parabrisas y las ventanas habían quedado hechos añicos. La joya de la corona de Con McGill ya no existía. Y tampoco Con McGill. Tenía medio cuerpo fuera del automóvil, con el torso, la cabeza y los hombros en el suelo, tan acribillados como el vehículo.

Buster Lang, que había conseguido bajar, yacía a un par de metros de distancia, con la nuca reducida a una masa sanguinolenta, y el resto del cuerpo en no mucho mejor estado.

Lo más curioso era que Drummond no tenía muy mal aspecto. Seguía en el asiento de atrás, con la espalda erguida. Las balas no le habían alcanzado la cabeza, solo del cuello para abajo. Tenía el rostro vuelto hacia arriba, con una media sonrisa. Como si ya supiera que aquello iba a suceder. Gunner se inclinó hacia el interior del coche y le palpó los bolsillos. Sacó el Zippo que llevaba en la americana, le limpió la sangre con su pañuelo y se lo guardó.

Qué típico de Drummond. Había muerto tal como había

vivido. Se creía el más listo, nunca hacía caso a nadie, se manejaba como nadie con sus chanchullos y enredos, siempre un paso por delante en el juego. Pero esta vez no. Esta vez la suerte le había dado la espalda.

Gunner se sentó en el bordillo y observó cómo los policías y los de la ambulancia cumplían con su deber. Abrió la tapa del Zippo con un movimiento rápido y giró la rueda con el pulgar. Brotó una llama, y el olor a gasolina le trajo de inmediato recuerdos de estar sentado en el coche con Drummond, mientras este se fumaba un cigarrillo tras otro. Apagó la llama de un soplido y se metió el encendedor en el bolsillo. Cuando levantó la mirada, Fraser estaba allí, de pie. Se sentó en el bordillo a su lado. Se le veía muy afectado. Aún le resbalaban lágrimas por el rostro.

—Tenía muy buena opinión de ti, Fraser —aseguró Gunner—. Estaba convencido de que tienes lo que hay que tener para ser un auténtico policía. Claro que a ti nunca te lo dijo; ya sabes cómo era, pero a mí me lo comentó, y más de una vez.

Fraser asintió. Se enjugó las lágrimas y los mocos con el dorso de la mano.

—¿Cómo ha sido? —preguntó Gunner—. Tú no estabas presente, ¿no?

El joven negó con la cabeza y señaló a un hombre alto con bigote y una gabardina negra. Kenny Strand. Otro jubilado, como Drummond. Gunner supuso que había acudido a echar una mano.

—Él lo sabe.

Gunner se levantó, se acercó a Strand y le dio la mano.

—Menudo desastre —dijo este—. ¿Cómo voy a explicarle al jefe de policía que Drummond estaba en un coche con el puto Con McGill cuando murió?

Gunner se encogió de hombros.

—No hay mucho que explicar. Va a ser bastante obvio que Drummond estaba metido hasta el cuello en asuntos sucios con McGill. ¿Qué ha pasado?

Strand apuntó con el dedo hacia el almacén de depósito. Un hombre con mono de trabajo y el rostro blanco como una sábana estaba de pie frente a la puerta. A pesar de la distancia, Gunner alcanzó a ver que le temblaba la mano mientras se llevaba el cigarrillo a los labios.

—El vigilante nocturno dice que, cuando ha salido por la parte de atrás para vaciar los cubos de basura, el coche estaba ahí aparcado, con los tres hombres dentro. Se disponía a acercarse para preguntarles qué hacían ahí cuando ha llegado otro coche, con varias armas asomando por la ventanilla, y han abierto fuego incluso antes de detenerse. Han parado y han bajado del vehículo sin dejar de disparar. Llevaban ametralladoras Bren. Han rodeado el Daimler y, después de vaciar los cargadores, se han largado en su coche. Según el vigilante, ha sido como una escena sangrienta de una película de gánsteres de Chicago.

—Madre mía —dijo Gunner—. ¿Ha podido describir a alguno de ellos?

Strand negó con un gesto.

—Estaba demasiado oscuro. Será mejor que vaya a cerciorarme de que estos chicos estén haciendo las cosas bien. La mayoría nunca había estado en el escenario de un crimen, y menos aún en el de una carnicería como esta.

Gunner asintió y siguió a Strand con la mirada mientras se dirigía hacia el coche. No sabía muy bien por qué se había molestado en preguntarle por las descripciones. Si el vigilante los hubiera identificado, lo más probable era que al día siguiente hubiera aparecido muerto también. Ni loco iba a correr ese riesgo por dos libras a la semana.

Sacó los pitillos y encendió uno. Claro que había sido

Sellars, ¿quién, si no? Había dejado bastante claro que Mc-Gill y Drummond tenían los días contados. Había hecho todo lo posible por convencer a Drummond de que cortara lazos con McGill, pero este no lo había hecho. ¿Por qué coño no? Por orgullo, supuso Gunner. Por dinero. Para volver a estar en la brecha. ¿Y cómo había acabado gracias a todo eso? Cosido a balazos en el asiento trasero de un coche.

Regresó junto a Fraser, que parecía un poco más sosegado.

—Ve a tomarte una copa con Strand y los otros muchachos cuando terminen.

Fraser movió la cabeza afirmativamente.

Gunner se hurgó en el bolsillo, extrajo el Zippo y se lo dio.

—Él habría querido que te lo quedaras tú. Anda, ve.

Fraser lo cogió y echó a andar de vuelta hacia el coche.

Gunner no tenía muy claro qué, pero algo había cambiado en Fraser. Tal vez simplemente se estaba viendo obligado a madurar, a afrontar la realidad de la vida. Fuera lo que fuese, había iniciado la transición de chico asustado a policía joven.

37

Gunner había empezado a caminar cuesta abajo en dirección a la casa de Nan cuando los vio. Sellars, Bingo y algunos de sus secuaces estaban mirando por encima del muro que bordeaba el canal. Se pasaban una botella entre risas, mientras se recreaban contemplando la escena del crimen. Sellars posó la vista en él y se quedó inmóvil unos segundos antes de sonreír y alzar su botella. Fue entonces cuando toda la rabia que Gunner había estado intentando reprimir se desbordó como un torrente.

Rodeó corriendo el patio delantero, pese a las protestas de su rodilla dolorida, y enfiló el sendero que bajaba al canal. Todos se volvieron al percatarse de que se aproximaba. Gunner iba directo hacia Sellars, decidido a derribarlo y reventarlo a patadas. El hombre simplemente se quedó donde estaba, sin moverse un milímetro, y sonrió cuando Bingo se interpuso en la trayectoria de Gunner y le asestó un violento golpe en el estómago. La velocidad que llevaba, sumada a la potencia del puño de Bingo, lo dejó sin respiración. Se dobló en dos, intentando recuperar el aliento, y consiguió introducir algo de aire en los pulmones, justo antes de que Bingo le pegara una patada en un lado de la cabeza. Con un quejido, Gunner cayó de rodillas, y creía que iba a perder el conocimiento cuando Bingo, tras agarrarlo de las solapas y levantarlo, lo llevó a rastras ante Sellars, lo tumbó en el suelo y apoyó una pesada bota sobre su pecho.

Sellars se le acercó y bajó la mirada hacia él, con una botella de whisky en una mano y un cigarrillo en la otra.

—Deberías tranquilizarte, Gunner —dijo.

Este intentó ponerse de pie, pero a Bingo le bastó con aumentar la presión sobre su pecho para impedírselo. Gunner tenía la sensación de que el matón no dudaría ni un momento en seguir apretando hasta quebrarle algunas costillas si no se estaba quieto.

—Se lo advertimos tres veces, pero él y el puto McGill siguieron erre que erre. Esta misma mañana le han sacado sesenta libras a una mujer en Stonyhurst Street, con la promesa de que ayudarían a su hermano a salir de Berlín. A mí me importa una mierda que esa idiota haya tirado sesenta libras, pero mi hermano se ha enterado y se ha puesto hecho una furia. Como dicen, ha sido la gota que ha colmado el vaso.

—¿Desde cuándo es un puto santo tu hermano? —consiguió balbucir Gunner.

Sellars se arrodilló junto a él, le dio una calada a su cigarrillo y le tiró la ceniza en la cara.

—Tienes que empezar a pensar con la cabeza. Puedes elegir entre acabar como el puto imbécil de Drummond o espabilar. No sé si la paciencia de mi hermano contigo va a durar mucho.

—Vete a la mierda, Sellars. Si crees que voy a trabajar para ti o para tu hermano, eres más estúpido de lo que pensaba.

Sellars desplegó una gran sonrisa.

—Un pajarito me ha dicho que, aparte de joderte el ojo, te las has ingeniado para cascarte la pierna también. Es verdad, ¿no?

Gunner guardó silencio, demasiado aterrado para hablar.

La pierna ya lo estaba martirizando sin necesidad de que Sellars le hubiera hecho nada aún.

Este alzó la mano, cerrada en un puño, y fue colocándolo de forma alterna por encima de una pierna y de otra mientras hablaba.

—Pito, pito, gorgorito, dónde vas tú...

De pronto, lo dejó caer con fuerza sobre la pierna izquierda de Gunner.

El dolor fue tan fulminante y brutal que creyó que iba a desmayarse, lo deseaba incluso, pero eso no ocurrió; solo sobrellevó una punzada lacerante tras otra. Apretó los dientes, pugnando por no gemir o gritar. Fijó los ojos en la sonriente cara de Sellars y juró para sus adentros que, pasara lo que pasara, algún día mataría al hijo de puta.

—Por lo visto el pajarito tenía razón —dijo Sellars, irguiéndose y caminando hacia el canal mientras le hacía una seña a Bingo.

El matón levantó a Gunner agarrándolo por debajo de los brazos, lo arrastró hasta la orilla del canal y, después de tirarlo al suelo, le puso de nuevo el pie en el pecho.

Sellars contempló por encima del borde el agua turbia y aceitosa antes de volverse y acuclillarse junto a Gunner.

—El plan era que Bingo te arrojara al canal solo para dejar claro el mensaje, pero ahora que he comprobado lo jodida que tienes la pierna, me da que no serías capaz de salir por ti solo. ¿Es así?

Gunner dirigió la vista hacia el agua. La superficie se hallaba un metro más abajo, y los muros situados a los lados eran de ladrillo resbaladizo. Sabía que ni de coña conseguiría salvarse sin ayuda.

—Te he hecho una pregunta —dijo Sellars.

Gunner asintió.

—Yo no sería tan cruel como para dejar que un hombre

se ahogara en esas aguas negras llenas de meados de rata, siempre y cuando me pidiera con educación que no lo hiciera. Así pues, ¿qué te parece si me lo pides, Gunner? —Levantó la mirada hacia Bingo—. ¿Qué crees que debería decir?

El matón sonrió de oreja a oreja.

—¿Qué tal algo así como «por favor, no me tire al canal, señor Sellars»?

—Perfecto —dijo Sellars—. Cuando quieras, Gunner.

Este notó que le asomaban lágrimas a los ojos, lágrimas de humillación y de frustración, entre otras cosas. Bingo cargó más peso sobre la bota. Gunner comprendió que no le quedaba más remedio que decirlo si quería salir de aquella situación con vida.

—Por favor, no me tires al canal, Sellars.

—Señor Sellars —lo corrigió Bingo.

—Por favor, no me tire al canal, señor Sellars.

Una gran sonrisa se dibujó en el rostro de Sellars.

—¿Ves como no era tan difícil? —Se inclinó para acercar la cara a la de Gunner—. No sé si te habrás dado cuenta, pero eres un gilipollas de mierda. —Se enderezó—. Muy bien, chicos, vámonos —dijo—. Tenemos mucho que celebrar.

Gunner se quedó tendido, sintiendo las lágrimas que le resbalaban por las mejillas y oyendo el crujir de los pasos por el camino de grava. Cuando sonó el ruido de dos motores al arrancar, intentó incorporarse. En cuanto movió la pierna, se retorció de dolor. Era más de lo que podía soportar.

Permaneció tumbado, mirando las estrellas. Oyó que Strand ordenaba a los demás que fueran recogiendo el equipo. Observó una rata que correteaba por el margen del canal y se dijo que estaba vivo, que eso era lo que contaba, que viviría para luchar otro día y que, pasara lo que pasara, le borraría esa puta sonrisa de la cara a Malky Sellars.

38

Cuando Gunner llegó por fin al piso de Nan, estaba agotado. Hacía tiempo que no caminaba tanto. La pierna lo estaba matando. El golpe que le había arreado Sellars con el puño tampoco ayudaba. Consiguió subir las escaleras y llamó a la puerta. Aunque tenía la corazonada de que Nan estaría dormida, ella le abrió de inmediato, y su semblante preocupado apareció en el vano.

—¿Qué te ha pasado? —preguntó—. Pareces a punto de desmayarte.

—Nada, alguien ha entrado a robar en el depósito de whisky, y me han pedido que echara un vistazo.

No sabía muy bien por qué había mentido, pero era lo que le había salido decir. No quería revivir nada de aquello, los ojos sin vida de Drummond mirando al vacío, la humillación sufrida a manos de ese desgraciado de Sellars.

—¿Puedo sentarme? —preguntó—. La pierna me duele una barbaridad.

Nan asintió y señaló una mesa con dos sillas.

—Siéntate ahí. Enseguida vengo.

Él así lo hizo. En el interior del piso de Nan hacía un poco de calor y olía a té que se había dejado reposar demasiado tiempo y al ramo de arvejillas que tenía en un tarro de mermelada sobre la mesa. Ella desapareció tras una cortina que aislaba un rincón de la minúscula habitación y salió con un salto de cama y el cabello recogido con un pañuelo.

—¿Quieres un té? —le preguntó.

Ante el gesto afirmativo de Gunner, ella cogió la tetera y encendió el quemador. Él la observó, fijándose en cómo se movía. A pesar de que Nan había tenido una vida dura, había cierta elegancia en su manera de hacer. Gunner cogió un paquete de cigarrillos, encendió uno y le formuló la pregunta que flotaba en el aire.

—¿Dónde está, Nan?

Ella lo miró.

—Como tú mismo has dicho, Joe, más vale que no lo sepas. No está cerca de aquí, sino en casa de un amigo, fuera de Glasgow. Ni siquiera sé por dónde cae.

—Pues que se quede ahí —dijo Gunner—. Está en un lío gordo. Hoy han tiroteado en pleno día a unas personas que habían hecho cosas mucho menos graves que él.

Ella asintió.

—Hay un número al que puedo llamar por la mañana, a las diez. Contestará él. Se lo diré.

Se volvió para seguir preparando el té, pero Gunner alcanzó a ver las lágrimas que se le agolpaban en los ojos. Se puso de pie, se situó a su lado y la abrazó por los hombros.

—No le pasará nada, Nan, ya conoces a Victor. Es el típico tío que pierde un billete de cinco y se encuentra uno de diez al día siguiente.

Ella se giró para mirarlo y lo tomó de la mano.

—Vas a quedarte.

Él no estaba seguro de si era una pregunta o una afirmación. Asintió.

—¿Te parece bien?

Ella lo besó. Entonces él supo sin lugar a dudas que se

quedaría. Introdujo la mano por la raja del salto de cama. Tenía la piel cálida y tersa.

—Voy a por algo de beber —dijo ella—. Ve acostándote.

Gunner se sentó en un extremo de la cama, se quitó los zapatos y estaba desabrochándose la camisa cuando ella apareció con media botella de whisky y dos vasos en la mano. Se había despojado de la bata, y su pálida piel brillaba a la luz de la pequeña lámpara que había junto a la cama. Él la atrajo hacia sí y la rodeó con los brazos. Ella los apartó de un manotazo, pasó por encima de él y se metió bajo las sábanas.

—¿A qué esperas para desvestirte? —dijo—. Hace un frío que pela.

Más tarde, yacían ahí, escuchando una pieza de una orquesta de baile por la radio, sin más iluminación que el brillo anaranjado en la punta de sus cigarrillos. Nan deslizó la mano por su pierna y la detuvo al llegar a la cicatriz de la rodilla.

—¿Qué te pasó aquí?

—Una bomba —contestó—. Metralla.

Ella buscó su mano bajo las mantas y la agarró.

—No quiero a Victor, ¿sabes? —dijo—. Antes sí... —Se le apagó la voz.

—No importa.

Ella sonrió.

—A lo mejor a él sí le importa. ¿Dónde ocurrió?

—A pocos kilómetros de Dunkerque. Estábamos en una granja o, más bien, en lo que quedaba de ella. Llevábamos cerca de un día ahí, intentando evitar a los bombarderos. Creíamos que lo habíamos conseguido. —Le dio una calada a su cigarro, y el resplandor alumbró el rostro de Nan, al lado del suyo—. Recuerdo que los oí acercarse. Volaban bajo, más de lo habitual. Sentía el ruido en el pecho, el golpeteo sordo de los motores. Una bomba cayó cerca, y la tierra retembló. Billy, el tipo con el que estaba, se volvió hacia mí y dijo «Joder, se nos vienen encima». Y ya está. Eso es lo último que recuerdo.

Ella lo estrechó contra sí y le aseguró que todo saldría bien. Él quería creerla, porque a veces solo cabe aferrarse a la única esperanza que queda, la fe en que todo saldrá bien.

39

Gunner corría por una carretera en Francia, mientras el silbido de las bombas sonaba a su espalda, y tenía los pulmones
a punto de estallar. Oyó el rugido de los aviones que se aproximaban y un alarido. Más adelante, un camión saltó en
pedazos, y un cuerpo salió volando por los aires. No sabía
cuánto rato más podría seguir corriendo, pues sentía que la
pierna le fallaría en cualquier momento. No veía ningún lugar donde guarecerse, así que tenía que seguir adelante, no le
quedaba otra. Una bomba explotó al lado de la carretera y la
onda expansiva lo lanzó rodando hacia delante, hasta que
acabó despatarrado en la calzada, con la sangre de alguna
herida cayéndole en los ojos.

Entonces notó que alguien le sacudía el brazo. Al desper-
tar, se encontró a Nan de pie junto a la cama con una taza
de té. Se incorporó, parpadeando por el sol que entraba a
raudales en la pequeña habitación, intentando regresar al
aquí y el ahora.

—¿Desayuno en la cama? —preguntó, irguiendo la espalda.

—Sí, pero no te acostumbres, ¿eh? —dijo Nan—. No se
repetirá.

Estaba vestida, poniéndose la chaqueta.

—Una mujer bajita que vive enfrente tiene teléfono. Me

deja usarlo por seis peniques. Voy a llamar a Victor y a decirle que no se mueva de donde está.

Asintiendo, Gunner tomó un sorbo de té.

—Asegúrate de que le quede claro, Nan. Es muy importante. No puede regresar a Glasgow.

Ella se acercó, se sentó en la cama y se puso a juguetear con una hilacha de la colcha de chenilla. Lo miró.

—Lo de anoche estuvo bien y todo eso, Joe, pero tú y yo somos como barcos que se cruzan en la noche, ¿sabes?

Gunner hizo un gesto afirmativo y le respondió lo que ella quería oír.

—Barcos que se cruzan en la noche.

Sonriendo, ella se levantó. Se colocó un pañuelo sobre el cabello, lo ató y comenzó a remeter los mechones debajo.

—Vuelvo dentro de unos diez minutos —dijo sin dejar de sonreír—. No tardes en levantar el culo de la cama, que tengo que ir a trabajar.

Él le dedicó un saludo militar.

—A sus órdenes.

Tras observar cómo salía y cerraba la puerta tras de sí, se recostó de nuevo para disfrutar unos minutos más del calor de la cama y la fragancia de su perfume, que aún impregnaba las sábanas. Oyó pasar un carro de carbón por la calle, entre el golpeteo de los cascos de los caballos y los gritos con que el carbonero anunciaba su presencia. Solo le apetecía cerrar los ojos y dormir, quedarse ahí tumbado hasta que regresara Nan y convencerla de que se tendiera a su lado. Le diría que podían ser algo más que barcos que se cruzaban en la noche.

Cuando Nan volvió, Gunner se estaba afeitando frente al fregadero de la cocina, con el jabón y la navaja de Victor. Ella entró, se sentó a la mesa, se quitó el pañuelo y encendió un cigarrillo.

—¿Ha ido bien? —inquirió él.

Ella asintió.

—Se lo he dicho y me parece que lo ha entendido. Me ha preguntado si estabas bien.

Tras limpiarse los restos de jabón de la cara, Gunner cogió su camisa, que estaba en el respaldo de la silla, y entonces lo oyó: un taconeo de botas por las escaleras.

Miró a Nan, que tenía los ojos fijos en la mesa.

—Nan...

La joven permanecía inmóvil, sin despegar la vista de la mesa, sin hablar.

—¿Nan?

Ella alzó la mirada. Tenía los ojos anegados en lágrimas.

—Lo siento —dijo.

Él permaneció ahí de pie, escuchando las pisadas cada vez más fuertes.

—¿A quién has llamado, Nan? ¿A quién?

Ella sacudió la cabeza.

—He tenido que hacerlo, Joe. No tenía opción.

Alguien aporreó la puerta.

Nan se levantó, secándose los ojos, y la abrió. Entraron dos policías militares seguidos por Moore, con su traje y sus botas de siempre. Echó un vistazo alrededor, al parecer sorprendido por las reducidas dimensiones del piso. Posó la vista en Gunner y sonrió.

—Vístete —dijo antes de cruzar de nuevo la puerta.

—¿Por qué? —preguntó Gunner, mirando a Nan. Ella no respondió.

—¡Date prisa! —bramó uno de los policías militares, pasándole a Gunner sus zapatos.

Empezó a calzarse cuando Nan rompió a llorar con fuertes sollozos.

—Joe, yo...

Él terminó de atarse los cordones y se puso la americana. Los policías militares lo esperaban junto a la puerta.

Tras agarrar su corbata, que estaba sobre la repisa de la chimenea, Gunner se inclinó para besarla en la coronilla.

—No pasa nada —dijo—. Barcos que se cruzan en la noche, ¿no?

40

Obligaron a Gunner a sentarse en la parte trasera del coche, apretujado entre los dos policías militares. En un principio había creído que lo llevarían al cuartel o a la Central, pero ahora tenía la sensación de que se dirigían hacia el campo de prisioneros de Thornliebank. De ser así, no era una buena noticia; dos personas que habían estado internadas ahí habían muerto, y no tenía ganas de convertirse en el tercero.

El vehículo giró hacia el puente de Jorge V. El fuego en la hilera de almacenes del muelle seguía sin extinguirse. Aún flotaba humo sobre las embarcaciones acumuladas a lo largo de la orilla del Clyde. La mañana del día anterior y su charla con Drummond se le antojaban muy lejanas. Enfilaron el puente, cruzaron el río y avanzaron hacia el sur por Pollokshaws Road. A Gunner se le cayó el alma a los pies; en esa dirección se encontraba el campo de prisioneros.

—¿Adónde vamos? —preguntó.

Al no obtener respuesta de los policías militares ni de Moore, se inclinó hacia delante, fingiendo que estaba cambiando de postura, para ver si era factible abalanzarse hacia la puerta, abrirla y saltar del coche en marcha.

—Ni se te ocurra —dijo uno de los hombres en tono de aburrimiento.

Moore se volvió en el asiento delantero y lo miró con conmiseración.

—¿Cómo convenciste a Nan de que lo hiciera? —preguntó Gunner.

Moore bostezó y sacó su paquete de tabaco.

—Fue muy sencillo —dijo—. Tiene antecedentes penales y trabaja como prostituta.

—No es prostituta, sino bailarina. —En cuanto pronunció estas palabras cayó en la cuenta de que no resultaban muy convincentes.

—Trabaja para Malcolm Sellars, así que la amenacé con decirle a su jefe que se dedicaba a pasarle información a la policía a menos que...

—¿De verdad era informante?

Moore negó con un gesto, exhalando un chorro de humo.

—Pero Sellars no lo sabe, y ella le tiene más miedo a él que a nosotros, seguramente con razón.

Gunner sacudió la cabeza.

—Qué hijo de puta eres, Moore.

—Yo no me preocuparía mucho por ella, Gunner. Siento desilusionarte, pero tú no eras nuestra primera opción. Queríamos a Victor, pero ella se negaba a entregarlo, incluso a pesar de mi amenaza de chivarme a Sellars. En cambio, a ti te ha entregado sin pensárselo mucho. —Se retorció en el asiento—. Bueno, Gunner, ¿dónde está?

—No lo sé.

Moore volvió de nuevo la vista al frente y frotó el cristal empañado de la ventana.

—No eres idiota, Gunner. Al final entrarás en razón y nos dirás dónde está. Que tardes más o menos es cosa tuya.

Veinte minutos después, circulaban por el camino de tierra que conducía al campo. Se detuvieron un momento frente a la barrera de acceso y, una vez que el guardia vio que se trataba de Moore, los dejó pasar. Rodearon el recinto principal del campo y se detuvieron frente al barracón donde tenían encerrados a los prisioneros «negros». Los dos policías militares sacaron a Gunner del coche con brusquedad y lo arrastraron escalones arriba hasta la puerta. Tras propinarle un buen par de puñetazos en los riñones, lo hicieron entrar de un empujón y cerraron la puerta con llave.

Se quedó un rato tumbado en el suelo mientras se le pasaba el dolor, compadeciéndose de sí mismo. Esperó, y cuando oyó que el automóvil se alejaba, se levantó ayudándose con los brazos y miró en derredor. El barracón era más o menos del tamaño de un aula de colegio, y en el suelo aún se apreciaban las marcas que habían dejado los catres y las taquillas. Salvo por un periódico alemán tirado bajo una de las ventanas con barrotes, estaba vacío. Se lo habían llevado todo. Gunner se sentó con la espalda apoyada en la pared. Daba la impresión de que el traslado se había llevado a cabo con prisas. No quedaba el menor rastro de los prisioneros «negros». Era como si nunca hubieran estado ahí, lo que no le infundía muchas esperanzas.

No regresaron hasta después del atardecer. Gunner estaba medio dormido cuando la puerta se abrió de golpe y los dos policías militares se abalanzaron sobre él sin darle tiempo a levantarse. Le llovieron puñetazos y coces. Notó que se le rompía la nariz y le chorreaba sangre caliente por la cara. Vio que una bota retrocedía antes de estamparse de lleno contra su cabeza, haciéndole ver las estrellas. Dejó de oponer resistencia y se limitó a intentar protegerse, hecho un ovillo. No le sirvió de mucho, pues los golpes y patadas seguían llegando en un diluvio incesante hasta que se dio por vencido y se dejó envolver por la acogedora oscuridad.

Mojado y ahogándose, abrió los ojos pero los cerró enseguida cuando lo asaltó el dolor. Estaba sentado, atado a una silla, con las manos sujetas a la espalda con una cuerda tan apretada que le sangraban las muñecas. Al pasarse la lengua por el interior de la boca, percibió el sabor de la sangre.

—¿Has vuelto al mundo de los vivos, Gunner?

Aunque lo veía todo borroso y la cabeza le daba vueltas, intentó enfocar la vista. Reconocía esa voz. Moore. Le cayó encima otro cubo de agua. Tosiendo, sacudió la cabeza y pestañeó para intentar quitarse el agua de los ojos. Poco a poco, la habitación en la que se encontraba cobró nitidez. Era pequeña, sin otra iluminación que la de una bombilla desnuda que colgaba del techo. Supuso que seguía en el campo de prisioneros, aunque no tenía manera de confirmarlo. Aún estaba oscuro, y solo se oía el susurro del viento entre los árboles.

Erguido frente a él, Moore hojeaba una carpeta. En vez de los policías militares, había dos matones que se habían quedado en camiseta y pantalón, con los tirantes colgando. Gunner estaba bastante seguro de que uno de ellos era el chófer. De pie detrás de Moore, fumaban con aire aburrido. Esta vez no llevaban uniforme ni identificación, lo que no era una buena señal.

Moore cerró la carpeta con brusquedad y clavó la mirada en él.

—¿Dónde está?

—¿Quién? —preguntó Gunner.

Moore suspiró.

—Tu hermano. El traidor.

—No es un traidor —repuso Gunner.

Moore arqueó una ceja.

—¿De veras? ¿Qué es lo que te ha contado? Deja que lo adivine: no es más que un amigo del pueblo soviético, solo se ha metido en esto para luchar contra el fascismo y la guerra de verdad es la que se libra contra la pobreza y la injusticia. —Sonrió—. ¿Y esa expresión de culpabilidad, Gunner? He dado en el clavo, ¿verdad?

Le hizo una señal con la cabeza a uno de los matones, que se acercó a Gunner. Era joven, casi un adolescente, pero tenía los brazos gruesos y con los músculos marcados. Desplegó una sonrisa, como relamiéndose ante lo que estaba a punto de hacer. Le propinó a Gunner un puñetazo en el estómago. Un puñetazo fuerte.

Gunner se vio empujado violentamente hacia atrás antes de encorvarse hacia delante y vomitar sobre su pechera.

—Repito: ¿dónde está?

—No lo sé —dijo Gunner—. Y, aunque lo supiera, no te lo diría, puto tarado.

Moore inclinó de nuevo la cabeza con visible hastío. Gunner recibió otro puñetazo, esta vez en los riñones. Cerró los ojos, intentando soportar el dolor. No le resultaba fácil.

Moore acercó el rostro al suyo.

—Gunner, no tengo tiempo para tonterías. Ambos sabemos que me vas a decir dónde está. Como no te decidas a hablar, estos dos te pegarán una buena paliza y, cada vez que te desmayes por el dolor, te despertarán para volver a darte lo tuyo. No te matarán, Gunner, solo seguirán zurrándote sin parar. ¿Es eso lo que quieres?

Gunner negó con un gesto.

—Lo que quiero es que me comas el rabo.

Moore chasqueó la lengua.

—No hay nada más tedioso que las bravuconadas. Siempre son una pérdida de tiempo. —Recogió sus papeles—. Chicos, vuelvo dentro de un par de horas.

Gunner tardó unos buenos treinta minutos en perder el conocimiento por segunda vez. Lo habían bajado de la silla y se turnaban para patearlo en el suelo. Luego lo hicieron volver en sí, y vuelta a empezar. En cierto momento se orinó encima, y en otro momento se le cayó un diente. No fue hasta que uno de los matones le soltó una coz en un lado de la cabeza cuando se desvaneció de nuevo. Luego le echaron un par de baldes de agua más y recuperó la conciencia. Se arrepintió de inmediato, pues lo atacaron dolores por todas partes; su cuerpo entero gritaba de sufrimiento. Se metió un dedo tembloroso en la boca y se palpó el hueco en la encía donde antes estaba su diente.

Permaneció tendido, observando cómo los dos matones se limpiaban la sangre de las manos con una toalla vieja. El mayor se aproximó abriéndose la bragueta y se meó encima de él para gran hilaridad de su compañero. Cuando terminó, se abrochó el pantalón y se arrodilló a su lado.

—Vamos a tomarnos un descanso y a bebernos una cerveza en la cantina. —Su acento parecía de la costa este, de Fife o algún sitio por el estilo—. Luego nos iremos de tiendas, a ver si encontramos unas cizallas. —Se inclinó hacia delante, lo agarró por las pelotas y les dio un fuerte apretón. Gunner apenas se enteró. Solo era un dolor más—. Así que te recomiendo que te quedes aquí tumbado un rato y medites un poco sobre lo que vamos a hacer con esas cizallas cuando regresemos.

41

Desde el suelo, Gunner los oyó reírse y cerrar la puerta con llave después de salir. Sin duda, sabían lo que se hacían. Dejarlo ahí, imaginándose lo que le iba a suceder, era peor que la realidad. Él mismo lo había hecho en varias ocasiones, dejar a un detenido sufriendo en una celda con la promesa de una paliza inminente. Tenía que dejar de pensar en ello e intentar aprovechar la ausencia de los matones mientras durara.

Se arrastró hasta la pared y consiguió incorporarse. Permaneció ahí sentado, mirando su dedo torcido en un ángulo raro y preguntándose qué demonios iba hacer. Aunque hubiera estado dispuesto a decirles dónde estaba Victor, no tenía la menor idea de su paradero, así que simplemente continuarían sacudiéndole el polvo hasta que perdiera el conocimiento de forma permanente.

Se preguntó cómo le irían las cosas a Victor. Esperaba de verdad que estuviera haciendo lo posible por no llamar la atención. Conocía lo suficiente a su hermano para saber que no aguantaría una paliza como la que acababan de propinarle. Cantaría como un pajarillo, y entonces Nickerson estaría perdido. A lo mejor ya lo estaba. Tenían a Troz y estaban listos para pasar a la acción. No iban a dejar que alguien como Nickerson se interpusiera en su camino.

Al oír un ruido al otro lado de la puerta, Gunner intentó levantarse. Desplazó la vista por la habitación vacía, buscando desesperadamente algo que pudiera utilizar como arma. Nada. Se puso de pie detrás de la silla, apoyándose en el respaldo. La puerta se abrió de golpe.

—La madre de Dios. Te han dejado hecho un Cristo.

—¿Paolo? —preguntó Gunner—. ¿Eres tú?

Nunca se había alegrado tanto de ver al pequeño soplón.

Paolo entró en la habitación. Llevaba su cárdigan de siempre y el pantalón con una P blanca pintada. Cerró la puerta con sigilo tras su espalda.

—Joder —dijo, mirando a Gunner de hito en hito—. Te han dado una buena. Aunque no se lo reprocho; es más, les habría echado una mano si me lo hubieran pedido.

—¿Qué haces aquí, Paolo? —preguntó Gunner con esperanza creciente—. ¿Puedes ayudarme a escapar?

El italiano canijo y desaliñado lo escrutó de arriba abajo y, al fijarse en la mancha oscura en sus pantalones, se le escapó una carcajada.

—Así que te has meado, ¿no? Pero qué cerdo eres. Tomo nota de ello. —Se dirigió hacia la ventana y miró al exterior—. Si por mí fuera, te dejaría aquí para que sigan pegándote de hostias, pero hay alguien que quiere que salgas de aquí.

—¿Quién? —preguntó Gunner. Le estaba costando entender lo que ocurría.

—Por lo visto, Matthew Sellars te ha cogido cariño, porque te quiere fuera.

—¿Qué?

—Lo que oyes —dijo Paolo—. Y Matthew Sellars siempre consigue lo que quiere. ¿Puedes andar?

Gunner soltó la silla y dio unos pasos vacilantes. Mascullando una palabrota, Paolo se echó su brazo sobre los hombros.

—Vámonos antes de que regresen esos cabrones.

Se detuvieron frente a la puerta y Paolo la entreabrió.

—Hay un cobertizo a medio camino. Pararemos ahí primero, ¿entendido?

Gunner asintió, esperando que sus piernas aguantaran.

Salieron a la noche lluviosa. Gunner oyó las notas de un piano procedentes de la cantina y divisó las luces del recinto principal del campo a la izquierda. Paolo lo llevó casi a rastras a través del patio hasta las sombras del cobertizo. Recostado contra la pared, recorrió el campo con la mirada. Todo estaba tranquilo. Señaló la verja perimetral.

—¿Te ves capaz de llegar hasta ahí? —preguntó.

Gunner asintió. No estaba seguro de que pudiera, pero iba a intentarlo. Cualquier cosa era mejor que estar en aquella barraca. Apoyó de nuevo el brazo sobre los hombros de Paolo, dejando que cargara con parte de su peso, y se encaminaron hacia la verja. El dolor era casi insoportable; cada paso constituía una tortura atroz para su pierna y el resto de su cuerpo, pero sabía que tenía que seguir adelante. Se mordió el labio para no gemir.

Más adelante, se abrió la puerta de un barracón y salió un guardia, iluminado por la llama de la cerilla con la que estaba encendiéndose el cigarrillo. Se quedaron paralizados un momento y retrocedieron lentamente para refugiarse en las sombras. Estaban tan cerca que lo oían tararear *Danny Boy*. Se quedaron ahí, inmóviles, deseando con toda su alma que volviera a entrar. Tras dos angustiosos minutos, apuró el cigarrillo y lo tiró en medio de una lluvia de chispas. Con un chirrido de bisagras y un portazo, el guardia desapareció. Había llegado el momento de irse.

Cuando llegaron a la verja, Paolo se encontraba casi derrengado por el esfuerzo, y ambos estaban bañados en sudor. Se dejaron caer en el suelo, jadeando.

—¿Estás bien? —consiguió barbotar Gunner.

Paolo asintió.

—Pesas un huevo.

Se quedaron ahí sentados por espacio de un minuto hasta que recuperaron el aliento. Aunque en el campo reinaba el silencio, ambos sabían que los dos matones podían regresar en cualquier momento. Gunner levantó la vista hacia la cerca. Medía unos cuatro metros de altura y consistía en alambre de espino tendido entre postes de madera. Se le cayó el alma a los pies.

—¿Cómo vamos a salir? —inquirió—. Yo no puedo saltar eso.

—¿«Vamos»? Estás de guasa, ¿no? Yo no me voy a ningún sitio, chaval —dijo Paolo—. Sellars te quiere a ti, no a mí.

Gunner asintió en la oscuridad.

—Unos veinte metros más allá hay un poste con una señal blanca pintada. El alambre de abajo solo está sujeto con tachuelas; basta con tirar de él para que se desenganche. No olvides volver a colocarlo en su sitio una vez que hayas salido. Necesitamos ese paso para entrar y salir.

De pronto, se oyó música de piano y ruidos de conversaciones; alguien había abierto la puerta de la cantina. Paolo miró hacia allí. La luz se derramaba por el vano.

—¡Venga, espabila! ¡Muévete, joder!

—Gracias, Paolo —dijo Gunner.

—No me lo agradezcas. Para mí eres un hijo de puta, siempre lo has sido y siempre lo serás. Dale las gracias a tu amigo Sellars, y no olvides contarle cómo te he salvado la vida. ¡Y ahora, lárgate!

Arrastrándose a lo largo de la verja perimetral, porque le dolía un poco menos que caminar, Gunner llegó adonde

278

estaba el poste con la señal blanca. Tiró del alambre y dio gracias a Dios al ver que se desprendía con facilidad. Con el cuerpo pegado al suelo, reptó por debajo como una serpiente hasta pasar al otro lado. Se dio la vuelta y devolvió el cable a su lugar lo mejor que pudo. Tras levantarse apoyándose en el poste de madera de la cerca, escrutó la penumbra para intentar decidir hacia dónde encaminarse.

Unos metros más adelante, el terreno parecía hacer pendiente, así que se dirigió hacia allí. Unos lacerantes pasos después, se encontró en el borde de un terraplén. Estaba casi seguro de que al fondo se oía el murmullo de un arroyo. Sin duda este desembocaba en otro río; quizás, por qué no, en el Clyde. Le pareció una idea tan buena como cualquier otra. Empezó a bajar poco a poco, con cuidado para no caerse, esperando que los matones no fueran a buscarlo ahí.

Veinte minutos más tarde, se detuvo y se sentó junto a unos árboles. Sabía que no debía parar, que tenía que alejarse todo lo posible del campo de prisioneros, pero simplemente no podía. Estaba agotado y tenía el cuerpo demasiado dolorido. Se hurgó en los bolsillos en busca de tabaco, pero fue en vano. Probó en el bolsillo de atrás del pantalón, encontró un paquete y lo sacó. Se quedó mirándolo. No se trataba de cigarrillos, sino del estuche con las jeringas de morfina. Lo abrió. Dos de ellas estaban vacías, aplastadas y reventadas, pero quedaba una, una entera.

Miró por encima de las colinas hacia el campo de prisioneros. No vio el brillo de linternas ni de faros de coche. A lo mejor aún estaban en la cantina, bebiéndose sus cervezas a sorbos. Se puso de pie y consiguió avanzar un par de cientos de metros, donde encontró un árbol derribado por el viento. Se metió en el hoyo que había debajo, en la tierra, y se acurrucó entre las grandes raíces. Después de intentar taparse con hojas, extrajo la jeringa de su bolsillo. Se detuvo un

279

momento a contemplar el pequeño tubo de metal gris. Sabía que más valía que siguiera adelante y tratara de llegar a Glasgow antes del amanecer, pero sabía también que no lo conseguiría.

Quitó la tapa con la mano trémula y se clavó la aguja en el abdomen. Lo que fuera que le deparara el destino tendría que esperar. Se recostó contra las raíces, sobre la tierra mullida. Observó un escarabajo que se le había subido a la mano. El bicho se paró, irguiendo las antenas como para escuchar algo. Los árboles que lo rodeaban se mecían en el viento entre crujidos. Se pasó la lengua por los labios y echó en falta un poco de agua. La jeringa cayó al suelo y él, sonriente, miró la gota de sangre que brotaba del agujerito en su piel hasta que, con un parpadeo rápido, se le cerraron los ojos.

42

La lluvia lo despertó. El hueco bajo las raíces del árbol estaba resguardado, pero no del todo, por lo que se estaba mojando. Se incorporó y miró alrededor, pero no vio gran cosa; todavía era de noche, aunque la luna brillaba en el cielo. Echó un vistazo a su reloj. Tenía la esfera destrozada; se había parado a las siete y media. Seguramente era la hora a la que habían empezado a pegarle patadas por toda la habitación. Bostezó, todavía adormilado. Por lo general, la morfina lo dejaba KO un par de horas. Eso significaba, según sus cálculos, que eran cerca de las dos de la madrugada. Se estremeció. Hacía frío. Había llegado el momento de ponerse en marcha.

Gunner se levantó y, a modo de prueba, apoyó un poco de peso sobre la pierna. No fue tan terrible. Hizo pis y, a pesar de la penumbra, advirtió que la orina salía oscura, por la sangre. Aun así, la morfina estaba surtiendo su efecto; el dolor, aunque constante, había pasado a un segundo plano y resultaba soportable.

Aunque se alegraba de estar lejos de aquella habitación y de los dos matones, sabía que eso tenía un precio. Matthew Sellars estaría buscando algo con lo que resarcirse. Algo gordo. Se estaba mezclando demasiado con los Sellars para su gusto. Uno lo había salvado y el otro disfrutaba como un enano vapuleándolo. Ya lidiaría con ellos más tarde. Por el momento, tenía que regresar a Glasgow lo antes posible.

Había avanzado poco menos de un kilómetro cuando salió de la espesura a la orilla de un campo arado. A la izquierda discurría una carretera. Reconoció el lugar. En ese campo se había encontrado con Walter y los otros objetores. La luna se había ocultado, la lluvia había arreciado y los truenos retumbaban a lo lejos. Esto lo decidió; iría al granero donde dormían a buscar a Walter y, después de pasar la noche ahí, se pondría en marcha hacia Glasgow en cuanto clareara.

Con los ojos entornados para ver a través de la lluvia que caía de soslayo, intentó orientarse. Vislumbró unas sombras en el extremo más alejado del campo. Debían de ser los edificios de la granja. Echó a andar hacia allí y tropezó más de una vez con los caballones del terreno labrado. Cuando se encontraba más cerca de los edificios se detuvo, esperando que los perros del lugar estuvieran todos dormidos. El granero se elevaba a su izquierda, una silueta negra y alta recortada contra el gris del cielo.

Gunner abrió la portezuela inserta en los portones del granero, entró y se quedó parado unos instantes, sacudiéndose el agua. Cuando sus ojos se acostumbraron a la oscuridad, alcanzó a distinguir unas vacas atadas a la pared lateral. Lo miraron, se removieron, algo inquietas, y una de ellas emitió un mugido bajo. Él rodeó sus cuerpos, que despedían calor, en dirección a la escalera de mano que subía al altillo. Se encontraba a media altura cuando oyó el chasquido seguido del roce de la rueda de un Zippo, y, más arriba, un rostro asomó por encima del borde del altillo, con las facciones iluminadas por la llama amarilla del mechero.

—¿Quién anda ahí? —preguntó el hombre con voz vacilante.

Gunner prosiguió su ascenso.

—El sargento Gunner —dijo, aupándose al altillo con cierta dificultad—. ¿Está Walter?

El hombre negó con la cabeza. En torno a él, los otros objetores se despertaban entre gruñidos y algún que otro grito de «¡Vuélvete a dormir!».

—Walter se ha ido —dijo el hombre, bajando la voz.

—¿Se ha ido? —preguntó Gunner—. ¿Adónde?

—No lo sé. Se ha marchado con el otro policía; han venido a buscarlo hace un par de horas.

Gunner no acertaba a comprender qué estaba sucediendo.

—¿Qué otro policía?

—Yo estaba medio dormido —dijo el hombre, como disculpándose—. No he oído bien su nombre. Era el que ya había venido antes, con usted, el que se quedó esperando en el coche.

—¿Fraser? —exclamó Gunner, estupefacto. No podía ser.

—No sé cómo se llamaba —dijo el hombre—. Era alto, rubio y más joven que usted.

Tenía que tratarse de Fraser. Gunner se recostó sobre el heno. ¿Qué coño había ido a hacer ahí Fraser? ¿Y por qué se había llevado a Walter?

—¿Adónde han ido? —inquirió.

El hombre volvió a mover la cabeza de un lado a otro.

—No lo sé. Le ha enseñado unos papeles a Walter y se han marchado. —Lo miró, entornando los ojos—. ¿Está usted bien?

—No mucho —dijo Gunner—. ¿Por qué?

—Soy médico militar —dijo—. Serví durante un tiempo hasta que no pude aguantar más. Deje que le eche un vistazo a esa mano.

Diez minutos después, le había vendado a Gunner el torso fuertemente con jirones de una sábana para inmovilizar las costillas rotas, le había tratado las heridas con yodo y le había puesto una férula improvisada en el dedo roto. Entre eso y el chusco de pan y el medio litro de leche que había engullido, se sentía mil veces mejor. Lo suficiente para intentar llegar a Glasgow.

—¿Qué hora es? —preguntó.

—Ni idea —dijo el hombre—. Tenía reloj, pero el hijo del granjero se lo cargó.

Gunner alzó la muñeca para mostrarle la esfera destrozada del suyo.

—Sé lo que se siente.

El hombre sonrió.

—Deben de ser las dos, o quizás las tres.

—¿Cómo se va a Glasgow desde aquí? —le preguntó Gunner.

El hombre se enderezó y se acercó a una ventana pequeña practicada en el grueso muro de piedra del granero. Los dos miraron al exterior. El hombre apuntó con el dedo, lo que no resultó muy útil, pues Gunner no veía qué estaba señalando.

—Más o menos a un kilómetro en esa dirección, hay una carretera secundaria que conduce a Clarkston y luego a la ciudad. Glasgow está a un par de horas a pie desde ahí.

—¿No le resulta extraño tenerla tan cerca? —preguntó Gunner.

El hombre asintió.

—Yo vivía a unos tres kilómetros de aquí, en Cambuslang. Ahora tengo la sensación de que está mucho más lejos. Aquí vivimos aislados, sin prensa ni radio. Fue tremendo lo del bombardeo de la otra noche. Temíamos que había llegado el fin, que habían lanzado una invasión. ¿Ha estado en el extranjero?

Gunner hizo un gesto afirmativo.

—En Francia. Lo más curioso era lo mucho que se parecía a lo que tenemos aquí, con sus prados verdes, granjas y senderos. Además, no teníamos mucha idea de lo que estaba sucediendo. Solo sabíamos que debíamos seguir avanzando hacia la costa, pasara lo que pasara. Eso era lo único que nos decían. —Tendió su mano sana—. Gracias. Ni siquiera sé cómo se llama.

El hombre sonrió.

—Eso da igual. —Se escarbó en el bolsillo del pantalón y sacó un pequeño folleto con un dibujo de Jesús en el anverso con una expresión beatífica y las manos en alto. Se lo puso en la palma a Gunner—. Buena suerte.

43

Tras bajar por la escala y pasar junto a las vacas inquietas, Gunner abrió la puerta y salió a la noche. Levantó la mirada hacia el cielo. Por lo menos la lluvia había cesado. Se puso en marcha, decidido a caminar campo a través hasta que llegara a la carretera, procurando evitar los espacios abiertos, por si lo estaban buscando. Una vez en la carretera, intentaría parar algún coche para que lo llevara.

Seguía sin poder explicarse por qué Fraser había ido a la granja a recoger a Walter. ¿Habían deducido que Gunner acudiría a buscar la ayuda de los objetores? No, se habrían quedado ahí esperándolo. Además, nadie sabía que conocía a Walter. Nadie excepto el propio Fraser, claro; él lo había visto desde el coche el día que habían visitado el lugar. Aquello no tenía pies ni cabeza.

Divisó la carretera a cierta distancia. Ya no le faltaba mucho para llegar. De pronto, lo oyó y, poco después, lo vio: un camión solitario que subía por la carretera en dirección al campo. Llevaba los faros tapados, de modo que solo unas rendijas de luz traspasaban la oscuridad. Eso le bastó a Gunner para identificarlo como un Bedford del ejército. Bien sabía Dios que había visto y oído unos cuantos durante el último par de años. Al mirar en torno a sí, avistó un bosquecillo de arbustos y árboles a su izquierda. Más valía prevenir que curar. Trepó por encima del muro de piedra seca y se dejó caer al otro lado.

Se le estaban pasando los efectos de la morfina; la pierna empezaba a dolerle de nuevo, y le costaba menos ir a gatas que andar. Estaba a punto de alcanzar los árboles cuando un zorro salió de entre los arbustos de un salto y se interpuso en su camino. Se quedó ahí, paralizado, por espacio de un minuto. Tenía sangre roja y fresca en el hocico, como si lo hubiera interrumpido mientras devoraba un conejo o algo por el estilo. Empezó a alejarse, y la punta blanca de su cola desapareció poco a poco entre las sombras. Oía que el camión se aproximaba, forzando el motor en la pendiente. Se apresuró a esconderse en los arbustos y permaneció agachado mientras esperaba a que pasara.

¿Para qué querían a Walter? Seguramente esperaban que conociera el paradero de Victor, pero Gunner lo dudaba. Victor se había marchado de la granja de los objetores hacía semanas; ¿cómo iba a saber Walter dónde se encontraba? A no ser que él también estuviera metido en el ajo, claro. Ya nada le sorprendería. Si querían averiguar cuánto sabía, no lo llevarían de vuelta a Glasgow, sino a algún lugar de las inmediaciones.

Los haces de los faros doblaron la curva, el camión enderezó el rumbo y, tras pasar de largo, siguió adelante, continuó su ascenso hacia el campo de prisioneros. Por precaución, Gunner aguardó un par de minutos más antes de erguirse. Apenas veía en la penumbra. Echó a andar hacia donde esperaba que se encontrara Glasgow, aunque no las tenía todas consigo. Había recorrido solo unos cientos de metros cuando le llegó un olor a estiércol bajo el que se percibía un hedor más penetrante, como a huevos podridos. Se hacía más fuerte a medida que avanzaba. Tardó muy poco en recordar dónde lo había olido antes: había sido en Francia, en una de las granjas donde se habían alojado; era el olor que despedía una fosa de purines.

Siguió caminando en dirección al olor. Sabía que tenía que echar una ojeada aunque no quería hacerlo por temor a lo que pudiera encontrar. Al poco, avistó el contorno de una cerca destartalada que rodeaba un pozo de hormigón, y la peste a residuos animales y cualquier otra cosa que el granjero tirara ahí dentro se tornaba más intensa conforme se acercaba.

Al final, resultaba tan insoportable que tuvo que taparse la nariz y la boca con la manga mientras proseguía su lento avance. Pasó por encima de la cerca y, procurando no acercarse demasiado al borde, bajó la vista hacia el charco de fango hediondo. Le pareció vislumbrar un bulto al otro lado, un atisbo de blancura. Rodeó el pozo paso a paso para verlo mejor.

Los hombros y brazos de Walter descansaban a la orilla de la fosa, mientras que el resto de su cuerpo estaba atrapado en el barro espeso y apestoso. Gunner se acercó un poco más. Supuso que habían intentado arrancarle la información sobre el paradero de Victor antes de arrojarlo ahí. Tenía la nariz rota y ensangrentada, un ojo morado y cerrado por la hinchazón, y le faltaban los dos incisivos. Las articulaciones de los dedos estaban torcidas en ángulos raros.

Gunner desvió la mirada y vomitó, no sabía si por el olor a purines o por lo que le habían hecho a Walter. Saltaba a la vista que no estaba muerto cuando lo tiraron al pozo, aunque quizás estaba inconsciente, había vuelto en sí y había intentado salir a rastras. Demasiado débil a causa de la paliza, no lo había conseguido. Gunner se obligó a contemplar de nuevo aquella escena iluminada por la luna, intentando no fijarse en la expresión de terror grabada en lo que quedaba del maltrecho rostro de Walter. Rezó un padrenuestro en voz baja antes de internarse de nuevo en la noche.

44

Consiguió avanzar cerca de un kilómetro más antes de verse obligado a tomarse otro descanso. Se sentó en la hierba y se palpó el traje en busca de cigarrillos que sabía que no llevaba. Intentó no pensar en el pobre e indefenso Walter hundiéndose poco a poco en los purines oscuros. Cuando saliera el sol, nadie sabría siquiera que había estado ahí, y todo por culpa del Fraser Lockhart de los cojones. Él era el único que estaba al tanto de la conexión entre Walter y Victor. Fraser, el que hablaba alemán, quizás incluso mejor de lo que había dado a entender. Fraser, el que lo había acompañado en cada etapa de aquella investigación, siguiéndolo como una sombra, sin decir nada, absorbiendo cada detalle. Costaba creerlo, pero todo parecía indicar que Fraser estaba jugando a un juego distinto.

Lo que significaba que, de un modo u otro, trabajaba para Moore. Pero ¿cómo podía estar trabajando para él? Era un cadete de policía de diecinueve años de Perth, joder. No tenía sentido, aunque, por otro lado, todo era un sinsentido desde que había regresado a Glasgow. No le quedaba otra que seguir adelante, así que se levantó y se preparó para caminar sin dejarse vencer por el dolor. Esperaba llegar a Glasgow antes del alba.

Se disponía a reemprender la marcha cuando oyó un ruido a su espalda. Debía de tratarse de otro zorro o de un tejón. Prosiguió su camino y, unos minutos más tarde, lo oyó de nuevo, y esta vez no le cupo duda de que eran pisadas.

Apretó el paso, intentando aumentar la distancia respecto a quien venía detrás, hasta que se salió del sendero para adentrarse entre los árboles. Recogió una rama caída y la blandió, listo para aporrear a su perseguidor.

Las pisadas sonaban cada vez más fuertes. Gunner se acercó con sigilo a la orilla del camino y levantó la rama por encima de la cabeza, listo para asestar el golpe. Cuando la persona se encontraba cerca, se abalanzó hacia delante, y estaba a punto de bajar la rama con violencia cuando se dio cuenta de quién era.

—¡Victor! ¡La madre que te parió! ¡No te he matado de milagro!

Su hermano parecía tan sorprendido como él.

—Joe, ¿eres tú?

—Pues claro. ¿Qué coño haces aquí?

—He ido a ver a Walter, y el cristiano ese me ha dicho que se había largado con un policía y que luego tú te habías presentado preguntando por él. Luego me ha informado de que te dirigías hacia Glasgow y me ha indicado el camino que te había sugerido. —Observó a Gunner con los párpados entrecerrados, examinando los cortes y magulladuras en su rostro—. ¿Qué te ha pasado? ¿Y por qué buscabas a Walter? Creía que tu gente se lo había llevado.

—Tenemos que hablar —dijo Gunner—. Hay algo que debo mostrarte.

Victor no se movió.

—No puedo. Tengo que esperar aquí.

—¿Esperar a qué?

—El avión —respondió por lo bajo—. El avión.

—¿Qué avión? —preguntó Gunner, cada vez más exas-

perado, hasta que de pronto comprendió—. Un momento...
¿Me estás diciendo que Hess va a venir aquí?

Victor asintió y consultó su reloj.

—Dentro de una hora, más o menos. Va a tirarse en paracaídas y dejar que se estrelle el avión.

Permanecieron sentados en silencio durante cosa de un minuto, mientras Gunner intentaba asimilarlo todo y no enfadarse con Victor. Aunque se encontraban a solo unos quince kilómetros de Glasgow, reinaba un silencio absoluto.

—¿Por qué aquí? —inquirió Gunner.

—Viene para reunirse con algún duque de mierda que tiene una finca por aquí cerca. También es un fanático de la astrología y la raza superior, todas esas chorradas en las que cree Hess. A sus contactos de la Asociación de Amigos Germano-Británica se les está acabando el tiempo. Quieren que Hess se entreviste con el rey lo antes posible para que empiecen a hablar de cómo se van a repartir Europa.

—La madre de Dios. ¿Tienes un pitillo? —pidió Gunner.

Se sentaron a la orilla de un arroyo; Gunner se encendió el cigarro y se llenó los pulmones de humo con una profunda calada. Al principio se mareó, pero luego se sintió mejor.

—¿Y Walter qué pinta en todo esto? —quiso saber Gunner—. Creía que también era un cristiano devoto. Me enseñó el crucifijo que llevaba al cuello.

—Es amigo del pueblo soviético. Lo del cristianismo era una tapadera.

Gunner inspiró, esforzándose por controlar la ira.

—Victor, te juro que como no te dejes de gilipolleces y me expliques qué está pasando en realidad, te mato. Hoy me han dado hasta por debajo de la lengua por ese rollo de tu «amistad con el pueblo soviético». O me dices la verdad, o te juro que te reviento.

Victor lo miró y pareció tomar una decisión.

—A Walter y a mí nos enviaron a esa granja para que estuviéramos cerca cuando llegara el avión. Por desgracia, yo no aguantaba estar en ese lugar, y por eso acabé largándome a Glasgow. Walter está hecho de otra pasta. —Victor se puso de pie y empezó a caminar de un lado a otro—. El problema es que nuestros camaradas se comunican con nosotros enviándole mensajes a Walter, que tiene una radio oculta en ese granero. Hace cuarenta y ocho horas que no sé nada de él, no he recibido noticias, así que esta información podría haber quedado desfasada. Es posible que Hess ya no vaya a venir, o que aterrice en otro sitio. Tengo que localizar a Walter para que me ponga al corriente. ¿Por qué se lo han llevado, a todo esto?

—No se lo han llevado —repuso Gunner—. Le han pegado de hostias y lo han tirado a una puta fosa de purines. Está muerto.

Victor se volvió hacia él.

—¿Qué? ¿Lo dices en serio?

Gunner asintió.

—Lo he visto. Pobre desgraciado.

Victor parecía sobrecogido.

—¿Walter? Pero ¿quién querría hacerle eso a Walter?

—Creo que ha sido un tipo llamado Fraser Lockhart. El ayudante de Drummond.

—¿Tu Drummond? —preguntó Victor.

—Ya no. También está muerto.

—¿Qué?

—No ha tenido nada que ver con lo otro. Los hermanos Sellars le hicieron una serie de advertencias que él decidió desoír. Tenemos que llegar a Glasgow cuanto antes.

Victor asintió.

—Lo sé, pero no puedo creer que Walter esté muerto. No es... —Se interrumpió, ladeando la cabeza—. Hostia, ¿oyes eso?

Gunner aguzó el oído, pero no captó nada.

—¿Qué cosa?

—Ese ruido —dijo Victor—. Me parece que es un avión.

Entonces Gunner percibió el zumbido de un motor, seguramente de un Messerschmitt. Se había familiarizado con ese sonido en Francia. Intercambiaron una mirada.

—¡Hess!

Salieron corriendo de entre las sombras del bosque a un campo cultivado con plantas de patata jóvenes que pisotearon al pasar. Aún oían el runrún, pero no veían el avión por ninguna parte. Otearon el cielo, que empezaba a clarear con los primeros rayos de sol, intentando localizar la procedencia exacta del ruido.

—¡Ahí! —gritó Victor—. ¡Está ahí!

Gunner alzó la vista. En efecto: a lo lejos, un Messerschmitt se aproximaba por encima de las colinas de Cathkin. Volaba bajo, con las alas inclinándose a uno y otro lado, como si el aviador hubiera perdido el control. De pronto, el ruido cesó. Oyeron que el piloto intentaba arrancar de nuevo el motor, que, después de petardear un par de veces, volvió a la vida.

—Joder, por un momento he pensado que se la iba a pegar —dijo Victor.

—Yo también —dijo Gunner—. Por lo visto, tiene...

Dejó la frase a medias. El zumbido hacía cesado de nuevo. El piloto debía de estar pugnando por encender otra vez el motor, pero este se resistía. El aeroplano comenzó a perder altura rápidamente.

—¡Está cayendo! —exclamó Victor—. ¡Se va a estrellar!

No pudieron hacer otra cosa que contemplar cómo el morro del avión se inclinaba hacia abajo. Parecía a punto de descender en picado cuando de pronto un paracaídas se desplegó por encima de él y quedó suspendido en el aire.

—¡Se ha salvado! ¡El hijo de puta se ha salvado! —gritó Gunner.

El paracaídas se mecía flotando en el viento mientras, más abajo, el avión aceleraba en su caída, dirigiéndose hacia las colinas con un violento balanceo. La presión que soportaba el aparato era tan grande que una de las alas se desprendió y se precipitó girando hacia el suelo. El aeroplano siguió adelante y desapareció tras el ondulado horizonte. Hubo unos instantes de silencio hasta que, de repente, surgió un fuerte resplandor, y el estruendo de la explosión los alcanzó.

Los dos se protegieron los ojos con las manos, maldiciendo a causa del polvo y la hierba que les azotó el rostro. Gunner se limpió los ojos con la manga y parpadeó. A través de la polvareda, vio que el paracaídas se aproximaba flotando al suelo. Estaba tan cerca que alcanzaron a distinguir la figura que pendía de él, tirando desesperadamente de los cables para alejarse de los restos del avión en llamas. Consiguió desviarse hacia la izquierda y se alejó llevado por el viento hasta perderse de vista detrás de las copas de unos árboles.

Victor agarró a Gunner por el brazo.

—Vamos. Tenemos que llegar hasta él antes que ellos. ¡Corre!

45

El avión debía de estar más lejos de lo que creían; habían caminado más de un kilómetro y aún no habían llegado al lugar donde había caído. No les quedaba otro remedio que seguir adelante, a través de campos y bosques, en dirección al humo que se elevaba hacia el cielo. Gunner avanzaba con un trote desigual, intentando no cargar peso sobre la pierna izquierda. Victor corría por delante, parándose de vez en cuando a esperar con impaciencia a Gunner, que tenía dificultades para mantener el paso. Se esforzaba, pero la paliza que había recibido en el campo de prisioneros lo había dejado sin fuerzas, y las costillas lo estaban mortificando a pesar del vendaje; para colmo, había empezado a escupir sangre.

—¡Por aquí! —gritó Victor.

Cuando Gunner lo alcanzó, vio lo que estaba mirando. El prado que se extendía ante ellos estaba sembrado de restos del avión, que relucían sobre la hierba. Pedacitos de la cubierta del motor, medio asiento de madera, un panel de metal con un número seis pintado. En el aire turbio flotaba un olor a combustible y caucho quemados. La humareda que habían divisado más adelante se había reducido, y las nubes aceitosas y desoladoras que surgían de detrás de las colinas habían cedido el paso a una fina columna.

Gunner levantó la mirada hacia la ladera, soltó una palabrota e inició el ascenso; al cabo de unos minutos, Victor, que iba muy por delante de él, desapareció tras la cima, mientras él batallaba por subir a través del espeso brezal. Se detuvo un momento para intentar recobrar el aliento. Sentía que no conseguía introducir suficiente aire en sus pulmones, y las respiraciones superficiales lo mareaban. Al fin, consiguió llegar a la cumbre. Victor estaba ahí de pie, jadeando y despidiendo vapor como un caballo.

—Está aquí, Joe. El hijo de puta está aquí de verdad.

Bajaron la vista hacia la escena del accidente en silencio, tratando de asimilar lo que veían. Había unos diez pequeños fuegos oleosos dispersos por el prado. Las llamas sucias de hollín alumbraban el contorno inmediato. La parte principal del cuerpo del avión se encontraba a la izquierda. Se había partido en varios trozos grandes: la cabina, un ala con una esvástica, un tramo del fuselaje ennegrecido por el fuego. Los restos estaban desparramados en una franja de unos cincuenta metros, medio enterrados entre la hierba chamuscada del prado.

Las llamas iluminaban una figura situada a un lado: un hombre alto, con entradas, uniforme de la Luftwaffe y una chaqueta de piloto; tenía rasgada la pernera derecha, y la tela gris estaba manchada de sangre.

Gunner le dio un empujoncito con el codo a Victor y señaló.

—¿Es él?

Victor asintió.

—Yo diría que sí.

Gunner fijó los ojos en él, intentando verlo con claridad a través del humo y el resplandor titilante de los fuegos. Fuera quien fuese, no cabía duda de que se parecía a los dos alemanes asesinados. Era de la misma estatura y complexión. Se oyó un chasquido, y las llamas que ardían más cerca de él se avivaron. Cuando retrocedió un paso, Gunner avistó a un segundo hombre. Llevaba una vieja chaqueta de *tweed*, pantalón de pana y botas, lo que le confería aspecto de granjero. Se hallaba a unos tres metros de Hess, apuntándole al pecho con una escopeta. Los dos permanecían inmóviles, mirándose en silencio, estancados en un punto muerto.

—Vamos —dijo Victor, agarrando a Gunner del brazo—. Bajemos ahí.

Gunner no se movió.

—¿Para hacer qué, exactamente?

Victor se quedó mirándolo como si le faltara un tornillo.

—Ir a por Hess.

—Victor, ahí abajo hay un granjero con una escopeta. ¿Qué pretendes, que se la arrebatemos y le peguemos un tiro al hijo de puta?

—No lo sé, pero algo tenemos que hacer... —Se volvió y dirigió la mirada ladera abajo—. ¿Qué es eso?

Se quedaron callados, escuchando. Apenas se oía, pero parecía un rumor de motores de automóvil. Tres pares de faros, que no estaban cubiertos con capuchas sino que brillaban con toda su intensidad, emergieron de detrás de los árboles y alumbraron el prado. Los vehículos se salieron del camino y se dirigieron hacia los restos del avión dando bandazos campo a través. Hess se volvió hacia ellos e hizo ademán de echar a andar en esa dirección, pero el granjero gritó algo y alzó la escopeta. Hess levantó las manos para apaciguarlo y se quedó quieto mientras los tres coches se detenían junto a ellos.

—¿Quiénes son? —preguntó Victor.

Gunner sacudió la cabeza.

—Ni idea.

Las puertas de los automóviles se abrieron, y un par de hombres trajeados se apeó de ellos. Varios policías militares que iban en el coche de atrás se bajaron también. Se quedaron ahí, de pie, contemplando a Hess, al granjero y los restos en llamas, sin saber muy bien qué hacer. La puerta del pasajero del tercer vehículo se abrió, y de él salió una figura que se encaminó directa hacia Hess.

Gunner entrecerró los párpados para intentar ver de quién se trataba. Cuando la figura cruzó el haz de los faros, Gunner reconoció su traje gris. El hombre se descubrió la cabeza y se acercó a Hess con la mano tendida. Se saludaron, sonrientes. Moore se sacó un paquete de cigarros del bolsillo y le ofreció uno al alemán. Este aceptó, y los dos se pusieron a charlar y a fumar, como dos viejos amigos que acababan de encontrarse en el andén de una estación.

Gunner y Victor advirtieron que una segunda figura bajaba del asiento trasero del tercer automóvil, se alejaba un par de metros y, tras desabrocharse con torpeza la bragueta, se ponía a orinar.

—¿Quién es ese? —preguntó Victor.

—Es Fraser —dijo Gunner, aún sin creérselo del todo. Por algún motivo, la presencia de Fraser en ese lugar le provocaba más tristeza que rabia. Lo hacía sentirse traicionado.

Tras abotonarse la bragueta, el joven regresó al coche y les dedicó una inclinación de la cabeza a los policías militares antes de volver a subir. Moore apuró su cigarrillo, lo tiró al suelo, señaló el vehículo y comenzó a acompañar a Hess hacia allí. El alemán caminaba con una cojera pronunciada. Los dos tipos trajeados se dirigieron al granjero y le hicieron señas para que fuera hacia su coche. El hombre negó con la cabeza, y ellos siguieron aproximándose. Se encontraban a un par de metros cuando el granjero alzó de nuevo su escopeta y los encañonó con ella. Ellos recularon hacia los vehículos con las manos en alto.

Una vez que Hess se encontraba dentro del coche, Moore cerró la puerta y se acercó de nuevo al granjero. Gunner vio que hablaba, aunque no oía sus palabras. Debía de estar contándole la patraña de que iban a llevarse al prisionero para encargarse de él. Por lo visto, el granjero no se la tragó, pues sacudió la cabeza sin bajar la escopeta. No pensaba irse a ninguna parte. Moore pareció darse por vencido y se alejó con aire enfadado. Habló con los tipos trajeados, señalando al granjero, antes de montarse en el coche con Hess.

—Mierda —dijo Victor—. Ya lo tienen. —Se sentó en la ladera.

—¿Y ahora qué hacemos? —preguntó Gunner.

—Bajar ahí echando leches —dijo Victor—. ¡Vamos!

Entre gateando y rodando, descendieron por la falda de la colina, procurando mantener la cabeza baja para que no los vieran. Se desviaron a la derecha y acabaron entre unas matas, veinte metros a la izquierda de los coches. Victor se incorporó con briznas de hierba enredadas en el pelo y el rostro cubierto de barro.

Gunner, que estaba cuerpo a tierra, tiró de Victor para que se tendiera a su lado. El motor del coche en el que estaban Hess y Moore arrancó tras dos intentos fallidos, y el vehículo se puso en marcha, seguido por el otro. Los haces de los faros giraron hacia un lado proyectando luces y sombras duras sobre los restos del avión. Los vehículos se alejaron dando tumbos por el prado lodoso en dirección a la carretera que conducía a Glasgow. El tercero seguía donde lo habían dejado. Los dos tipos trajeados estaban a diez metros del granjero, que los miraba por encima del cañón de su escopeta, intentando hacerle entrar en razón.

Gunner desplazó la mirada entre el granjero y los trajeados. Se le ocurrió una idea.

—El otro coche —dijo—. Nos lo vamos a llevar.

Victor lo miró como si se hubiera vuelto loco.

—Pero ¿qué dices? ¿Estás majareta?

—Tú sígueme —le indicó Gunner—. Y mantente agachado, joder.

Se dirigieron a cuatro patas hacia el automóvil, intentando tener controlados en todo momento al granjero y los tipos trajeados. El coche se interponía entre ellos y los dos hermanos, de modo que, con un poco de suerte, los taparía e impediría que los vieran acercarse por detrás. El primero en llegar fue Victor, que abrió la puerta del conductor con sigilo. Gunner subió arrastrándose e intentó acurrucarse en el espacio para las piernas del lado del acompañante. Victor se sentó en la postura más baja que aún le permitía mirar por encima del volante.

—Solo tenemos una oportunidad para salir de esta —dijo Gunner.

Victor hizo un gesto de conformidad y echó un vistazo por el parabrisas; los tipos trajeados seguían de espaldas a ellos.

—Deséame suerte —dijo, enderezándose en el asiento y girando la llave en el contacto. El ruido del arranque sonó ensordecedor en el silencio de la mañana. Los tipos trajeados se volvieron en el momento en que el motor tosía y se ahogaba.

—¡Me cago en la puta! —exclamó Gunner.

Victor lo intentó de nuevo. Esta vez, el motor se encendió.

—¡Arranca! —gritó Gunner.

Victor pisó el acelerador con fuerza; con una sacudida, el coche se lanzó a través del prado, levantando llamas y chispas al pasar por encima de uno de los pequeños fuegos y haciendo saltar por el aire trozos del avión. El parabrisas se rajó incluso antes de que Gunner oyera el disparo, y sintió un escalofrío y un golpecito cuando la bala pasó rozándole el hombro antes de incrustarse en el cuero del asiento.

Victor aporreó el parabrisas intentando desprender la luna resquebrajada para poder ver algo. Cuando le asestó un fuerte golpe con la base de la mano, el cristal por fin cayó dejando a la vista a los tipos trajeados, que estaban un par de metros más adelante, apuntándolos con sus armas.

—¡Más rápido! —bramó Gunner.

Al tiempo que Victor volvía a apretar el acelerador a fondo, brotó un fogonazo de una de las pistolas y se oyó un fuerte ruido metálico cuando la bala impactó en un costado del Alvis. Los tipos trajeados se apartaron de un salto en el último momento, pero el coche alcanzó de refilón a uno de ellos, que cayó despatarrado. Victor siguió adelante, atravesando el escenario del accidente entre bandazos y sacudidas en dirección al camino.

Gunner miró hacia atrás. Uno de los trajeados yacía en el suelo, y su compañero estaba arrodillado a su lado, mientras el granjero seguía encañonándolos con su escopeta. Tras un volantazo para esquivar un trozo del fuselaje, de pronto se encontraron en el camino de tierra que cruzaba la verja y salía a la carretera de Glasgow.

Victor se retrepó en el asiento y prorrumpió en carcajadas.

—Hostia puta, Joe. ¿Estás bien?

Gunner asintió.

—¿Dónde cojones aprendiste a conducir?

—Me enseñó el tío Jimmy —respondió Victor con una sonrisa de oreja a oreja.

—Eso lo explica todo —dijo Gunner—. Él también era una puta nulidad al volante.

Inclinó la cabeza en dirección a la colina; los faros de los coches estaban a punto de internarse en el valle.

—Más vale que espabiles, o los perderemos.

46

Habían avanzado cerca de medio kilómetro cuando empezaron a ver gente en la carretera; niños pequeños con linternas, parejas con perros. Se cruzaron con un coche en el que viajaba una familia, con los críos en el asiento de atrás, señalando los incendios de la colina.

—¿Quiénes son todos estos? —preguntó Victor.

Gunner se encogió de hombros.

—Ni puta idea. Curiosos, supongo. Por lo visto, no somos los únicos que han visto estrellarse el avión.

Un par de coches negros pasó a toda velocidad en dirección contraria, con la parte de atrás cargada de focos, cámaras y trípodes. Gunner alcanzó a entrever a un gordo calvo en el asiento del acompañante de uno de ellos.

—También vienen los chicos de la prensa. Ese era Archie Sweeney, del *Citizen*. El secreto está a punto de dejar de serlo. Mañana la noticia saldrá en todos los periódicos. Es imposible que consigan censurarla.

Victor se volvió hacia él.

—¿Tú crees?

Gunner se encogió de hombros.

—Bueno, no sé, a lo mejor los interceptan. —Se cruzaron con una camioneta agrícola con cinco o seis hombres de la Guardia Nacional en la caja.

Victor sacudió la cabeza.

—Yo no estaría tan seguro. Hess no está ahí, así que pueden decir que en ese avión iba cualquier pobre desgraciado.

—Supongo que todo dependerá de lo que haya visto el granjero y de cuánto esté dispuesto a contarles a los periodistas —dijo Gunner.

—No parecía de esos que se dejan amedrentar —comentó Victor—. Seguramente ya les ha descerrajado un par de tiros a esos dos por meterse en su propiedad privada.

Ya habían alcanzado al coche, pero guardaban una distancia de unos buenos doscientos metros.

—¿Adónde crees que se dirigen? —preguntó Victor.

Otro encogimiento de hombros.

—Seguramente a la Central. O a la estación de tren, o quizás al aeródromo. Me imagino que querrán llevarlo a Londres.

Gunner abrió la guantera y, sonriendo, sacó un paquete de Black Cat y una caja de cerillas. Se encendió un cigarrillo y se llenó los pulmones de humo con una calada profunda. Todavía le parecía mentira que Fraser estuviera involucrado en todo aquello. Por otro lado, había trabajado para Drummond y era posible que todos estuvieran metidos en el ajo: Drummond, Moore, Fraser... Se preguntó cómo le irían las cosas a Nickerson. Esperaba que estuviera bien. Aunque era un borracho encopetado, Gunner había conocido a tipos peores.

Llegaron a las afueras de Glasgow siguiendo al coche, que después de cruzar el puente de Jorge V continuó recto, hacia el norte de la ciudad, en vez de doblar a la derecha en dirección a la Central. Era demasiado temprano para que hubiera mucha gente en la calle. La ciudad estaba tranquila, sin borrachos cantando de camino a casa. Parecía un pueblo fantasma. Gunner intuía cuál era el destino del vehículo que iba delante, pero sus sospechas no se vieron confirmadas hasta que giró por Garscube Road.

—Lo llevan al cuartel de Maryhill —dijo.

—¿Estás seguro? —preguntó Victor.

Gunner se arrebujó en el traje y se metió las manos en el bolsillo. Hacía un frío que pelaba dentro del coche sin el parabrisas.

—Tiene toda la pinta.

Y no se equivocaba. Diez minutos más tarde, el coche puso el intermitente y atravesó la puerta de acceso al cuartel.

—Para aquí —indicó Gunner.

Victor arrimó el coche al bordillo, a unos cien metros de la comisaría. Ambos se volvieron a mirar por el parabrisas trasero. Un soldado estaba agachado junto a la ventanilla del pasajero del coche. Se enderezó, la barrera se elevó y les hizo señas de que pasaran. En cuanto vieron que la barrera volvía a bajar tras ellos, Victor giró la llave en el contacto para apagar el motor.

—¿Y ahora qué hacemos? —preguntó.

—No lo sé, Victor —dijo Gunner—. Me parece que hemos llegado al final del camino.

—No puede ser —repuso su hermano—. Sabes lo que está en juego.

—Oye, Archie Sweeney y los chicos del *Record* y el *Herald* ya deben de estar ahí arriba, tomando fotos como locos y pidiéndole al granjero que les cuente todo lo que le haya podido decir Hess. Es imposible que lo guarden en secreto. No permitirán ni en broma que Hess mantenga una charla amigable con la Asociación de Amigos Germano-Británica. Se acabó.

—Ojalá pudiera creer eso —replicó Victor—. No sabes cómo es esta gente, Joe. Encontrarán el modo de salirse con la suya. Aún tenemos que deshacernos de Hess.

—¿«Tenemos»? —preguntó Gunner.

—De acuerdo, yo tengo que deshacerme de Hess. Es mi deber. Para eso me internaron en el campo de objetores, después de planearlo todo durante meses. No puedo desentenderme sin más.

—¿Y entonces qué vas a hacer? —quiso saber Gunner.

Victor se llevó la mano al bolsillo interior de la chaqueta y sacó un revólver de aspecto vetusto y cascado.

—Matarlo —-dijo—. Voy a matar a Hess.

—Con ese chisme, seguro que no. Lo más probable es que te estalle en la mano.

—Tengo que intentarlo, Joe.

Parecía tan decidido como aterrado.

—Victor —dijo Gunner, intentando hablar de forma pausada y clara—. Esto se ha convertido en una misión suicida. ¿Crees que conseguirás pasar el control de acceso, averiguar dónde está Hess y luego cargártelo? Si consigues atravesar la barrera, te acribillarán. Sé que te has aplicado a fondo preparándote para esto, pero se acabó. ¿De qué serviría que acabaras muerto? Sabes que Hess está aquí, la prensa lo sabrá también, y les será totalmente imposible mantenerlo en secreto.

Victor asintió.

Gunner exhaló, aliviado.

—Todo eso ya lo sé, Joe, pero debo intentarlo. No hay vuelta de hoja. Nos jugamos demasiado. Mi vida no importa; lo que importa es Rusia y poner fin a esta guerra. Tengo que hacerlo.

Gunner le escudriñó el rostro, y le dio la impresión de que, dijera lo que dijera, Victor iba a intentarlo.

—Quédate aquí —le indicó—. Mantente alerta. Vuelvo en diez minutos.

Bajó del coche antes de que Victor pudiera protestar.

47

Las probabilidades de éxito eran muy bajas, pero no se le había ocurrido nada más. Si Victor estaba decidido a hacerlo, tenía que darle una baza mejor que ese revólver inservible. Gunner intentó caminar a paso veloz, pero el insufrible dolor de la pierna lo obligaba a cojear. Se dirigía a Ruchill Street; se encontraba a solo unos cinco minutos, pero, dado su estado, sentía que tenía kilómetros por delante. Le dolía la pierna, le dolía el ojo, le dolía todo. Sabía que eso se debía en buena medida a que ya no le quedaban jeringas precargadas; su cuerpo le pedía morfina a gritos.

Cuando llegó al edificio estaba sudando y lo único que quería era inyectarse morfina y echarse un rato, pero debía seguir adelante, aunque aquello fuera una misión condenada al fracaso. Subió las escaleras, lo que supuso otra tortura, y se detuvo frente a la puerta del primer piso. Al acercar la oreja, oyó música al otro lado. Esperó que eso fuera una buena señal.

Llamó a la puerta, cruzando los dedos en su fuero interno.

Al cabo de un minuto, más o menos, esta se abrió y un tipo grandote lo miró de arriba abajo. Gunner se imaginó lo que debía de estar pensando. Llevaba el traje rasgado, estaba cubierto de barro y aún tenía sangre seca en la cara. Había subido renqueando como el típico indigente de Glasgow después de pasarse una noche bebiendo alcohol de quemar.

—¿Está Sellars? —preguntó Gunner.

—Tal vez sí —dijo el tipo—. Y tal vez no.

—¿Puedes decirle que Gunner pregunta por él? Querrá hablar conmigo.

El tipo le dio otro repaso con la mirada. No habría podido parecer menos convencido.

—Sabes lo que es este sitio, ¿verdad? —inquirió.

Gunner asintió.

—Así que lo más probable es que el jefe esté ocupado, no sé si me entiendes, y dudo que le haga gracia que lo interrumpa.

Gunner no tenía tiempo para eso.

—Tú ve a buscarlo —dijo—. O cuéntale que me has echado, y apechuga con las consecuencias, idiota de mierda.

El tipo lo miró como si tuviera ganas de echarlo escaleras abajo a puñetazos.

—No te vayas —dijo y cerró la puerta.

Un par de minutos después, esta se abrió de nuevo, y el tipo la sujetó para dejarlo pasar.

—Espera en la cocina —le indicó.

Gunner atravesó el piso hasta la cocina, que estaba al fondo. Se sentó a la mesa, tomó un trago de una botella de Red Hackle que alguien había dejado ahí e intentó no escuchar los ruidos procedentes de la habitación contigua. Fuera lo que fuese lo que estaba pasando, daba la impresión de que acabaría pronto. Los gemidos se aceleraban, al igual que los rechinidos de los muelles del colchón. Gunner bebió un poco más. Sabía que no debía estar ahí, que no debía hacer lo que estaba a punto de hacer, pero no podía evitarlo. Era la única manera que se le ocurría de ayudar a Victor.

Unos minutos después, Malky Sellars estaba en el vano de la puerta de la cocina. Se había puesto un pantalón de traje, pero iba descalzo y con el torso desnudo.

—Parece que vienes de la guerra otra vez —dijo, acomodándose los tirantes sobre los hombros—. Deberías cuidarte mejor, Gunner.

Gunner esbozó una sonrisa.

—Menos mal que te pillo levantado, Sellars.

Sellars sonrió.

—Bueno, la tenía levantada hasta hace unos minutos. Y metida en adobo.

Se acercó a la mesa, se sentó, agarró la botella, echó un trago, hizo una mueca y bostezó. Posó la vista en Gunner.

—Bueno, Gunner, ¿qué haces llamando a la puerta de una casa de putas a estas horas para preguntar por mí? Me imagino que debes de andar bastante desesperado.

—He venido a darte las gracias —dijo Gunner—. Por sacarme del campo.

Sellars asintió.

—No hay de qué. Mi hermano ha decidido que formas parte del plan. Quería que regresaras entero a Glasgow. Y yo hago lo que me dice mi hermano. —Desplegó otra sonrisa—. Casi siempre, claro.

Alargó el brazo hacia la botella para tomar otro lingotazo. Gunner reparó en los arañazos que tenía en la espalda y los hombros. Sellars lo sorprendió mirándolo.

—A veces es mejor cuando no tienen muchas ganas —comentó—. Eso le da más sabor al tema. —Sellars se apartó el cabello de la cara y bostezó de nuevo—. Aunque te deja agotado, eso sí. —Se echó hacia atrás y gritó—: ¡Tam! ¡Ponme un vaso de agua! —El tipo de la puerta apareció, se acercó al fregadero, dejó correr el agua del grifo durante un rato, llenó un vaso y, tras entregárselo a Sellars, regresó a su puesto. Sellars bebió un trago largo—. Me cuesta creer que hayas venido desde tan lejos solo para expresarme tu agradecimiento por sacarte de un apuro, ¿sabes?

Gunner permaneció sentado; sabía que estaba a punto de hacer algo que no tenía vuelta atrás. No le quedaba otra.

—Necesito algo más —dijo.

Sellars clavó la vista en él antes de volverse de nuevo hacia atrás.

—¿Aparte de un traje nuevo? —preguntó.

Gunner sonrió y negó con la cabeza.

—Necesito una pistola y dos cajas de morfina del ejército.

Sellars se disponía a coger la botella de whisky, pero se detuvo y lo miró con fijeza.

—¿Para qué? —quiso saber.

—Necesito una pistola y dos cajas de morfina del ejército —repitió Gunner.

Sellars se reclinó en la silla, meditabundo.

—Supongamos que te las doy, y es solo un suponer, me deberás una. Una muy gorda.

Gunner asintió.

—Lo sé —dijo—. Créeme que lo sé.

Sellars le hizo una señal con la cabeza a Tam, que se alejó pesadamente y regresó al cabo de un minuto con dos estuches en la mano y una pistola envuelta en un hule. Gunner se quedó mirándolos, deslizando la lengua por su boca seca. Sellars los cogió y se los pasó.

—Ten cuidado, Gunner —susurró, inclinándose hacia él para que Tam no lo oyera—. Mi hermano te necesita. ¿Seguro que sabes lo que haces?

Gunner asintió, y Sellars se apartó.

—Acompaña a este tarado a la puerta, Tam. Creo que estoy preparado para el segundo asalto con la chica de al lado.

Gunner tenía un pie fuera cuando Sellars le gritó:

—¡Se te acumulan las deudas, Gunner! Recuerda que algún día se te pedirá que las saldes. Es ley de vida.

48

Gunner bajó a toda prisa las escaleras, con las dos cajas bien guardadas en los bolsillos y la pistola metida en la cintura del pantalón. Sellars tenía razón: Gunner estaba en deuda. Endeudado hasta las cejas. Pero había conseguido lo que quería y, si todo salía bien, en un par de días estaría a bordo de un tren con destino a alguna parte, poniendo tierra por medio entre él y Sellars. Y quién sabe si este seguiría allí cuando regresara.

El peso de los estuches de morfina en la mano le resultaba reconfortante. Nada le apetecía más que esconderse en uno de los edificios y clavarse una de las jeringas en el muslo, pero no podía. Todavía no.

El sol había salido, tiñendo de un rosa amarillento el perfil de las fábricas que se alzaban a lo lejos. Al parecer, aún reinaba la tranquilidad en el cuartel. Había un par de soldados sentados frente a la pequeña prisión militar situada a la izquierda. ¿Lo tenían encerrado ahí dentro, tal vez? Estaba lo bastante apartada de las zonas del cuartel con más ajetreo, y nunca había visto a los dos soldados sentados delante.

Se acercó cojeando al coche, abrió la puerta y subió.

—Dame eso —dijo.

Victor le entregó la vieja pistola, y Gunner desenvolvió la otra. Entonces cayó en la cuenta de que no había comprobado que estuviera cargada. La abrió; había seis balas en el tambor. La cerró de nuevo con un chasquido.

—¿De dónde la has sacado? —preguntó Victor, asombrado.

—Eso da igual —dijo Gunner—. ¿Sabes utilizarla?

Victor asintió con un gesto vacilante.

Gunner masculló una maldición.

—Es un Enfield. Un pedazo de chatarra.

Le dio un curso acelerado mientras Victor lo escuchaba con la máxima concentración.

—Vale, lo he pillado —dijo, extendiendo la mano para coger el arma.

Gunner se debatió en la duda.

—¿Estás seguro de que quieres seguir adelante con esto, Victor?

—Nunca he estado tan seguro de algo.

Gunner le entregó la pistola.

—Venga, vamos a ver qué se cuece.

Avanzaron por Maryhill Road hacia el cuartel y se detuvieron detrás del muro deflector construido frente a uno de los edificios del otro lado de la calle. Gunner se encendió uno de los Black Cats que había encontrado en la guantera.

—La espera puede llegar a ser interminable —dijo—. A lo mejor tenemos que pasarnos horas aquí.

Victor se encogió de hombros.

Permanecieron ahí de pie, contemplando la puerta de acceso al cuartel. Los dos soldados apostados frente a la prisión militar de vez en cuando se movían adelante y atrás y daban patadas en el suelo, pero, por lo demás, nada sucedía. Ya se veía por la calle a los primeros madrugadores, y los tranvías habían empezado a circular. Gunner no paraba de acariciar con los dedos la caja que llevaba en el bolsillo, ansioso por sacar una de las jeringas y meterse una dosis, dejar que el dolor se fuera apagando, pero sabía que no era buena idea. Tenía que estar lo más alerta posible.

—¿Y eso? —preguntó Victor.

Dos coches atravesaban la plaza de armas en dirección a la valla.

Victor agarró a Gunner del brazo.

—Vamos.

Los coches negros y largos se detuvieron frente a la prisión militar. Un par de matones con traje se apearon y, dejando abiertas las puertas de atrás, se pusieron a hablar con los dos soldados.

—Creo que va a salir, Victor —dijo Gunner—. ¿Estás listo?

No obtuvo respuesta. Gunner se volvió. Victor estaba de pie a un lado, con la mano que empuñaba la pistola colgando al costado, temblorosa.

—¡Victor! ¿Qué cojones te pasa?

Victor seguía paralizado, sacudiendo la cabeza.

—No puedo, Joe. Simplemente no soy capaz...

Gunner se acercó corriendo y lo zarandeó. Fue inútil. Su hermano se limitó a mirarlo como un perro apaleado. Gunner lo apartó de un empujón.

—¡Vete, Victor! Lárgate de aquí.

Gunner cruzó la calle a toda prisa, saltando por encima de los rieles del tranvía, y se abalanzó hacia la puerta de acceso en el momento en que Moore salía de la prisión militar. Este se detuvo y, después de mirar alrededor, sacó la pitillera y se encendió un cigarrillo. Exhaló un chorro de humo hacia el brillante sol de la mañana. La plaza de armas estaba vacía. Al parecer todos permanecían bajo techo. Moore se quedó de pie junto al coche, claramente esperando algo. O a alguien.

Sin quitarle ojo, Gunner avanzó despacio a lo largo del muro exterior y se arrimó a un lado del poste de la puerta.

Echó un vistazo en torno a sí. Nadie le prestaba atención; todas las miradas estaban puestas en el edificio de la prisión militar. Alzó la pistola y metió el cañón entre los barrotes de la valla, apoyando la mano en uno de los travesaños. Con un poco de suerte, se le presentaría una oportunidad de acertar en el blanco. Dos ya sería un milagro.

Moore se volvió hacia la puerta de la prisión, sonrió, y entonces apareció Hess, con una ligera cojera y vestido con un traje gris. Alzó la vista al cielo e inspiró, dejando que le diera el sol en la cara. Gunner desplazó el percutor hacia atrás hasta que un chasquido indicó que había quedado amartillado. Apuntó al cuerpo de Hess, pues sabía que así tendría más posibilidades de alcanzarlo, y empezó a apretar el gatillo. Moore le dio un leve codazo a Hess, y ambos se volvieron hacia la plaza de armas.

Fraser corría por la explanada hacia ellos con una gran sonrisa y sosteniendo en alto un sobre. Seguramente se había olvidado de dárselo antes. Cuando llegó junto a ellos, hizo un gesto exagerado de cansancio. Hess alargó la mano para coger el sobre, y Fraser se sacó un revólver de debajo de la americana, apuntó con él a Hess y le disparó dos veces al cuerpo.

Las dos detonaciones tuvieron un efecto electrizante. Hess cayó al suelo, y Moore trató de sujetarlo. Agarró a Hess, que estaba gritando, y consiguió meterlo en la parte trasera del coche. Subió tras él, le gritó algo al conductor y este arrancó, con las puertas abiertas de par en par. Uno de los soldados consiguió abrir la valla justo antes de que el vehículo se estrellara contra ella. A Gunner le pareció entrever un traje gris ensangrentado cuando el coche pasó acelerando por su lado y alcanzó a atisbar el rostro de Moore en el momento en que se inclinaba para cerrar la puerta.

Fraser cruzó a la carrera la plaza de armas sin dejar de

efectuar disparos. El último hizo añicos el parabrisas trasero del coche. Los dos matones reaccionaron deprisa, sin siquiera intentar que Fraser se rindiera. Vaciaron sus revólveres sobre él mientras se convulsionaba y saltaban chorros de sangre hacia la dura luz del sol. Gunner desvió la mirada cuando una de las balas le voló la tapa de los sesos.

Antes de que Gunner pudiera encaminarse hacia la plaza de armas, el otro automóvil se dirigió como un bólido hacia la puerta de acceso. Se detuvo derrapando junto al cuerpo de Fraser, y uno de los matones se apeó, arrastró la figura exangüe hasta subirla al asiento trasero y cerró la puerta. El otro se quedó inmóvil un momento y avistó a Gunner. Levantó la pistola, sin saber muy bien qué hacer. Tras lanzarle una última mirada, subió al vehículo, que arrancó y se alejó tras el primero.

Todo terminó tan rápido como había comenzado. Gunner se quedó ahí de pie, con la pistola al costado, intentando asimilar lo ocurrido. No quedaban más que rastros de sangre en la plaza de armas y el caucho de las huellas de frenado en el asfalto.

Gunner se guardó el arma en el bolsillo, se sentó en un murete que había cerca de la prisión militar y apoyó la cabeza en las manos. ¿Por qué había tiroteado Fraser a Hess? ¿Qué lo había impulsado a hacer una cosa así? Se sacó el paquete de cigarrillos con pulso trémulo y consiguió encender uno. Había más movimiento en Maryhill Road; una señora gorda pasó empujando un cochecito lleno de ropa para lavar, y una furgoneta de reparto de pescado se detuvo al otro lado de la calzada.

¿Había muerto Hess? Fraser sí, desde luego. No le cabía la menor duda; había visto cómo le estallaba la cabeza a causa del impacto de la bala. Cerró los dedos sobre la caja que llevaba en el bolsillo. Se irguió, tiró la colilla al suelo y la aplastó con el pie. Nada de todo aquello le cuadraba. Una figura caminaba por la plaza de armas en dirección a él. Le gritó que esperara y se detuvo frente a él, con una gran sonrisa.

—Hay que ver, menudo lío —comentó Nickerson—. ¿Tú estás bien?

Gunner asintió. No daba crédito a sus ojos.

—¿Qué haces tú aquí? Creía que...

Nickerson alzó las manos.

—Te lo dije, Gunner. Las cosas cambian en el Servicio Secreto. Cambian continuamente. —Paseó la vista en derredor, aspirando el aire matinal. Se volvió de nuevo hacia Gunner y le tendió una petaca plateada. Este tomó un buen trago. Whisky. De calidad.

—Se suponía que no debías ser testigo de esto, claro. Ni tú ni nadie. —Nickerson bebió un poco e hizo una mueca—. Qué bueno está esto. —Se acomodó en el murete y le indicó por señas a Gunner que se sentara a su lado—. Se suponía que todo tenía que ocurrir dentro de la prisión militar, pero Danielson ha llegado tarde. —Contempló el charco de sangre en el suelo y arrugó la nariz—. En fin, la necesidad obliga.

—¿Danielson? —preguntó Gunner.

Nickerson sonrió.

—Ah, sí, perdón: Fraser. Su padre era un judío alemán que trabajaba como maestro de escuela aquí en Glasgow. Regresó a Berlín en el treinta y siete para intentar ayudar a su hermana a salir del país. Lo mataron por orden directa de Hess. Por lo visto lo consideraba un indeseable. Por eso Fraser le guardaba un rencor que nos ha sido bastante útil. Además, resultaba de lo más convincente en el papel de joven nazi. Le advertí que era muy posible que no saliera de esta con vida, pero estaba totalmente decidido.

—¿Tú se lo advertiste?

Nickerson asintió.

—Moore no era el único que estaba metido en conspiraciones. Danielson era uno de los míos. —Alzó la petaca—. Por Danielson, un buen hombre que nos ha dejado.

—Pobre chaval —dijo Gunner—. No sabía que estaba en el bando de los buenos.

—Como sucede en casi todas las guerras —dijo Nickerson, torciendo el gesto—, la vida de los jóvenes es prescindible, mientras que los viejos se mantienen en el poder. Siempre ha sido así. —Tomó otro sorbo de la petaca.

—Cierto. No sirve de mucho que nos pongamos sentimentales.

—En cuanto Hitler descubra que todo se ha torcido, negará haber tenido conocimiento de lo que Hess se traía entre manos. En cualquier caso, Herr Hess está acabado, al igual que el señor Moore y su tropa. Debe de estar huyendo a las montañas.

—¿Qué pasará con Hess? —preguntó Gunner.

Nickerson se encogió de hombros con una sonrisa. No iba a revelarle esa información.

Inclinó la cabeza en dirección a la prisión militar al tiempo que un par de soldados con cubos y fregonas pasaba a toda prisa por delante de ellos en dirección a la sangre derramada cerca de la puerta de acceso.

—Nada de lo que acabas de ver ha sucedido, ¿queda claro? —dijo Nickerson. Hizo una pausa, mirando a Gunner—. ¿Crees que podrás mantener la boca cerrada?

Gunner asintió.

Nickerson le dio una palmada en la espalda.

—Así me gusta. Confío en ti, Gunner. No me falles.

—Rudolf Hess, tiroteado en Maryhill Road, en Glasgow —murmuró Gunner—. De todos modos, nadie se creería un cuento de hadas como ese, ¿no?

Nickerson negó con un gesto.

—Cuando yo concluya mi trabajo, no. Nadie.

El cuartel estaba volviendo a la vida. Las puertas de la cantina se abrieron, y unos cuarenta jóvenes reclutas salieron en tropel mientras un sargento vociferaba tras ellos.

—Hay otra cosa, Gunner —dijo Nickerson—. Algo que quería comentarte.

—Qué mal suena eso —repuso Gunner.

Nickerson sacudió la cabeza.

—Al contrario. Quiero ofrecerte un empleo.

Era lo último que Gunner se esperaba.

—Eres un buen elemento, Gunner. Te manejas bien. Necesitamos personas como tú. Esta guerra se está librando en más frentes de lo que la gente se imagina. Se trata de un trabajo importante, vital. No te lo pediría si no pensara que estás a la altura.

Gunner movió la cabeza de un lado a otro.

—Soy un policía. Es lo que he sido siempre. Espero que se me haya acabado de curar el ojo cuando se acabe la guerra. Entonces volveré aquí para seguir trabajando en lo mío. Gracias, pero no.

Nickerson no parecía muy molesto por la negativa de Gunner.

—A lo mejor tu ojo se cura, pero, para serte sincero, dudo mucho que tu pierna tenga remedio, y menos aún con el tratamiento de mierda que recibirás aquí. Sospecho que acabarás revolviendo papeles en un despacho, intentando no reconcomerte de envidia hacia los policías que estarán en la calle, ocupándose del trabajo que tú solías hacer.

—Creía que Victor trabajaba para ti.

Nickerson negó con un gesto.

—Me temo que no sé nada de eso. Solo sé que está acusado de traición.

—¿De verdad piensas dejarlo en la estacada?

Nickerson asintió.

—Tengo que ganar esta guerra al precio que sea.

—Qué cabrón —dijo Gunner—. Eres un auténtico hijo de puta.

—Pero soy tu hijo de puta. Si accedes a trabajar para mí, puedo encargarme de ese asunto y conseguir que tu hermano se vaya de rositas. Si no, pues... Dispones de unos cinco minutos para pensártelo. Tengo que regresar a Londres. Va a venir un coche para llevarme al aeródromo.

Nickerson empezó a andar hacia la casa del comandante, echando otro trago de la petaca mientras caminaba. Gunner se quedó de pie un momento, se encendió un cigarrillo, y contempló a los soldados que fregaban el suelo de la plaza de armas. Un riachuelo de agua jabonosa y rojiza corrió por la pendiente hasta la alcantarilla.

¿Qué sería de Victor si no aceptaba la oferta de Nickerson? Lo encontrarían y lo matarían a tiros, seguramente. Además, el hombre tenía razón; no soportaría pasarse el día tras un escritorio.

Un grupo de reclutas salió de uno de los edificios del cuartel. Los jóvenes, que por lo visto estaban de permiso, iban propinándose empujones entre carcajadas e insultos. Gunner los observó mientras se dirigían hacia la valla, apuró el cigarrillo y, después de tirarlo con un impulso de los dedos, se encaminó hacia la casa donde lo esperaba Nickerson.

Epílogo

El sol estaba en lo alto del cielo, y las temperaturas rondaban los treinta grados. Los jardines del hospital ofrecían un aspecto impecable aquel día radiante. Gunner acababa de iniciar su paseo diario. «Le ayudará a fortalecer los músculos», había asegurado el médico. «Camine un kilómetro y medio al día.» Y Gunner le hizo caso. Durante la primera semana, más o menos, acababa transido de dolor y se veía obligado a parar cuatro o cinco veces para descansar. Ahora, en días buenos, podía completar el circuito sin detenerse.

El hospital era muy distinto de aquel en el que había estado ingresado. Este parecía más bien una casa de campo. En él no había reclutas, solo oficiales de alto rango atendidos por especialistas, y más enfermeras de las que cabía imaginar. Nickerson quería que se recuperara lo antes posible, y Gunner no tenía nada que objetar al respecto. Por lo que a él le concernía, todo iba bien en el mundo. Estaría más que satisfecho si se pasara el resto de la guerra ahí, holgazaneando y afanando alguna que otra jeringa precargada de morfina del carrito de los medicamentos.

Su pierna estaba haciendo de las suyas ese día. Se detuvo en mitad de su recorrido del jardín y se sentó en un muro bajo a contemplar el río, con una taza de esmalte llena de té en la mano y el primer cigarrillo del día entre los labios.

Después de darle una calada, se sacó las cartas del bolsillo. Eran dos, y las había recogido en la recepción esa mañana. La primera era un telegrama. Sabía quién lo enviaba; podía leerlo más tarde. La segunda resultaba más misteriosa.

Se trataba de un sobre con matasellos de Glasgow, aunque reconocía la letra. Iba dirigido a él, y bajo su nombre figuraba el de su regimiento; alguien había tachado esto último y garabateado la dirección del hospital con tinta roja. Deslizó la mano por la solapa y desplegó la hoja de papel cebolla azul. Oyó un grito a su espalda procedente de la zona de césped que tenía detrás. Gunner levantó la vista. Una maltratada pelota de fútbol rodaba cuesta abajo hacia él. La envió de vuelta hacia arriba de una patada y agradeció los aplausos cuando el tiro salió desviado y la pelota golpeó a una enfermera que llevaba una bandeja. Después de pedir perdón en voz muy alta, se sentó de nuevo y miró la carta.

Querido Joe:

Solo quería comentarte una noticia breve que he pensado que te interesaría. He leído en el periódico que la semana pasada sacaron un cadáver del canal, el de un hombre alto de mediana edad, delgado y con entradas. No tenía huellas dactilares, presentaba dos heridas de bala en el costado que no eran letales, y una en la cabeza que claramente lo era.

¿Será otro doble? ¿Quién iba a ser, si no? ¿Eh?

Estoy en un campo de objetores cerca de Ayr. Este está mucho mejor. Para empezar, no hay granjeros que nos peguen de hostias. No sé cómo has conseguido que me envíen aquí, pero gracias. No tengo mucha idea de dónde estás, pero espero que esto acabe llegando a tus manos.

Nunca olvidaré lo que hiciste cuando yo no fui capaz.

Victor

Gunner dobló la carta y, tras guardarla en el bolsillo superior de su traje de campaña, abrió el telegrama.

COCHE PASARÁ A RECOGERTE ESTA TARDE STOP SE ACABARON LAS VACACIONES STOP A TRABAJAR STOP NICKERSON

AGRADECIMIENTOS

Gracias a Isobel Dixon y a todo el equipo de Blake Fried-
mann. Gracias a Yassine Belkacemi y a todo el equipo del
sello Baskerville de la editorial John Murray.

Gracias a Nick de Somogyi y al personal de la sala Glasgow de la biblioteca Mitchell.

Esta novela policiaca es la primera entrega de una trilogía protagonizada por un expolicía, Joseph Gunner, y transcurre en unas semanas infaustas que Glasgow vivió durante la Segunda Guerra Mundial. El trasfondo histórico, por lo tanto, es verídico.

Es cierto que Rudof Hess saltó en paracaídas, desde un Messerschmitt 110, a unos veinte kilómetros del castillo de Lord Hamilton, procedente del aeródromo militar de Augsburgo, del que había salido, exactamente, a las seis menos cuarto de la tarde; la RAF lo detectó sobre las diez de la noche, y una hora más tarde se informó de que el avión se había estrellado. Brevemente, añadiré que fue apresado y, años después, juzgado en Núremberg, donde se le condenó a cadena perpetua; se suicidó en 1987, en la prisión de Spandau. Se ha escrito mucho sobre ese vuelo, en particular sobre los motivos, y sobre el estado de salud mental de Hess, y todo ello me ha inspirado a la hora de escribir esta obra.

También es cierto que los astilleros de Glasgow y de Clydeside, así como algunas industrias, sufrieron intensos bombardeos incendiarios, sobre todo en las noches del 13 y 14 de marzo de 1941. Lo es, asimismo, que en las inmediaciones de Glasgow se levantaron varios campos para prisioneros de guerra (PoW, *Prisoner of War),* entre otros muchos escenarios que aparecen en la obra.

Así pues, espero que leyendo la novela no solo hayan disfrutado de la trama y de los personajes, sino que también se hayan sumergido en unos días trágicos, pero, a la vez, trepidantes, de la Historia.

Alan Parks
Marzo de 2026

Últimos títulos
Colección Andanzas

1101. Mesopotamia
       Olivier Guez

1102. Ese montón de espejos rotos
       Gonzalo Celorio

1103. Quince años
       Ramiro Pinilla

1104. Wendy
       Eugenio Fuentes

1105. La tierra de las cosas perdidas
       John Connolly

1106. Primer amor
       Banana Yoshimoto

1107. Eileen
       Miquel Berga

1108. Las damiselas y el escritor
       María Bengoa

1109. Los antropólogos
       Ayşegül Savaş

1110. La traición de mi lengua
       Camila Sosa Villada

1111.   Distancia de fuga
        Cristina Araújo Gámir

1112.   Coloquio de invierno
        Luis Landero

1113.   Entre amigos
        Hal Ebbott

1114.   Manual de terapia felina
        Joaquín Berges

1115.   Maite
        Fernando Aramburu

1116.   El viejo escritorio
        Aki Shimazaki

1117.   La invención de Tristan
        Adrien Bosc

1118.   La reina Esther
        John Irving

1119.   Un dique contra el Pacífico
        Marguerite Duras

1120.   La mejor edad
        Luis García Montero

1121.   Crímenes decentes
        Javier Melero

1122.   A oscuras
        Thomas Pynchon

1123.   El mal de la risa
        Isabel Bono

1124.   Cielo rojo sobre Glasgow
        Alan Parks